INOCENCIA MORTAL

LOS MISTERIOS DE LA DETECTIVE KAY HUNTER

RACHEL AMPHLETT

CAPÍTULO 1

Eva Shepparton soltó un grito, su voz ahogada por la música y las voces estridentes que emanaban de la carpa blanca en la parte alta del jardín, y extendió los brazos para mantener el equilibrio.

Se estabilizó, maldijo la hierba húmeda por el chaparrón de la mañana y se quedó de pie con las manos en las caderas, respirando con dificultad mientras miraba con enojo hacia la pendiente donde se celebraba la fiesta.

En retrospectiva, debería haber preguntado dónde estaba el baño (o el *aseo*, como habría insistido la madre de Sophie), pero no se atrevía a acercarse a la mujer oficiosa, ni a su marido.

Sophie no aparecía por ninguna parte; Eva no la

había visto desde los discursos, así que decidió que el grupo de arbustos de rododendros tendría que servir.

Suspiró. Si no fuera porque Sophie era tan buena amiga, nunca habría accedido a estar aquí.

El dulce aroma del césped recién cortado llenaba el aire a su alrededor, mientras el humo de los braseros encendidos alrededor del jardín flotaba sobre su cabeza. Había visto a los jardineros cuando llegaron esa mañana, seguidos media hora después por el florista. Entre ellos, habían podado y arreglado el jardín hasta dejarlo impecable.

Habían terminado momentos antes de que llegara el camión de la empresa de alquiler de carpas. Ahora, la gran carpa blanca ocupaba la mayor parte del césped, y su suelo de madera hacía eco de los pasos de una multitud de entusiastas bailarines.

Los oídos de Eva aún zumbaban por el ruido de la discoteca. El techo de la carpa nadaba en luces multicolores provenientes de una estructura montada sobre la cabina del DJ, y podía oírlo ahora, animando a los miembros mayores del grupo a levantarse y bailar un éxito disco de los setenta.

Levantó la mano y entrecerró los ojos para ver la esfera de su reloj, inclinándolo hasta que la tenue luz de los braseros iluminó las manecillas.

Las diez en punto.

Resopló. No era de extrañar que todos estuvieran borrachos.

—Para ser un grupo de cristianos devotos, sí que sabéis cómo empinar el codo —balbuceó, y luego tuvo un hipo.

Se cubrió la boca y soltó una risita.

Sophie le había contado que el pastor del pequeño grupo de la iglesia privada a la que ella y sus padres pertenecían había sugerido que la ceremonia se celebrara en la iglesia después del horario habitual; sin embargo, la madre de Sophie había despreciado esa idea.

Había recorrido con la mirada a los otros feligreses antes de murmurar:

—No creo que sea buena idea, Duncan. Prefiero mantener esto en privado. Es más acorde con la posición de mi familia en la sociedad, ¿no cree?

El hombre religioso se había removido en su silla, sonrojado, y había cedido ante el argumento.

El siguiente paso lógico había sido que la madre de Sophie ofreciera el uso de su propia casa.

El labio superior de Eva se curvó.

Cuando Sophie se lo había contado, había ocultado su reacción inmediata a su mejor amiga, pero no pudo contener su disgusto cuando regresó a casa, desahogando su frustración con su madre en su lugar.

—Es como si siempre tuviera que *probarse a sí misma*—se había quejado—. Sé que probablemente quiere lo mejor para Sophie, pero desde el anuncio del compromiso, ha empeorado. Todo porque es una prima lejana de la familia real o algo así.

Ahora, Eva contemplaba la casa, cuya imponente silueta se alzaba sobre la carpa de abajo.

Sophie le había contado que la casa original se había construido en la época de la Regencia, y los propietarios posteriores habían ido ampliando su extensión a lo largo de los años.

Eva sacudió la cabeza y se preguntó por qué demonios una familia con una sola hija querría una propiedad tan enorme, antes de volver a soltar una risita y tener otro hipo.

Por supuesto, la madre de Sophie adoraba el prestigio que conllevaba, y el título.

—Hagamos la ceremonia en la casa —murmuró Eva, imitando la voz de Diane—. Matthew y yo podemos organizar una fiesta después. Será divertido.

Suspiró. La ceremonia había estado bien, pero ¿había sido *divertida*?

Diane había pasado la mayor parte del tiempo

sosteniendo un pañuelo contra su rostro, secándose los ojos.

Sophie, por supuesto, se veía preciosa. Su madre había contratado a una peluquera y una maquilladora para atender todas las necesidades de su hija, aunque Eva sospechaba firmemente que tenía más que ver con el deseo de Diane de mantener las apariencias que con el beneficio de Sophie.

Eva había recorrido el pasillo hasta la habitación de invitados que le habían asignado para el fin de semana y había pasado el tiempo antes de la fiesta cambiándose al vestido que había comprado especialmente para la ocasión y haciendo lo mejor que podía con su espeso cabello ondulado, que había cobrado vida propia durante el verano.

Cuando había vuelto a bajar, los demás invitados a la fiesta empezaban a llegar, extendiéndose por el vestíbulo, atravesando la amplia sala de estar y saliendo por las puertas francesas hacia el patio.

Los camareros habían aparecido en ausencia de Eva, y ella había deambulado por las mesas de comida con Sophie, picoteando canapés y aferrándose a una copa de champán mientras charlaba con los demás invitados.

Josh Hamilton había llegado con sus padres una hora más tarde.

Eva tenía que admitir que no estaba mal la mayor parte del tiempo y esta noche, resplandecía.

Josh encantaba a completos desconocidos con la facilidad de alguien acostumbrado a ser el centro de atención, estrechando manos con los hombres y conversando con las mujeres, ganándose al pequeño grupo mientras su padre, Blake, sonreía mientras rodeaba con el brazo los hombros de su esposa, sus acentos estadounidenses destacando entre el grupo de invitados.

Eva se mordió el labio.

No tenía idea de lo que pasaría mañana, una vez que se revelara el secreto de Sophie.

Porque tendría que revelarse, ¿no?

Ella había accedido.

Por supuesto, para entonces sería demasiado tarde. Todo lo que Sophie había puesto en marcha culminaría en los eventos de esta noche.

Deseaba, en retrospectiva, que Sophie nunca se lo hubiera contado.

Habría sido más fácil así.

La música hizo una breve pausa, y el sonido del arroyo al pie de la colina llegó a sus oídos. Las ganas de orinar sacaron a Eva de sus pensamientos, y se tambaleó hacia los arbustos de rododendros en la parte baja de la pendiente.

Su pie volvió a resbalar, y maldijo en voz baja. Mirando por encima del hombro, aún podía ver las cabezas de algunos de los invitados, los que se habían aventurado lejos de la carpa para fumar cigarrillos, y de ninguna manera iba a orinar a la vista de alguien.

El terreno comenzó a nivelarse, y Eva divisó un gran rododendro a su derecha.

Hipó y luego gimió al pisar un gran charco dejado por la lluvia de la mañana.

—Me tomaré una copa más de champán y me iré a dormir —murmuró mientras se agachaba detrás del arbusto.

Suspiró aliviada, se enderezó e intentó limpiar la mayor cantidad posible de agua embarrada de sus sandalias, maldiciendo al recordar que aún no había pagado la factura de su tarjeta de crédito y ahora tenía zapatos dañados que solo había comprado hacía una semana.

Eva suspiró y, decidida a irse lo antes posible, se dio la vuelta para regresar por la pendiente, y se detuvo.

Al principio, no pudo descifrar lo que estaba viendo.

Una forma yacía extendida detrás de uno de los otros arbustos de rododendros, a varios pasos de su posición. Solo las piernas eran visibles, blancas e inmóviles.

Tragó saliva y se acercó, entrecerrando los ojos en la escasa luz.

Parecía una persona y, mientras se tambaleaba hacia ella, reconoció la falda del vestido.

—¿Sophie? ¿Eres tú? ¿Te has desmayado o algo?

Preocupada, aceleró el paso.

Había hecho un curso de primeros auxilios en la escuela y sabía que, si alguien se había desmayado, debía comprobar sus vías respiratorias y luego ponerlo en posición de recuperación. Si Sophie se había desmayado por la bebida, necesitaba ayuda.

—¿Soph?

Al rodear la esquina del arbusto, jadeó.

Su mejor amiga yacía inmóvil, un patrón oscuro salpicado ahora esparcido por su vestido nuevo, su cuerpo retorcido en un ángulo imposible donde había caído, una pierna enredada detrás de la otra y su rostro apartado de donde Eva estaba parada.

—¿Sophie?

Se movió alrededor de su amiga, luchando contra el impulso de entrar en pánico. Si su amiga necesitaba primeros auxilios, tenía que mantener la calma.

Cuando pasó por encima de los pies de Sophie para agacharse a su lado, se detuvo.

Los ojos de Sophie estaban muy abiertos de terror, un grueso hilo de la misma salpicadura oscura cubría su mejilla, un hueco enorme donde su nariz se había astillado en su rostro.

Eva gritó.

CAPÍTULO 2

La oficial de policía Kay Hunter giró su coche a través de la entrada con verja y mantuvo una distancia constante detrás del vehículo del inspector Devon Sharp.

No estaba de guardia esa noche, pero minutos después de que sonara su teléfono móvil y anotara la dirección que le dio Sharp, se había vestido apresuradamente y corrido hacia su coche.

—Voy a necesitar tu ayuda con este caso —le había dicho—. Los agentes uniformados tienen tres coches en el lugar, pero hay mucha gente con la que lidiar.

Había conducido hacia el norte de la ciudad durante al menos quince minutos antes de girar en un estrecho camino. El vehículo de Sharp estaba estacionado a la izquierda en un área de descanso y ella había reducido la velocidad al acercarse para dejarlo salir y tomar la delantera. Cinco minutos después, habían llegado a la propiedad.

Conocía la zona: un campo de golf se extendía más allá de los árboles que bordeaban el lado opuesto del camino, y la mayoría de las casas tenían siglos de antigüedad, pasadas de generación en generación por familias que sufrían el gasto del mantenimiento en lugar de experimentar la humillación de que sus casas familiares fueran vendidas a promotores inmobiliarios por un agente inmobiliario común.

Cuando el estrecho camino de entrada se curvó y se ensanchó, se dio cuenta de a qué se refería Sharp con la cantidad de gente.

Los coches abarrotaban la explanada de grava frente a la gran casa, mientras grupos de hombres y mujeres en ropa formal deambulaban por el espacio.

Kay frenó junto al vehículo de Sharp y agarró su bolso, luego se unió a él junto a su coche y recorrió con la mirada a los asistentes a la fiesta reunidos.

La mayoría tenía expresiones de incredulidad. Una mujer desconsolada sollozaba mientras el hombre que la acompañaba la guiaba hacia un banco de madera del jardín antes de arrodillarse a su lado y hablarle en voz baja.

Kay se frotó el ojo derecho, incapaz de ocultar el suspiro que escapó de sus labios. —Están todos borrachos, ¿verdad?

—La mayoría, supongo —dijo Sharp—. Si no lo estaban al principio, lo estarán ahora, dadas las circunstancias.

Kay gimió. Tratar de recopilar declaraciones de testigos en las primeras horas de una investigación de asesinato era imperativo, antes de que los recuerdos de las personas se volvieran borrosos o se vieran influenciados por hablar con otros y comparar lo que habían visto. Añadir alcohol a la mezcla hacía que un trabajo ya difícil fuera casi imposible.

—¿Quién está a cargo de la lista de invitados?

—Gavin Piper está trabajando con los uniformados… está por aquí, en alguna parte —añadió Sharp, paseando su mirada por la gente reunida alrededor—. Asiéntate, te veré en la terraza de atrás en diez minutos, y luego hablaremos con los padres de la víctima.

—De acuerdo.

Kay deambuló por la casa, sus ojos recorriendo a los oficiales uniformados que se habían dispersado entre las habitaciones entrevistando a un invitado a la vez, sus rostros pacientes mientras intentaban extraer información coherente de los asistentes a la fiesta ebrios.

Las declaraciones serían analizadas por la mañana por el equipo reunido, y luego comenzaría el arduo trabajo de llenar los vacíos.

Pasó por la sala de estar y encontró una puerta lateral que había quedado abierta y conducía a una terraza pavimentada, flanqueada por una gran carpa blanca.

En los bordes exteriores de la terraza, los braseros ardían lentamente mientras un pequeño equipo de oficiales uniformados custodiaba cada uno, su postura suficiente para disuadir a cualquiera que pensara en acercarse a los marcos de hierro.

Al principio, Kay se preguntó qué estaban haciendo, la pregunta muriendo rápidamente en sus labios cuando se dio cuenta de que los fuegos habían sido sofocados por los primeros en responder, que pensaron rápido, para preservar los restos de cualquier arma asesina que pudiera haber sido arrojada a las llamas.

Esperaba, por el bien de los guardias uniformados, que se hubieran utilizado los manteles de la carpa en lugar de agua; de lo contrario, nunca dejarían de oír las quejas de los investigadores de la escena del crimen.

Levantó la mirada hacia las luces de discoteca que pulsaban contra el fondo liso, los altavoces en silencio.

Kay se movió hacia la carpa y miró a través de las solapas recogidas hacia el espacio abandonado.

Aquí y allá, una silla había sido volcada, los ocupantes sin duda abandonando sus mesas apresuradamente una vez que se dio la alarma.

Se volvió hacia la cabina del DJ cuando un hombre se enderezó desde una posición en cuclillas, un puñado de cables sobresaliendo de sus dedos.

Saltó y luego se recuperó.

—Lo siento, no te vi ahí —dijo.

Kay levantó su placa. —Oficial de policía Kay Hunter.

Él le tendió su mano libre. —Tom Williams. Ya he dado mi declaración a uno de sus colegas.

—Bien, gracias. —La mirada de Kay recorrió el equipo desplegado mientras él desenchufaba un cable de la parte trasera de uno de los altavoces, el sistema de megafonía muriendo con un suave *pop*—. ¿Cuánto tiempo estuvo aquí, antes de que comenzara la fiesta?

—Llegué alrededor de las cuatro —dijo Williams

—. Lady Griffith quería que mi furgoneta estuviera fuera de la vista mucho antes de que comenzaran a llegar los invitados.

—Entonces, ¿adónde fuiste hasta que comenzó la discoteca?

—Hice lo que siempre hago en eventos como este. Me senté en la furgoneta, escuché la radio. Leí el periódico. —Se encogió de hombros—. No es muy glamuroso, ¿verdad? —Olfateó—. Tal como está, me llevará todo el día de mañana tratar de sacar el olor a humo del equipo por esos malditos braseros de afuera.

Recogió otro cable y comenzó a enrollarlo alrededor de sus manos antes de dejarlo caer en una caja negra junto a los pies de Kay.

—¿Notaste a alguien merodeando o actuando de manera sospechosa hoy?

Williams negó con la cabeza. —No —dijo—. Como le dije al policía que tomó mi declaración, no noté nada raro mientras me estaba instalando. Me quedé dormido en la furgoneta durante un par de horas antes de que sonara la alarma de mi móvil. Lo siento.

Kay le entregó una de sus tarjetas y, decidiendo que no iba a conseguir más información, dejó al DJ con su empaquetado y volvió a salir a la terraza.

Notó a Sharp en el extremo más alejado, hablando

con una pareja mayor y un hombre joven, sus voces flotando en la brisa hacia ella.

Reconoció el dejo de un acento estadounidense y, intrigada, se dirigió hacia ellos cruzando la terraza.

El hombre mayor era un par de centímetros más bajo que Sharp, pero con las piernas firmemente plantadas frente al inspector, sus ojos serios mientras hablaba en tonos bajos. Sus manos permanecían entrelazadas frente a él, como si no quisiera perder el tiempo con gestos inútiles.

Una versión más joven de él estaba a su lado, con la mirada caída, una imagen de miseria.

Los ojos de Kay recorrieron a la esposa con interés: parecía que la mujer había pasado por el quirófano al menos una vez, y sus rasgos mostraban poca expresión natural. Impecable en apariencia, mantenía un brazo protector alrededor de su hijo y levantó la barbilla al notar a Kay.

Sharp miró cuando ella se acercó. —Ah, Hunter, justo a tiempo —dijo. Hizo un gesto hacia la pareja —. Estos son Blake y Courtney Hamilton, y este es su hijo, Josh —el tono de Sharp se suavizó—. Josh iba a comprometerse con nuestra joven víctima, Sophie.

Kay estrechó la mano de los padres, ofreciendo sus condolencias antes de dirigir su atención a Josh.

—Hola, Josh. Soy la oficial Hunter.

Unos ojos enrojecidos se encontraron con su mirada, emanando pura angustia del hombre antes de que hablara.

—Tienen que averiguar quién hizo esto —dijo, con la voz quebrada.

Sharp dio un paso adelante. —Haremos todo lo que esté en nuestro poder —dijo antes de volverse hacia los padres—. Ya tenemos sus declaraciones, así que por favor, lleven a Josh a casa, y nos pondremos en contacto de nuevo mañana.

—Gracias —dijo Blake. Puso su mano sobre el brazo de su hijo—. Vamos, Josh.

Kay observó cómo la pequeña familia se alejaba, sus figuras retirándose hacia las sombras mientras seguían el camino del jardín alrededor de la casa y salían hacia los vehículos reunidos en la entrada.

—El pobre chico debe estar destrozado —dijo Kay. Miró por encima de su hombro hacia la carpa desolada—. Menuda fiesta de compromiso. Deben estar bastante bien económicamente.

Sharp se aclaró la garganta. —No era simplemente una fiesta de compromiso. Al parecer, los Hamilton y los Whittaker (Lady Griffith y su esposo) pertenecen a un pequeño grupo religioso que anima a las chicas adolescentes a hacer "votos de pureza" hasta que se casen. Celebraron la ceremonia aquí más temprano hoy y luego tuvieron la fiesta de compromiso después.

—¿Que hicieron qué? —Kay se dio cuenta de que se le había caído la mandíbula y la cerró de golpe—. ¿Qué es una "voto de pureza"?

Los labios de Sharp se adelgazaron. —Yo tampoco había oído hablar de ello. Parece ser una tendencia estadounidense que llegó aquí hace unos años.

—Oh. —Kay parpadeó y señaló los lujosos alrededores—. Así que, ¿todo esto era por un voto de castidad?

—Sí.

—Vaya.

Sharp metió las manos en los bolsillos y asintió hacia la parte trasera de la carpa donde un equipo de investigadores de la escena del crimen liderado por Harriet Baker estaba instalando una serie de focos.

—El equipo de ambulancia confirmó la muerte cuando llegaron aquí con el equipo de uniforme —dijo—. La víctima, Sophie Whittaker, fue encontrada al fondo de una pendiente justo más allá de esos arbustos de rododendros. Harriet informa que la chica fue golpeada con un objeto contundente con suficiente fuerza como para abrirle el cráneo.

—Entonces, ¿estamos buscando salpicaduras de sangre en los invitados?

Sharp asintió. —Así como en los del cáterin, los camareros, los cantineros... —Se interrumpió y se pasó una mano por la cabeza.

—¿Dónde están los padres?

—En una de las habitaciones de invitados con un agente, Debbie West. Dos del equipo de Harriet están procesando su propia habitación antes de que se les pueda conceder acceso. —Sharp miró su reloj—. De hecho, vamos a hablar con ellos ahora, y luego tú y yo podemos volver aquí abajo y discutir la estrategia.

—Suena bien.

Kay lo siguió a través de la casa y a lo largo de un amplio pasillo con cuatro ventanas que daban a los residentes una vista panorámica sobre su camino de entrada, luego subieron una escalera alfombrada.

Una mujer los recibió en la parte superior de las escaleras, con su cabello gris recogido en un moño severo y las manos cruzadas frente a ella.

—¿Puedo ayudarles?

—Inspector Devon Sharp. Estoy aquí para hablar con el señor y la señora Whittaker. ¿Usted es?

—Grace Jamieson. Soy el ama de llaves de Lady Griffith.

Kay se asomó por encima del hombro de Sharp cuando una puerta se abrió bruscamente y Debbie West salió de una habitación, luciendo hostigada.

—Señor, llega justo a tiempo —respiró—. El señor y la señora Whittaker se están poniendo un poco…

—Gracias, Debbie. —Sharp pasó junto a la señora Jamieson y dirigió el camino hacia la habitación de invitados.

El ama de llaves comenzó a seguirlos antes de que la joven oficial levantara la mano. —Tendrá que esperar aquí conmigo, señora Jamieson.

Kay siguió a Sharp, le dio un rápido asentimiento a Debbie y se preparó mentalmente.

Tratar con la familia de una víctima de asesinato nunca era fácil, y menos aún cuando esa víctima tenía solo dieciséis años.

La madre, Diane Whittaker, Sharp le había informado en el camino desde la terraza, era conocida como "Lady Diane Griffith" y de alguna manera, a través de una miríada de primos, supuestamente estaba relacionada con la familia real.

Estaba sentada erguida en un otomán de terciopelo verde pálido, su cabello oscuro retirado de su rostro con lo que Kay se dio cuenta eran adornos de carey auténtico. Llevaba un vestido de color azul marino que dejaba al descubierto sus hombros, aunque se ajustó un chal sobre su clavícula antes de levantar sus pálidos ojos azules hacia Sharp mientras él se paraba frente a ella y su esposo.

—Señor Whittaker, Lady Griffith, me gustaría presentarles a la oficial Kay Hunter, quien codirigirá esta investigación conmigo.

Kay tomó la mano de la mujer, reprimió un repentino pensamiento de pánico sobre si debía hacer una reverencia, lo descartó casi inmediatamente y devolvió el firme apretón de manos.

Se volvió hacia Matthew Whittaker.

Como era más alto que ella por al menos diez centímetros, tuvo que levantar la barbilla para hacer contacto visual.

Unos iris marrón oscuro la miraban desde debajo de cejas espesas, y un leve olor a alcohol le llegó cuando él se presentó.

—Inspector, espero que no nos vaya a mantener fuera de nuestra propia habitación por mucho más tiempo —dijo—. Mi esposa está obviamente alterada, y es bastante indignante que tengamos que estar aquí encerrados.

—Lo siento, señor Whittaker —dijo Sharp—. Estamos trabajando lo más rápido que podemos.

Kay notó que no mencionó que la habitación de los Whittaker estaba siendo metódicamente registrada por dos miembros del equipo de Harriet en ese momento.

—Bueno, en lugar de estar aquí parados, al menos deberían ir a hablar con ese chico despreciable que siempre estaba rondando por aquí —dijo Diane, su voz llena de veneno.

Kay se giró para mirarla, sorprendida. —¿Josh Hamilton? Pensé que Sophie iba a comprometerse con él.

Diane puso los ojos en blanco. —No Josh, por el amor de Dios. El otro chico que siempre aparecía y se convertía en una molestia. —Chasqueó los dedos mientras sus ojos recorrían el techo—. Peter… Peter-

—Peter Evans —dijo Matthew. Dirigió su atención a Sharp—. Tiene razón. Deberían hablar con Peter Evans. Odiaba la idea de que Sophie se casara algún día con Josh. —Su rostro se ensombreció—. La última vez que apareció por aquí, tuve que amenazarlo con llamar a la policía. El muchacho es una maldita molestia. Como un cachorro enamorado.

Kay sacó su libreta. —¿Cuál es su dirección? ¿La saben?

Matthew recitó el número de apartamento y el nombre de la calle con la ira y la precisión de una ametralladora.

Kay miró a Sharp.

—Ve —dijo él—, y lleva a un uniformado contigo en uno de sus coches. Date prisa.

Kay giró sobre sus talones y salió corriendo de la habitación.

CAPÍTULO 3

Kay agarró el volante y se concentró en las luces traseras del coche patrulla frente a ella.

Habían salido del carril hacia la carretera comarcal ligeramente más ancha en dirección a la ciudad hacía cinco minutos, y ahora corrían por una autovía que, afortunadamente a esa hora de la noche, estaba vacía salvo por un taxi solitario que se mantenía en su carril, bien apartado de su camino.

El coche patrulla apagó la sirena al entrar en los límites de los extensos suburbios, y Kay agradeció su previsión.

No había necesidad de advertir a un posible sospechoso de su inminente llegada, ni tampoco querían lidiar con la ira de la población local al día siguiente por haberlos despertado de su sueño con una patrulla demasiado entusiasta.

Frenó cuando el coche de delante tomó la salida izquierda de una rotonda, y lo siguió mientras serpenteaba por un laberinto de casas adosadas antes de detenerse frente a una casa sencilla de tres pisos al final de la calle.

Tiró del freno de mano y se lanzó fuera del asiento del conductor.

El conductor del coche patrulla, un agente mayor llamado Derek Norris, la encontró en el espacio entre sus vehículos.

—Con todo respeto, entraremos primero —dijo, con voz áspera y su intención clara.

Kay le hizo un gesto para que liderara. —Me parece bien, Derek. Ten cuidado.

Él le guiñó un ojo al pasar, asintió a su acompañante, un joven agente en prácticas cuyo nombre se le escapaba a Kay, y empujó la podrida puerta de madera que separaba la propiedad de la acera.

—Es el piso del sótano —dijo ella.

Norris levantó una mano en respuesta.

Un jardín descuidado ocupaba los primeros metros entre la casa y la calle, y entonces lo vio bajo el haz de la linterna del policía más joven.

Escaleras que descendían.

Contuvo la respiración mientras Norris hacía un gesto al agente en prácticas para que se apartara, y luego descendió los escalones de hormigón hasta una puerta de madera.

Golpeó con el puño la superficie, despertando a un perro en uno de los pisos de arriba, cuyos ladridos fueron silenciados por duras palabras seguidas de un único gemido.

Kay no dudaba de las habilidades de Norris o su compañero, pero sacó la porra telescópica que había traído del coche y la mantuvo lista.

Norris levantó el puño para golpear por segunda vez, pero se encendió una luz sobre su cabeza y la puerta se abrió.

Un joven de entre dieciocho y veintitantos años miró hacia fuera, su expresión pasando de esperanza a horror atónito al darse cuenta de la presencia de un policía una fracción de segundo antes de que Norris lo persuadiera para retroceder y cruzara el umbral.

Kay miró al agente en prácticas, que tenía una expresión de asombro similar a la del inquilino.

—¿Siempre es así cuando conoce gente nueva?

—Emm…

—Quédate aquí. Llama pidiendo refuerzos si gritamos —dijo. Le dio una palmada en el hombro y comenzó a bajar las escaleras—. Buen chico. Quieto —murmuró entre dientes.

Norris apareció en la puerta principal cuando ella llegó al último escalón, con el rostro desencajado.

—Quédate ahí —dijo—. Tenemos un problema.

Ella miró por encima de su hombro, evaluando rápidamente la situación con la mirada.

La puerta daba a un simple estudio, con una cama doble sin hacer al fondo de la habitación junto a un sofá de dos plazas raído y una pequeña mesa de café. Un pequeño televisor descansaba en un soporte fijado a la pared.

Más allá, podía ver la entrada al baño, con una sola bombilla en el techo.

Retrajo la porra y miró a Norris antes de dirigir su atención al hombre sentado al borde de la cama, con los codos sobre las rodillas y la cabeza entre las manos.

—¿Peter Evans?

Él levantó la mirada de la alfombra y la miró desde debajo de un flequillo peinado hacia atrás, su pelo hasta los hombros húmedo y sus ojos azul pálido enrojecidos. —Soy yo.

—Hay una maleta hecha detrás de esta puerta —dijo Norris.

—¿Va a alguna parte? —dijo Kay, dirigiendo su pregunta a Evans.

—Hay dos juegos de ropa en la maleta —dijo Norris—. De hombre y de mujer. —Señaló con la barbilla hacia el último escalón, y Kay se apartó de la puerta, con Norris siguiéndola—. Hay sangre en la cama —murmuró.

Kay estiró el cuello, pero no podía ver desde donde estaba. —¿Alguna señal de herida en él?

Norris negó con la cabeza.

—Mierda —dijo Kay—. Bien, vamos a llevárnoslo. Acordona esto como escena del crimen. —Señaló con el pulgar por encima de su hombro—. Haz que tu amigo se quede aquí hasta que llegue el equipo forense. Puedes volver aquí una vez que lo hayamos registrado.

Él asintió, dio media vuelta y volvió a entrar.

Kay podía oírlo leyéndole sus derechos a Peter mientras subía las escaleras.

—Nos lo vamos a llevar —le dijo al joven policía —. No entres en el piso. Lo acordonaremos como escena del crimen y traeremos al equipo forense lo antes posible.

Sacó su teléfono móvil y marcó el número de Sharp mientras caminaba de vuelta a su coche. Lo desbloqueó y se apoyó contra él mientras sonaba el móvil, y notó que al menos dos ventanas estaban iluminadas sobre el piso del sótano.

Sin duda los vecinos se habían dado cuenta de que su casa estaba recibiendo atención no deseada de la policía.

Sharp contestó al cuarto tono. —¿Qué tienes?

—Llegamos hace cinco minutos. Peter Evans está aquí, con una maleta llena de ropa —dijo Kay—. Hay sangre en la ropa de cama, y se ha duchado recientemente. Lo llevamos para interrogarlo.

—Buen trabajo —dijo Sharp—. Terminaré aquí y te veré en la comisaría. Obviamente Harriet va a estar ocupada aquí un rato más, así que le avisaré de que necesita enviar otro equipo al piso.

—Gracias —dijo Kay—. Nos vemos en un rato.

Terminó la llamada justo cuando Norris abría la puerta y le indicaba a Peter que caminara delante de él.

Kay abrió la puerta trasera del coche, esperó hasta que se hubiera sentado y abrochado el cinturón de seguridad, luego cerró la puerta de golpe y se volvió hacia Norris.

—Sharp nos encontrará en la comisaría —dijo—. Vamos a registrar a este y a ver qué tiene que decir por sí mismo.

CAPÍTULO 4

En la sala de interrogatorios, Peter Evans se arrastró hacia la silla que el inspector Sharp le indicó, mientras el abogado de oficio colocaba su maletín en el suelo antes de tomar asiento junto a su cliente.

Toda la ropa de Evans le había sido retirada a su llegada al centro de detención en las primeras horas de la mañana. Cada prenda había sido cuidadosamente colocada en una bolsa y catalogada antes de ser llevada para su procesamiento por el equipo forense.

Ahora, vestía un uniforme reglamentario que colgaba de sus hombros estrechos, y se había arremangado por encima de los codos. Un par de zapatillas suaves cubrían sus pies mientras acercaba la silla al escritorio y luego apoyaba las manos en su regazo.

Kay abrió su cuaderno, preguntándose qué demonios pasaba por la mente del joven. Resistió el impulso de suspirar y se concentró en la voz de Sharp.

Sharp comenzó la entrevista advirtiendo formalmente a Evans y luego pidiéndole que confirmara su nombre, dirección y ocupación. Una vez hecho esto, el inspector se reclinó en su asiento y observó al joven sospechoso.

—Peter, empezaré diciendo que he tratado con varios casos de asesinato en mi carrera, pero ninguno tan despiadado como este.

—Yo no lo hice —dijo Evans. Levantó la barbilla hasta que miró a Sharp directamente a los ojos—. Yo no asesiné a Sophie —su voz se quebró, y se limpió la nariz con el dorso de la mano.

Sharp empujó una caja de pañuelos de papel a través de la mesa, y Evans sacó dos antes de sonarse la nariz.

—¿Cuándo vio por última vez a Sophie con vida? —dijo Sharp.

—A las ocho de la mañana de ayer —dijo Evans—. No me habían invitado a la fiesta. No fui a la iglesia, nunca lo he hecho, y menos a ese espeluznante santuario interior suyo.

—¿Dónde se encontró con ella ayer por la mañana?

—A unos cuatrocientos metros del camino que lleva a la casa. Se había escapado mientras hacían todos los preparativos.

—¿Intentó convencerla de que no siguiera adelante con la ceremonia, es eso?

—Sí —Evans se encogió de hombros—. Es simplemente incorrecto. Tiene que prometer su castidad a su padre, por el amor de Dios. Es medieval. Ni siquiera se va a casar con Josh hasta que cumpla dieciocho.

—¿Qué le dijo ella?

Evans se secó los ojos. —Dijo que tenía que hacerlo. "Para guardar las apariencias" —dijo, enfatizando las palabras con los dedos en el aire—. Es una estupidez.

—¿Cuántos años tiene usted, Peter?

—Diecinueve.

—¿Y ha estado durmiendo con una chica de dieciséis años?

El labio inferior del joven sobresalió. —No es ilegal.

—¿Dormía con ella antes de que cumpliera dieciséis?

—No. —Evans se inclinó hacia adelante en su

silla y miró fijamente a Sharp—. Yo la amaba. Esa gente… la utilizó.

—¿Qué gente?

—Sus padres… y los de Josh.

—¿De qué manera?

Evans se hundió en su silla, su rostro era una imagen de miseria. —Se trata del dinero, ¿no? Es como si Blake Hamilton hubiera vivido aquí durante siete años y estuviera obsesionado con formar parte de toda esa escena.

—Continúe.

—Bueno, si Josh se casa… perdón. —Evans sorbió y se limpió la nariz con la manga—, se casaba con Sophie cuando cumpliera dieciocho, entonces Blake estaría vinculado a la aristocracia inglesa.

—Entonces, ¿qué pasó? ¿Descubrió que Sophie iba a seguir adelante con la ceremonia y decidió tomar el asunto en sus propias manos?

—¡No!

—¿Cómo explica la mancha de sangre encontrada en las sábanas de su habitación? —dijo Kay.

Evans tragó saliva. —Tuvimos relaciones.

Sharp frunció el ceño. —Hace un momento dijo que se encontró con ella a cuatrocientos metros de su casa.

—Tenía mi furgoneta. Volvimos a mi casa.

—¿La violó?

—¡No! —El rostro de Evans se puso blanco—. No. Por supuesto que no. Yo la amaba. Ella me amaba.

—Entonces explique la sangre.

El rostro de Evans se sonrojó en un instante. —Era solo su segunda vez. No la lastimé, lo juro.

—¿Por qué tenía su pasaporte, Peter? —dijo Kay.

Los hombros del joven de diecinueve años se hundieron. —Íbamos a escaparnos —dijo—. Por eso tenía una maleta llena de ropa allí. Yo compré la maleta, y cada vez que me encontraba con ella durante las cinco semanas previas a la ceremonia, me daba un poco más para empacar.

—¿Adónde iban a ir?

—A Francia —dijo—. Yo hablo algo de francés, y Sophie también, mejor que yo, de hecho —Suspiró—. Atribúyalo a una educación privada cuando era más joven. Íbamos a buscar trabajo enseñando inglés como lengua extranjera. Viajar un poco. Oh, Dios. —Se inclinó hacia adelante, apoyó los codos en la mesa y enterró la cabeza entre las manos—. No puedo creer que se haya ido.

Sharp le dio al joven unos momentos, luego abrió la carpeta sobre la mesa frente a él y reanudó su interrogatorio.

—No ha indicado ningún familiar cercano en su hoja de cargos —dijo—. ¿Dónde están sus padres?

Evans levantó la cabeza de sus manos. —Murieron cuando tenía seis años. También mi hermano gemelo. Accidente de coche. Me acogieron en una familia de acogida hasta que cumplí dieciocho en enero pasado.

—¿Cómo fue la vida en la familia de acogida?

Evans pareció confundido. —¿Qué tiene eso que ver con nada?

—Por favor, responda a la pregunta.

—Estuvo bien, supongo. Me pusieron con una pareja de mediana edad que no podía tener hijos propios, así que me acogieron.

—Necesitaremos sus datos.

—Brendan y Marjorie Chambers.

—¿Y cómo podemos contactarlos?

La mandíbula de Evans se tensó, y luego tomó un profundo respiro. —Buena suerte con eso. Están enterrados en el cementerio de Maidstone. Murieron hace seis meses en un accidente de tráfico cerca de Sittingbourne.

—¿Qué hizo con el arma homicida, Peter?

—¿Qué?

El repentino giro en el interrogatorio de Sharp

desconcertó al joven sospechoso, y Kay esperó su respuesta con interés.

—El arma homicida que usó para matar a Sophie. ¿Dónde está?

Evans empujó su silla hacia atrás y se puso de pie, con las manos sobre la mesa mientras se inclinaba hacia adelante. —Yo no la maté —escupió. Señaló a Sharp—. ¡Y mientras usted está aquí sentado entrevistándome, tratando de hacerme confesar, su asesino está ahí fuera caminando libremente!

El abogado de oficio puso una mano sobre el brazo de Evans y lo persuadió para que volviera a su asiento, alzando las cejas en dirección a Sharp.

Sharp lo ignoró y en su lugar se levantó de su asiento. —Entrevista terminada a las doce y veintisiete de la madrugada.

CAPÍTULO 5

Kay detuvo el coche suavemente en el camino de entrada de su casa y apagó rápidamente el motor.

El pub de la calle había cerrado hacía tres horas, y el callejón estaba en silencio.

Salió del vehículo y cerró la puerta, alcanzando a ver fugazmente un zorro que cruzaba el asfalto lleno de baches. Colgándose el bolso del brazo, usó la luz de la luna creciente para encontrar la llave de su casa y abrió la puerta principal.

Después de un robo hacía unos meses, se había instalado una nueva cerradura, y Kay agradeció que no chirriara como la antigua. Se dio la vuelta y la cerró tras de sí, con cuidado de no dejarla cerrarse de golpe y despertar a su pareja, Adam.

Él había dejado la luz de la cocina encendida; su

resplandor se extendía por el pasillo para que ella pudiera ver lo que hacía.

Era un cambio no llegar a casa y descubrir algún tipo de animal. Como socio en una de las clínicas veterinarias más concurridas de la ciudad, Adam a menudo traía su trabajo a casa, en el sentido literal. Sin embargo, su tiempo había estado ocupado las últimas semanas cuidando yeguas que estaban pariendo. Aunque los nacimientos habían ido bien, significaba que en este momento apenas se veían, ya que él a menudo salía por la puerta en las primeras horas de la mañana o trabajaba hasta altas horas de la noche.

Sedienta, dejó su bolso en la encimera de la cocina y llenó un vaso del filtro de agua junto al fregadero. Lo vació en cuatro grandes tragos, enjuagó el vaso y lo colocó boca abajo en el escurridor. Aunque exhausta, sabía que le tomaría media hora más o menos para que la adrenalina disminuyera lo suficiente como para dormir, así que se quitó los zapatos y se dirigió a la sala de estar. Encendió el interruptor de una lámpara de lectura y acercó el periódico del día anterior a través de la mesa de café y comenzó a pasar las páginas.

Incapaz de concentrarse en las palabras frente a ella, su mente volvió a la escena del asesinato de

Sophie Whittaker. No había visto el cuerpo de la chica in situ, ya que ya había investigadores de la escena del crimen procesando el lugar, y no tenía sentido pisotear todo el lugar y añadir a su trabajo. Aparte del hecho de que había rastros de sangre en el apartamento de Peter Evans y una maleta llena de ropa de Sophie, así como su pasaporte, aún necesitarían evidencia para vincularlo a la escena del crimen. De lo contrario, podrían no obtener una condena.

Se quitó la chaqueta de los hombros y sacó la blusa de la cintura de sus pantalones antes de hundirse de nuevo en los cojines con un suspiro. La mañana siguiente traería una montaña de papeleo mientras el equipo revisaba las declaraciones que los oficiales uniformados habían tomado de los asistentes a la fiesta, así como de los padres de Sophie Whittaker y Josh Hamilton. No podía imaginar por lo que el joven estaba pasando, al perder a su prometida.

La familia estadounidense parecía ser adinerada, su ropa cara. La madre parecía haberse sometido a alguna cirugía cosmética, y Kay no podía determinar su edad. Blake, el padre, parecía estar a mediados de los cincuenta.

Intrigada por saber cómo un rico estadounidense estaba vinculado a una familia aristocrática menor, y cómo su hijo se estaba casando con ella, se levantó del sofá y se dirigió de nuevo a la cocina, sacando su teléfono móvil del bolso antes de regresar a la sala de estar. Abrió la aplicación de búsqueda y escribió su nombre.

No tardó mucho para que el motor de búsqueda mostrara sus resultados. Hamilton Enterprises llenaba las primeras tres páginas de la pantalla. Hizo clic en el sitio web de la empresa y se desplazó por el menú hasta que encontró la página que detallaba el equipo de gestión ejecutiva.

Originario de Connecticut, Blake Hamilton había llegado al Reino Unido hacía tres años, estableciendo un negocio de consultoría que parecía prosperar creando redes y conexiones lucrativas. El negocio había crecido rápidamente, dejando atrás a sus competidores.

Kay abrió el calendario en su móvil e hizo una nota para investigar más a fondo el sitio web cuando llegara al trabajo. Intrigada, luego buscó el nombre de la madre de Sophie.

Lady Griffith generó menos resultados, y Kay tuvo que leer varios artículos de noticias de sociedad para formarse una imagen. Los padres de la mujer habían muerto hace algunos años, siendo su padre un conde que parecía disfrutar de una vida social activa, a juzgar por la cantidad de fotografías. Lady Griffith parecía apoyar organizaciones benéficas locales y buenas causas, pero los artículos revelaban poco sobre su carácter; cada uno estaba cuidadosamente redactado y lleno de elogios.

El padre de Sophie, Matthew, dirigía su propio negocio de software. Mirando más de cerca la información que encontró en el sitio web del registro de empresas, Kay conjeturó que su negocio no iba tan bien como el de Blake Hamilton, pero que era muy respetado dentro de la industria en la que trabajaba. Había escrito varios artículos para revistas de informática a lo largo de los años y había sido fotografiado en eventos sociales con su esposa.

Amplió una de las fotografías que mostraba a Sophie con sus padres, con una enorme sonrisa en su rostro mientras el flash del fotógrafo iluminaba la habitación, y Kay sintió una familiar punzada en el pecho al pensar en la vida de la joven arrebatada de una manera tan brutal.

Bostezó y arrojó su móvil sobre la mesa de café, dándose cuenta de que, si seguía navegando por el motor de búsqueda, nunca conseguiría dormir. Era tentador empezar a tomar notas, pero por experiencia, sabía que haría un mejor trabajo por la mañana. Tal como estaban las cosas, Sharp probablemente delegaría la tarea a uno de los miembros del personal administrativo o a uno de los oficiales uniformados que serían asignados para ayudar al equipo con la investigación.

Se levantó del sofá una vez más, recogió su chaqueta y apagó las luces de la planta baja antes de subir las escaleras.

Levantó el pie sobre el quinto escalón, que tenía tendencia a crujir, y no quería despertar a Adam. Lo más probable es que él saliera por la puerta antes que ella por la mañana, y había parecido exhausto los últimos tres días.

La puerta del dormitorio estaba entreabierta, y se deslizó por el hueco. Él había dejado encendida la luz de su mesita de noche, y ella programó su alarma antes de desvestirse rápidamente y meterse en la cama junto a él.

—¿Nueva investigación de asesinato?

—Pensé que estabas dormido —susurró ella—. Subí esas escaleras como si fuera de las malditas fuerzas especiales o algo así.

—Lo estabas haciendo bastante bien.

Ella se dio la vuelta y le dio una palmada en el brazo, tratando de no reír.

—Vuelve a dormir.

CAPÍTULO 6

Kay levantó la vista de su trabajo cuando Sharp entró en la habitación, seguido de cerca por el inspector jefe Angus Larch.

El detective de mayor rango la ignoró mientras pasaba junto a su escritorio para situarse al lado de la pizarra blanca.

Su mirada recorrió al equipo de investigación reunido, que rápidamente terminó sus conversaciones y dirigió su atención a los oficiales superiores, antes de que Sharp le hablara en voz baja y los dos hombres comenzaran a conversar sobre un documento que Sharp le mostraba.

Arrebatándoselo, Larch frunció los labios, luego levantó la vista y se encontró con los ojos de Kay, y su corazón se hundió. Él hizo una mueca de desprecio, luego le devolvió el documento a Sharp y le indicó que comenzara.

Después del éxito de sus investigaciones anteriores, Kay había esperado que Larch finalmente dejara atrás la investigación de Estándares Profesionales a la que la había sometido, pero parecía que tenía otros planes.

Kay se mordió el labio.

Ella tenía sus propios planes, y no eran unos que estuviera dispuesta a compartir con nadie más en la sala.

Planes que, con suerte, dejarían atrás la injusticia de su suspensión de una vez por todas.

Fue arrancada de sus pensamientos por la voz de Sharp que cortó el silencio de la sala.

—Bien, todos. Vamos a empezar.

Sharp esperó hasta tener la atención del grupo antes de continuar.

—Bien, para poneros al día sobre los eventos de anoche. Nuestra víctima es Sophie Whittaker, hija de Lady Griffith de Crossways Hall —dijo, fijando una fotografía reciente de la adolescente en la pizarra junto a una fotografía que el equipo de Investigación de la Escena del Crimen había tomado en la escena del crimen—. Dieciséis años, y asesinada con un solo golpe en la cara con un objeto contundente. No hay señales del arma homicida en la escena. Había varias personas en la casa de los Whittaker anoche, ya que se estaba celebrando una fiesta. Sophie y sus padres son parte de un grupo eclesiástico exclusivo, una rama de una de las congregaciones bautistas locales, y la fiesta era para celebrar lo que ellos llaman un "voto de pureza" de Sophie, así como el anuncio de su compromiso con un tal Josh Hamilton. Hunter, anota eso. Quiero que investigues qué diablos es un "voto de pureza" y qué implica. Volveremos a eso.

—Sí, jefe.

—Recibimos una denuncia anónima mientras estábamos en la escena del crimen que llevó al arresto de Peter Evans —continuó Sharp—, quien en este momento es nuestro invitado en la suite de custodia abajo. Cuando la oficial Hunter llegó a su domicilio, Evans tenía una maleta preparada que contenía un poco de ropa de Sophie Whittaker, junto con su pasaporte. Se encontró sangre en su ropa de cama. Él niega todo conocimiento del asesinato de Sophie, y lo he puesto bajo vigilancia por riesgo de suicidio mientras continuamos nuestra investigación.

El silencio llenó la sala, salvo por el rasgueo de los bolígrafos en los cuadernos.

—Realizaremos una entrevista adicional con el sospechoso después de esta reunión. —Sharp miró su reloj—. El inspector jefe Larch ha solicitado que se agilice la autopsia, pero aún pasarán al menos cuarenta y ocho horas o más antes de que obtengamos esos resultados. Así que —dijo, y se dirigió a cada miembro del equipo—, a menos que obtengamos una prórroga, trabajamos sobre la base de que tenemos noventa y seis horas para probar la culpabilidad de nuestro sospechoso o lo contrario. ¿Larch?

—Gracias, Sharp. —El inspector jefe dio un paso adelante—. Estaré monitoreando este caso de cerca. El padrino de Sophie Whittaker es el Muy Honorable Richard Fremchurch, y va a esperar una investigación pulcra con un resultado rápido. —Miró con severidad al equipo—. Ninguno de los detalles sobre esta investigación será transmitido a los medios por nadie en esta sala que no sea yo, ¿está claro?

Un murmullo llenó la sala, mientras el equipo reconocía su comprensión.

—Bien, por favor continúe —dijo Larch, y asintió a Sharp.

—Bien, tareas para hoy —dijo Sharp—. Carys, me gustaría que observaras la primera entrevista. Hablaremos después sobre tus impresiones iniciales. Haz un seguimiento con Harriet después de que hayamos entrevistado a Evans y ve si su equipo ha encontrado algo más en su propiedad.

—Lo haré, jefe.

Kay sonrió a la agente mientras escribía en su cuaderno.

Había trabajado con Carys Miles durante un tiempo y admiraba su tenacidad. Su sentido del deber casi le había costado caro en el último caso en el que habían trabajado juntas y el incidente había calmado su ambición, pero solo un poco.

—Gavin, tú empieza a investigar los antecedentes de Peter Evans. Quiero poder corroborar tanto como sea posible con lo que nos diga.

Gavin Piper asintió, y Kay notó sus ojos inyectados en sangre. Su cabello rubio y puntiagudo parecía más despeinado de lo habitual, y se dio cuenta de que probablemente había pasado la mayor parte de la noche trabajando para recopilar las declaraciones de los testigos de los invitados a la fiesta de los Whittaker. Hizo una nota mental para pedirle a uno de los miembros del personal administrativo que saliera a comprarle un café decente de su cafetería favorita calle arriba una vez que terminara la reunión.

Volvió a mirar al frente de la sala cuando Sharp dirigió su atención hacia ella. —Kay, quiero que entrevistes a los padres de Sophie. Llévate a Barnes contigo.

—Por el amor de Dios, Hunter, ten cuidado

cuando hables con los padres —dijo Larch, apuntándola con el dedo—. Me enteraré si no sigues las reglas al pie de la letra en este caso.

Se marchó, dejando una estela de fuerte loción para después del afeitado a su paso.

Sharp golpeó el rotulador contra su barbilla mientras observaba al detective mayor partir, y luego lo dejó caer en la repisa debajo de la pizarra. —Muy bien, eso es todo por ahora. Manos a la obra.

CAPÍTULO 7

Kay se desplazaba por una acumulación de correos electrónicos en su móvil mientras Barnes giraba el coche hacia la entrada de la casa de los Whittaker.

Bajó el móvil e intentó que no se le cayera la mandíbula al ver su entorno.

A la luz del día, el camino de entrada a la casa ofrecía una vista panorámica de North Downs, con la autopista M20 y la ruta del tren Eurostar trazando dos líneas distintas a través del paisaje. Mientras Barnes reducía la velocidad del vehículo para seguir el camino de grava alrededor de una curva a la derecha hacia la casa, Kay estiró el cuello para ver las altas chimeneas que se elevaban sobre el edificio. La hiedra trepaba por las paredes, alcanzando las ventanas más altas, mientras que una glicina abrazaba el ornamentado porche delantero.

—Bonito trabajo, si puedes conseguirlo —dijo él.

—Ya lo creo. No puedo evitar preguntarme si se quedarán aquí ahora.

—Sí. No sé si yo podría.

El camino de entrada se ensanchó al acercarse a la casa, y Barnes detuvo el coche junto a una furgoneta blanca.

Kay bajó del asiento del copiloto, guardó su teléfono en el bolso y esperó a que Barnes se uniera a ella.

—¿Cómo quieres hacer esto?

—Creo que sería mejor que tú hablaras con Diane —dijo Kay. Tragó saliva y se giró para que él no pudiera ver su cara—. Tú tienes un hijo, así que probablemente lo harás mejor que yo. Yo me ocuparé de Matthew.

—De acuerdo.

Cuando comenzaron a caminar hacia la puerta principal, esta se abrió de golpe y un hombre corpulento con barriga cervecera bajó tambaleándose por los escalones de la entrada, con el rostro marcado por la furia.

Pasó rozando a Kay, se dirigió furioso a la furgoneta, subió y se alejó a tal velocidad que hizo saltar grava contra el coche de Barnes, astillando la pintura.

—¿Cogiste la matrícula? —preguntó Kay.

—La tengo.

—Lo siento mucho.

Ambos se giraron para ver a Matthew Whittaker de pie en el umbral, con el rostro afligido.

—¿Quién era? —preguntó Kay.

—El encargado del alquiler de la carpa. Los suyos siguen aquí, todo está acordonado, y él no condonará la tarifa de alquiler adicional. Dice que no está en sus términos y condiciones. Incluso amenazó con cobrar más por "inconvenientes" porque no recuperará la carpa hasta mañana. —Levantó los dedos para enfatizar sus palabras, antes de dejar caer los brazos a los costados, con los hombros caídos.

—Si me da sus datos, hablaré con él. Veré qué puedo hacer.

—Gracias. Disculpe. ¿Querían hablar?

—Si fuera posible —dijo Kay.

—Buenos días, detectives. —Una mujer elegantemente vestida se asomó por la puerta y luego se hizo a un lado para dejarlos pasar.

—Buenos días, Hazel.

Kay esperaba que su voz no traicionara su alivio al ver a Hazel Aldridge, una de las oficiales de enlace familiar de la división. Como conducto entre la investigación policial y la familia de Sophie, el papel de Hazel era invaluable.

—La señora Whittaker está en la sala de estar —dijo.

—Por aquí —dijo Matthew, y los guio a través del vestíbulo.

Empujó una puerta de madera oscura y se hizo a un lado para dejarlos pasar.

Diane Whittaker se levantó de un sofá malva de dos plazas, con los ojos enrojecidos.

—Buenos días, Lady Griffith —dijo Kay—. Entiendo que este es un momento muy difícil para usted; sin embargo, nos gustaría hacerle algunas preguntas iniciales para ayudar con nuestra investigación.

—Por supuesto. Por favor, siéntense.

Kay esperó hasta que todos se hubieran acomodado antes de sacar su libreta. —Cuando detuvimos a Peter Evans anoche, tenía algo de ropa empacada en una maleta y el pasaporte de Sophie.

Diane jadeó y se recostó contra los cojines, con la mano sobre la boca.

—¿Cómo... cómo consiguió eso? —dijo Matthew.

—¿Pueden contarme más sobre la relación de

Peter con Sophie?

—No había ninguna relación —espetó Diane—. A pesar de lo que ellos pensaran.

—Habíamos presentado a Sophie a Josh Hamilton a través de nuestro grupo de la iglesia hace seis meses —dijo Matthew—. Unas cinco semanas después, Sophie mencionó a Peter por primera vez. Creo que se había encontrado con él en la ciudad cuando estaba con amigos un sábado por la tarde.

Kay abrió su libreta y anotó los detalles. —¿Qué dijo ella?

—Bueno, en realidad no lo mencionó exactamente —dijo Matthew, y tosió—. Ella y Eva estaban hablando de él cuando regresaron aquí, y no se dieron cuenta de que Diane y yo estábamos en la terraza debajo de la ventana de Sophie. Las escuchamos hablar de él.

—Esa maldita chica —murmuró Diane.

—¿Puede elaborar?

—Sophie le preguntó a Eva qué pensaba de Peter —dijo Matthew—. Creo que Eva lo conocía antes de que se encontraran, posiblemente a través de otra amiga suya. Le dijo a Sophie que Peter no estaba saliendo con nadie, y que era raro verlo en verano. Al parecer, pasa mucho tiempo en Cornualles haciendo surf, o viajando al extranjero.

—No sirve para nada —dijo Diane, con la barbilla levantada—. Sin expectativas.

—Entonces, volviendo a mi pregunta, ¿cómo llegó a tener el pasaporte de Sophie en su posesión?

—¿No se lo ha dicho él?

—Me gustaría escuchar sus opiniones.

Diane resopló. —Creo que probablemente la convenció de fugarse con él en lugar de casarse con Josh.

Kay miró a Barnes. —Lady Griffith, ¿le importaría mostrarle al agente Barnes dónde está la ventana de Sophie en relación con la terraza? —Se volvió hacia Matthew—. Me gustaría ver su dormitorio, si no le importa mostrármelo.

Diane se levantó del sofá con un suspiro e hizo un gesto a Barnes. —Por aquí.

—Te veré de vuelta en el vestíbulo —dijo Kay mientras él pasaba a su lado.

Alcanzó a Matthew y lo siguió escaleras arriba, echando un vistazo a las fotografías familiares colocadas en la pared mientras subía los peldaños.

En cada una, los tres miembros de la familia posaban formalmente a medida que los años trazaban la vida de Sophie; Matthew de pie detrás de su esposa sentada en las fotos más antiguas, con las manos sobre sus hombros mientras Sophie crecía de bebé en el regazo de su madre a niña pequeña. A medida que Sophie maduraba, se paraba junto a su madre, mientras Matthew colocaba una mano protectora sobre los hombros de ambas.

Kay se detuvo cerca de la parte superior de las escaleras y permitió que Matthew continuara sin ella. Se acercó a la última fotografía y observó el conjunto. La chica que le devolvía la mirada mantenía la cabeza alta con una mirada casi desafiante mientras posaba para la cámara y, a pesar de no llevar tacones, era solo unos centímetros más baja que su padre. En esta fotografía más reciente, su mano ya no estaba colocada sobre su hombro, sino en la parte superior de su brazo izquierdo.

Kay frunció el ceño mientras examinaba la fotografía, y luego miró a Matthew.

—¿El mismo vestido que llevaba anoche? Parece un vestido de comunión.

Una sonrisa triste cruzó los labios del hombre.

—No, no es de comunión. Esta fue tomada hace seis semanas. Lista para su ceremonia de juramento. Queríamos tomar algunas fotografías profesionales antes del día, en caso de que el clima se volviera inclemente.

—¿Ceremonia de juramento?

—Está ganando popularidad aquí. Sophie era un

poco mayor para ello, pero… —Se encogió de hombros—. Ella quería hacerlo. La mayoría de las chicas hacen un juramento cuando cumplen trece años, o a veces antes.

—¿Qué significa?

—Se comprometió a permanecer casta hasta que se casara.

Las cejas de Kay se alzaron.

—¿Es legalmente vinculante?

Él negó con la cabeza.

—Ese no es el punto. Es vinculante a los ojos de nuestro Señor.

—Oh.

Su mano tembló mientras extendía los dedos y los deslizaba por el cristal, y luego sorbió.

—Su habitación está por aquí. Los suyos terminaron hace unas horas.

Él la guio a lo largo de un pasillo alfombrado, y luego se detuvo en la última puerta a la derecha.

—Esta es la de Sophie.

—Gracias —dijo Kay. Se detuvo en el umbral mientras Matthew encendía las luces.

Los focos en el techo proyectaban un tono tenue hasta que giró el interruptor regulador, iluminando el espacio con una luz más intensa.

Ella frunció el ceño.

—Las cortinas están cerradas, ¿por qué?

La ira cruzó su rostro.

—Malditos periodistas. Uno de los proveedores que ayudaba a limpiar esta mañana vio un flash de cámara desde el bosque detrás de la casa. Probablemente intentando conseguir una fotografía de sus colegas mientras trabajaban aquí. Hemos tenido que cerrar todas las cortinas de este lado de la casa.

—Hablaré con alguien cuando regrese a la comisaría. Veré si puedo ponerle fin a eso.

—Gracias. —Él se quedó en el pasillo—. Mire, si no le importa, quizás espere abajo. Todo esto… —Hizo un gesto hacia las cosas de Sophie—. Es demasiado.

—Lo entiendo. No tardaré mucho.

Whittaker asintió y desapareció.

Kay se movió hacia el centro de la habitación y giró en círculo, sus ojos recorriendo la cama individual, los armarios empotrados y la mesita de noche.

El equipo de Harriet había trabajado metódicamente, pero con empatía; la habitación había sido ordenada lo mejor posible una vez que habían completado su búsqueda sistemática, sin embargo, era evidente que esta ya no era la habitación de una adolescente.

Tenía la atmósfera de una vida ahora extinta; algo intangible que dejaba un susurro en el aire de un momento detenido en el tiempo, congelado para siempre en los recuerdos.

Kay miró por encima de su hombro, y luego se puso guantes protectores y comenzó a revisar los cajones de la mesita de noche.

No dudaba de la capacidad de Harriet, ni de la de su equipo, pero quería entender mejor a Sophie, hacerse una idea de cómo había sido la vida de la chica antes de que le fuera arrebatada tan violentamente.

Dos libros de bolsillo, ambos de no ficción, estaban metidos en el cajón superior junto con un libro electrónico y un paquete de pastillas para el dolor de cabeza. Un par de gomas para el pelo y una lima de uñas estaban empujadas hacia el fondo.

Sophie había guardado un surtido de CDs viejos en el cajón inferior, y Kay pasó la vista por los títulos antes de empujarlos a un lado. Una caja de pañuelos ocupaba el resto del espacio, pero no encontró ningún diario, ni tampoco el equipo de Harriet.

Sophie había sido una guardiana de secretos, eso ya era evidente.

Kay dirigió su atención al armario empotrado que ocupaba la longitud de un lado de la habitación, pero aparte de una selección de ropa colgada en orden de longitud y una variedad de zapatos, no encontró nada que sugiriera que Sophie estuviera involucrada con alguien más aparte del joven con quien recientemente se había comprometido, o Peter Evans.

Un murmullo de voces le llegó desde el pie de la escalera y se dio cuenta de que Barnes había regresado con Diane y estaba hablando con Matthew.

Suspiró y salió de la habitación. Mientras bajaba las escaleras, se guardó los guantes en el bolsillo mientras tres rostros se volvían hacia ella.

—Gracias por su tiempo esta mañana —les dijo a Diane y Matthew—. Nos pondremos en contacto tan pronto como tengamos algo que informar. Mientras tanto, Hazel estará disponible para cualquier cosa que necesiten, así que por favor no duden en hacérselo saber.

—Gracias, oficial —dijo Matthew, y los acompañó a la puerta. Se secó los ojos—. No puedo creer que se haya ido.

Diane se estremeció y se envolvió con su cárdigan.

—El Señor sabe cómo estará lidiando Josh con esto. Estará destrozado.

CAPÍTULO 8

—¿Qué opinas?

Habían viajado en silencio desde la casa de los Whittaker hasta que Barnes aceleró al subir la rampa de la autopista y esquivó un coche lento en el carril izquierdo.

—Diane Whittaker definitivamente no sabía que Sophie seguía viendo a Peter Evans, y mucho menos que planeaba fugarse con él. Le pregunté cuánto tiempo hacía que Sophie tenía su propio pasaporte, y resulta que lo obtuvo hace solo seis meses para un viaje escolar de arte al Valle del Loira en mayo. Al parecer, fue patrocinado, así que los padres no tuvieron que pagar.

—¿Nunca se fueron de vacaciones al extranjero?

Barnes negó con la cabeza e indicó a la izquierda,

tomando una salida hacia el norte de la ciudad y moviéndose al carril que los llevaría de vuelta a la comisaría. —Me dio la impresión de que no podían permitírselo.

—¿Con una casa como esa? —Kay se frotó el ojo—. Supongo que las mansiones señoriales requieren mucho dinero para mantenerse.

—Bueno, ese lugar definitivamente necesita algo de trabajo.

—Sí. Algunas partes parecían un poco deterioradas, ¿no?

—Diane Whittaker me dijo que esperaban recibir pronto algún tipo de subvención o pago de una fundación o algo así, para ayudar a iniciar algunas renovaciones.

—Esperemos que lo consigan. Debe costar una fortuna mantenerse al día con el trabajo en un lugar así. Para cuando hayas terminado de arreglarlo todo, sería hora de empezar de nuevo.

—¿Encontraste algo en la habitación de Sophie?

—No, y Harriet y su equipo aún están elaborando su informe. La habitación de Sophie era bastante austera, en realidad. Siempre recuerdo que mi habitación era un desastre cuando era adolescente.

—Sí, la mía también.

—Fue extraño, ni siquiera había pósteres en las paredes.

—Papel tapiz antiguo, tal vez.

Kay entrecerró los ojos hacia él.

—Está bien, la casa no es un museo… todavía —sonrió—. ¿Qué pensabas encontrar?

—Pensé que podría haber un diario o algunas cartas de amor o algo escondido que hubiéramos pasado por alto durante las búsquedas formales, pero no había nada. —Miró por la ventana mientras se acercaban a un semáforo y observó a una joven madre empujando a un niño pequeño en un coche de juguete demasiado grande por la acera, mientras el niño reía y echaba la cabeza hacia atrás con deleite.

—¿Alguna idea sobre el motivo aún?

—¿Celos, tal vez?

—Así que él la mata.

—Pero entonces, ¿por qué esperar a que viniéramos a buscarlo? —Kay negó con la cabeza mientras el semáforo se ponía en verde y Barnes pisaba el acelerador—. No tiene sentido. Tenía un pasaporte con él y estaba empacado y listo para irse, entonces, ¿por qué no lo hizo?

—¿Shock?

Kay arrugó la nariz. —Es poco probable. —Apoyó la mano en el clip de su cinturón de seguridad mientras Barnes giraba hacia el estacionamiento de la comisaría—. Escucha, investiga el negocio de Matthew Whittaker. Averigua si hay algo allí de lo que debamos estar al tanto. Lo mismo con la casa y la financiación para las renovaciones.

—¿Algo en particular que deba buscar?

—Algo que no encaje. Ya sabes cómo puede ser. Puede que no sepamos qué es hasta que lo veamos.

Apagó el motor y tiró del freno de mano antes de volverse hacia ella. —También puede que no haya nada allí.

Su boca se crispó. —Supongo que solo hay una manera de averiguarlo.

—¿Y qué harás tú mientras yo estoy haciendo papeleo?

—Iré a buscar a Carys e iremos a ver a los Hamilton. Averiguaremos cuánto sabía Josh sobre la relación de Sophie con Peter.

Barnes arqueó una ceja mientras abría su puerta.

—Esa va a ser una conversación interesante.

CAPÍTULO 9

—Bonito lugar el que tiene aquí, señor Hamilton.

Kay cruzó el camino de entrada hacia un lujoso sedán de cuatro puertas, con Carys a su lado.

Blake terminó de acomodar las maletas en la parte trasera del vehículo, cerró el maletero y se giró colocando las manos en las caderas. Entrecerró los ojos ante el sol que se reflejaba en el agua.

—Sí, es un buen sitio. Claro que tuvimos que derribar la casa vieja —arrugó la nariz—. Todo el edificio estaba podrido. Nos llevó como un año que el ayuntamiento aprobara los planos de esta, pero al final entraron en razón.

—¿Cuánto tiempo llevan aquí?

—Unos tres años. Yo quería un lugar con fácil acceso a la oficina en la ciudad, y Courtney deseaba estar en el campo inglés. —Extendió los brazos ampliamente y señaló la casa—. Esto es perfecto.

—Ciertamente es una casa muy bonita.

Blake sonrió, y luego bajó la mirada.

—En cualquier otro momento, me encantaría darles un tour guiado, pero como pueden ver, estamos de salida.

—¿Estamos?

—Josh y yo. —Señaló con el pulgar por encima de su hombro—. Apenas hace unas semanas que volvió a la universidad, pero dadas las circunstancias, hemos hablado con sus profesores y acordamos que pasará el resto del semestre en casa. Puede estudiar en línea y volver en el Año Nuevo.

—¿Qué universidad?

—Brunel.

—De hecho, me preguntaba si podríamos hablar un momento con Josh.

Una expresión de dolor cruzó el rostro del hombre.

—Realmente necesitamos irnos —dijo—. El tráfico en la ciudad es un infierno a última hora de la tarde.

—Entiendo eso, señor Hamilton, pero estoy en medio de una investigación de asesinato.

Frunció el ceño.

—Ya tienen a su sospechoso, ¿no?

—Lo tenemos, y continuaremos con esa parte de nuestra investigación. Mientras tanto, me gustaría hablar con Josh, por favor. Quisiera saber más sobre Sophie Whittaker.

Blake suspiró.

—Mire, puede hablar con él un momento, pero no podemos demorarnos.

Kay se forzó a sonreír.

—Está bien. Haremos algunas preguntas preliminares ahora y volveremos mañana.

—Bien, eh… de acuerdo.

Kay y Carys lo siguieron a través de la puerta principal hasta un amplio vestíbulo, donde una escalera de hierro y mármol ascendía por un atrio hasta el nivel superior de la casa, mientras que varias puertas conducían a diferentes habitaciones en la planta baja.

Aromas de repostería flotaban desde una puerta más allá de la escalera, y Kay se sorprendió por la sensación de normalidad en comparación con la casa de los Whittaker.

También era evidente que, en contraste, el negocio de Blake Hamilton iba bien: su casa mantenía un brillo pulido mientras que la casa ancestral de Diane Whittaker parecía estar cayéndose a pedazos.

Crossways Hall no era precisamente un ejemplo de elegancia desgastada.

Se sobresaltó cuando Blake gritó escaleras arriba.

—¡Josh, date prisa!

La forma desgarbada del adolescente apareció en lo alto de las escaleras, con una bolsa deportiva colgada al hombro y unas gafas de sol sobre su cabello rubio y puntiagudo.

Bajó arrastrando los pies por el rellano antes de descender las escaleras, y se detuvo en seco cuando vio a Kay y Carys.

—Vamos —dijo Blake—. La policía quiere hablar rápidamente contigo antes de que nos vayamos.

—¿Todo bien?

Kay se giró al oír la voz de Courtney Hamilton.

—Buenos días, señora Hamilton.

—¿Qué está pasando?

Los ojos de la mujer estaban muy abiertos mientras se secaba las manos con una toalla.

—Queríamos hacerle algunas preguntas a Josh sobre Sophie Whittaker —dijo Kay—, pero entiendo que el señor Hamilton quiere llevarlo a la universidad lo antes posible. No los entretendremos mucho, podemos volver mañana.

—Oh. De acuerdo. Los dejaré entonces.

Desapareció de nuevo en lo que Kay supuso era la cocina, tarareando en voz baja.

—Bien, entonces… ¿qué querían preguntarle a Josh? —dijo Blake, y rodeó con un brazo los hombros de su hijo cuando este se unió a ellos en el vestíbulo.

Kay se dio cuenta de que no iba a ceder en su afirmación de que se marcharía pronto, y decidió que no tenía tiempo para sutilezas.

—Josh, ¿puedes contarme los eventos de anoche con tus propias palabras?

Blake Hamilton dejó escapar un fuerte suspiro.

—Honestamente, oficial, realmente no tenemos tiempo para esto. Josh ya dio una declaración a uno de los policías anoche.

Ella lo ignoró y asintió a Carys, quien tenía su libreta y bolígrafo listos.

—¿Josh?

El adolescente se encogió de hombros.

—Llegamos a la casa de los Whittaker alrededor de las seis, supongo. La gente de nuestro grupo de la iglesia eran los únicos invitados; queríamos mantener la ceremonia privada. Caminamos un rato y hablamos con todos, y luego nuestro pastor, Duncan, reunió a todos en la carpa para que Sophie pudiera hacer su juramento. Después de eso, le entregué un anillo de compromiso.

Kay asintió, pero no dijo nada y esperó a que continuara.

Otro encogimiento de hombros.

—Después de que terminó la ceremonia, nos sentamos para la cena formal, y luego el personal retiró las mesas y comenzó la disco.

—¿A qué hora fue eso?

—Alrededor de las ocho y media, creo.

—¿Qué hiciste después de la cena?

—Socialicé. Tomé algunas cervezas. —Arrugó la nariz—. Una de las mujeres mayores intentó que bailara, pero ni de broma.

—¿Cuándo fue la última vez que viste a Sophie?

Frunció el ceño.

—Alrededor de las nueve y cuarto, supongo. —Se rascó la mejilla—. Sí. Como a las nueve y cuarto. Estaba en la terraza hablando con su madre, y yo me acerqué. No sé de qué estaban hablando, pero Diane parecía bastante molesta por algo. Sin embargo, pareció superarlo bastante rápido, y luego nos dejó a Sophie y a mí solos.

—¿De qué hablaron?

—Oh, de esto y aquello, ya sabe.

—¿Podrías elaborar, por favor?

—Un momento —Blake levantó una mano—. ¿Qué clase de pregunta es esa?

—Estoy tratando de averiguar de qué hablaron su hijo y Sophie Whittaker —dijo Kay—. Podría ayudarnos a evaluar cuál era su estado de ánimo en ese momento.

—¿Estado de ánimo? —Blake se rio—. Le diré cuál era su estado de ánimo. Estaba borracha, como todos los demás. —Le dio una palmada en el hombro a Josh—. Si eso es todo, oficial, voy a llevar a Josh a la universidad —dijo Blake—. Como dije, no quiero quedarme atrapado en el tráfico de camino allá.

Kay apretó la mandíbula. —Gracias. Aprecio su tiempo. Volveremos mañana.

El estadounidense asintió, luego guio a Josh hacia la puerta principal donde esperaba el coche.

Kay y Carys se quedaron de pie en los escalones de la entrada mientras el coche se alejaba.

—¿Les gustaría un café antes de irse?

Kay se giró para ver a Courtney en el pasillo, con ojos esperanzados. Miró a Carys y luego de vuelta a Courtney. —Sí, estaría bien, gracias. Siempre y cuando no sea una molestia para usted.

—Para nada. Vengan conmigo a la cocina.

La siguieron por el pasillo y a través de unas amplias puertas dobles hasta un espacio que Kay estaba segura era el doble del tamaño de su garaje.

Espaciosa y luminosa, la habitación mostraba las

encimeras brillando bajo el resplandor de focos estratégicamente colocados en el techo.

Courtney notó su mirada. —Mármol —sonrió—. Blake lo hizo traer de Italia especialmente para mí. —Pasó la mano por la superficie más cercana a ella—. Es precioso, ¿verdad?

—Encantador —dijo Carys, y alzó una ceja hacia Kay una vez que la otra mujer les dio la espalda.

Un aroma fresco de vainilla y canela llenaba toda la habitación, y Kay esperaba que su estómago no rugiera ruidosamente como siempre lo hacía cuando no había comido por más de cuatro horas.

—Huele muy bien aquí —dijo.

—Oh, normalmente tenemos un ama de llaves que se encarga de toda la cocina por mí —dijo Courtney—, pero, ya saben, hornear me ayuda a calmarme, así que solo le pedí que me consiguiera los ingredientes y me dejara hacerlo yo misma.

Se ocupó en preparar el café, y luego les entregó la infusión resultante en tazas de porcelana fina.

—Josh debe estar devastado —dijo Kay.

—O aliviado. —La mujer se tapó la boca con la mano y se sonrojó.

—¿Aliviado?

—Bueno —dijo Courtney, y agitó la mano—. Ambos son tan jóvenes, en realidad, ¿no? Quiero decir, eran, supongo. —Guardó silencio por un momento, y luego sacudió la cabeza como para recomponerse—. Preferiría que Josh viera el mundo antes de establecerse. Tiene mucho tiempo antes de tener que preocuparse por casarse y hacerse cargo del negocio de Blake.

—¿De quién fue la idea de la ceremonia del voto de pureza? —preguntó Carys.

Las cejas de Courtney se fruncieron, su frente lisa se negaba a arrugarse. —De Matthew, creo. —Hizo una pausa—. ¿O fue de Sophie? —Se encogió de hombros—. No importa. Sé que ambos empezaron a hablar de ello después de que Blake lo mencionara durante una de nuestras reuniones privadas de la iglesia una noche.

Se dio la vuelta, se puso guantes resistentes al calor y abrió la puerta del horno, sacando dos bandejas antes de girarlas y meterlas de nuevo.

—Las reuniones privadas de adoración, ¿cómo empezó eso? —dijo Kay, tratando de ignorar el aroma de las galletas que salían del horno.

Courtney cerró la puerta y ajustó el temporizador antes de quitarse los guantes y volver a su taburete. —Blake lo sugirió hace un par de años, y Duncan estuvo de acuerdo. —Frunció los labios—. Está bien mezclarse con otros del pueblo, supongo, pero hay algunas cosas que simplemente nos gusta mantener alejadas de personas que no, bueno, no entenderían, ¿saben? —Captó la mirada de Kay y forzó una pequeña sonrisa—. Nada fuera de lo común, se lo puedo asegurar, pero quizás cosas de las que no necesitan preocuparse. —Su nariz se elevó un poco en el aire—. Estamos bastante alejados de sus pequeños problemas y asuntos —añadió, haciendo un gesto alrededor de la amplia cocina.

Kay reprimió la réplica que surgió en sus labios. —Entonces, ¿estas reuniones privadas se celebran regularmente?

—Oh, sí, todos los martes por la noche.

—¿Dónde?

—En la iglesia. Duncan es muy complaciente —dijo Courtney con entusiasmo—. Tiene una mente tan abierta cuando se trata de cómo se debe permitir a uno celebrar su fe.

Carys se aclaró la garganta.

Kay miró hacia ella a través de la encimera, pero la joven agente tenía la cabeza inclinada sobre su cuaderno y se negaba a encontrar su mirada. Se alegró; no creía poder mantener una cara seria si Carys hubiera decidido mirar hacia arriba en ese momento.

Volvió su atención a Courtney. —Entonces,

volviendo al voto de pureza. Eso es algo estadounidense, ¿no?

La mujer entrecerró los ojos y giró la alianza en su dedo. —Supongo.

—Es solo que nunca había oído hablar de ello antes. ¿Puede contarme un poco al respecto?

Los ojos de Courtney se iluminaron. —Oh, claro, sí. Bueno, se originó en el movimiento bautista en Connecticut hace años, que es de donde es la familia de Blake, pero realmente está despegando en otros estados también. Es muy popular entre las adolescentes que quieren honrar a Dios y permanecer castas hasta su noche de bodas.

—¿Y firman un contrato?

—Sí —dijo Courtney—. Las chicas se ven tan hermosas, deberían haber visto el vestido que Sophie estaba...

Kay esperó, contenta de dejar que la mujer se retorciera.

—Quiero decir, supongo que lo vieron —dijo Courtney, con la cara carmesí. Se puso las yemas de los dedos contra las mejillas por un momento—. De todos modos —dijo finalmente—, las chicas se visten de blanco, y ellas y sus padres hacen un juramento: las chicas prometen permanecer castas, y los padres se comprometen a proteger la castidad de sus hijas.

—¿Los padres juran proteger a sus hijas?

—Sí.

Kay encontró la mirada de Carys esta vez cuando la joven agente levantó la cabeza de golpe, con los ojos muy abiertos.

—Interesante —dijo.

CAPÍTULO 10

—Bien, prestad atención.

El bullicio disminuyó ante la voz de Sharp, y el equipo dirigió su atención al frente de la sala mientras el inspector caminaba por la alfombra frente a la pizarra.

—Llevamos veinticuatro horas con este caso, y necesitamos ponernos manos a la obra. Empecemos con Gavin: ¿qué ha informado Lucas hasta ahora?

—Sus hallazgos preliminares indican una herida de trauma contundente en la cara. Lucas dice que el golpe fue lo suficientemente fuerte como para romper sus dientes superiores y astillar su rostro, lo que perforó su cerebro. La muerte fue instantánea —dijo el joven policía—. Lucas ha podido traer a un patólogo adicional para ayudar con la carga de trabajo después del accidente en la autopista del fin de semana, y dijo que espera tener su informe completo para usted mañana.

—Bien. Avísame en cuanto llegue. ¿Quién tiene una actualización de Harriet?

—Yo, jefe —Carys levantó su bolígrafo en el aire y luego bajó la mirada a su cuaderno—. No se encontró el arma homicida en la escena del crimen, pero sea lo que sea que se usó, hizo un desastre tremendo. Dijo que había sangre en las hojas de rododendro cercanas y en el césped junto al cuerpo. Desafortunadamente, Eva Shepparton pasó por ahí y la esparció de vuelta hacia la pendiente que conduce a donde está la carpa. Obviamente, necesitamos determinar si vio o escuchó algo. Ella declaró que no podía recordarlo, pero esperemos que la sobriedad la ayude a recordar.

—Buen trabajo, Carys. Kay, ¿tú y Barnes obtuvieron algo de los padres de Sophie?

—No tenían idea de que Sophie seguía viendo a Peter Evans, y mucho menos de que estuviera durmiendo con él —dijo ella. Miró a Barnes—. De hecho, ambos parecían sorprendidos de no saberlo, ¿verdad?

—Sí, y cuando estaba hablando con Diane Whittaker, todo lo que decía era que no podía entender por qué Sophie haría eso: dormir con Peter cuando estaba a punto de comprometerse con Josh Hamilton —dijo Barnes—. Desde una perspectiva de diligencia debida, he comenzado a revisar las cuentas comerciales de Matthew Whittaker, y Diane mencionó que estaban esperando algún tipo de financiación o subvención para ayudar con las renovaciones de su casa, así que seguiré trabajando en eso.

—¿Cómo estaba Blake Hamilton? —preguntó Sharp.

—Poco colaborador —dijo Kay—. Más interesado en llevar a Josh a su universidad en Londres para recoger sus cosas que en ayudar a descubrir por qué Sophie fue asesinada. Su esposa, Courtney, era más habladora, pero parece estar ajena al hecho de que estamos tratando de llevar a cabo una investigación de asesinato.

—¿En qué sentido?

—Parecía aliviada de que Josh no se casaría pronto. Dijo que ambos eran demasiado jóvenes para ese tipo de cosas; estaba ansiosa por que él viajara una vez que terminara la universidad, y no parecía estar encantada con todo el asunto del compromiso.

—¿Hablarás con ellos de nuevo?

—Sí, mañana.

—¿Dónde estamos con las copias de los informes escolares de Sophie?

—Aquí —dijo Debbie West—. Nada fuera de lo común. Sin ausencias injustificadas, sin detenciones en los últimos dos años. Un par de premios por tenis. —Arrojó las páginas de vuelta a su escritorio—. Una alumna modelo, por lo que se ve.

—¿Qué pensaban los padres sobre Peter Evans?

—Ciertamente dieron la impresión de que sentían que él estaba por debajo de tener una relación con Sophie —dijo Kay—. Diane no tenía tiempo para él en absoluto, y ambos se sorprendieron cuando les dije que el pasaporte de Sophie se encontró en el apartamento de Peter.

—Muy bien. Sigan con el buen trabajo, todos. El inspector jefe Larch y yo entrevistaremos a Evans de nuevo en media hora. ¿Algo más?

—Cuando hablamos con Matthew Whittaker antes, no mencionó el hecho de que él también hizo una promesa —dijo Kay—. Aparentemente, su parte del trato es proteger a su hija hasta que se case.

—Falló ahí, entonces —murmuró Barnes—. Parece que ella los estaba engañando a todos.

—Me preguntaba, si Matthew se enteró de que Sophie estaba durmiendo con Peter, ¿sería eso motivo suficiente para que le hiciera daño?

Un silencio llenó la sala de incidentes, roto solo cuando el bolígrafo de Gavin rodó por su cuaderno abierto y cayó al suelo.

Sharp se frotó la barbilla. —¿Crees que se tomó su promesa tan en serio?

—Quizás. Creo que vale la pena tener otra conversación con él.

—Hazlo, pero con cuidado.

—Entendido.

—Bien, tareas para mañana. Barnes y Piper: organicen otra entrevista con Eva Shepparton. Cuando hablen con ella de nuevo, averigüen qué sabía sobre la relación de Sophie con Peter.

—Sí, jefe.

—Hunter, a primera hora de la mañana ve a hablar con el pastor, Duncan Saddleworth. Trata de entender su relación con los padres y averigua de quién fue la idea de que Sophie hiciera esta "voto de pureza". Luego lleva a Carys contigo y habla de nuevo con Matthew Whittaker; averigua qué tan en serio se estaba tomando su parte del trato.

—Lo haré —golpeó su bolígrafo contra el costado de su cuaderno—. ¿Cree que tal vez Sophie estaba teniendo dudas?

—O estaba decidida a seguir adelante, y a Peter Evans o Matthew Whittaker no les gustó la idea.

CAPÍTULO 11

Un olor a humedad invadió los sentidos de Kay a la mañana siguiente mientras sacudía su paraguas y lo colocaba en un soporte de hierro fundido en el pórtico de la iglesia, agradecida por el refugio del breve aguacero veraniego.

Al enderezarse, recorrió con la mirada los diversos mensajes clavados en el tablón de anuncios y extendió la mano para levantar las esquinas y leer los llamados a la acción de los diferentes grupos que utilizaban la iglesia para reuniones, prácticas de campanadas y hacer arreglos florales.

Frunció el ceño ante un espacio rectangular en la esquina inferior izquierda del tablón de anuncios, con una chincheta roja y otra azul clavadas en el centro.

Su mirada se desvió hacia la caja de colecta

colocada sobre una estrecha repisa encima de un viejo banco, y el aro metálico en un lado que estaba sujeto a la pared de madera del pórtico por una sólida cadena.

Kay puso su mano en el pestillo centenario y abrió suavemente la puerta de madera.

Parpadeó mientras empujaba la puerta para cerrarla y sus ojos se adaptaban a la penumbra.

Las luces colgaban de largos cables fijados en lo alto del techo, mientras que los focos iluminaban el altar y el púlpito.

Voces murmuradas se extendían por el amplio espacio y su mirada se posó en dos mujeres mayores y un hombre al otro lado del recinto. Las dos mujeres sostenían paños y latas de aerosol mientras se movían entre las filas de bancos, el dulce aroma del pulimento para muebles flotaba en el aire.

Se quedaron en silencio al ver a Kay.

El hombre, vestido con una camisa negra lisa y una chaqueta y pantalones a juego, se volvió hacia ella, con un collarín blanco en el cuello. Habló con las dos mujeres, una de ellas soltó una risita y asintió, y luego se abrió paso entre los bancos.

Se pavoneó hacia Kay, una sonrisa fácil atravesando su barba cuidadosamente recortada.

Ella se dio cuenta de que probablemente lograba

encantar a todas las damas de la congregación, y sonrió antes de mostrar su placa mientras el hombre religioso se unía a ella, su frente arrugándose.

—¿Duncan Saddleworth? —dijo ella, su voz haciendo eco en el espacio entre ellos.

—¿Sí?

—Soy la oficial Kay Hunter de la policía de Kent —dijo—. ¿Hay algún lugar donde podamos hablar?

—¿Sobre qué? —Se pasó la mano por el cabello castaño claro, con expresión cautelosa.

—Sophie Whittaker.

Él miró por encima del hombro a las dos mujeres que hacían todo lo posible por no mirar mientras trabajaban, y volvió a mirar a Kay.

—Em, bueno, supongo que podríamos usar la sacristía.

—Guíe el camino.

Saddleworth giró a la izquierda y se dirigió hacia la parte trasera de la iglesia.

Kay alzó la mirada hacia la galería, los tubos del órgano de la iglesia se elevaban hacia las sombras del techo, un foco sobre la silla del organista proyectaba un suave tono amarillo sobre las filas de teclas y botones.

Las filas de bancos terminaron y cuando Kay pasó junto a una gran pila bautismal de piedra, las losas lisas dieron paso a una alfombra delgada. Una escalera detrás de una ornamentada pantalla de madera conducía a la galería, y entonces Saddleworth abrió una puerta y la sostuvo para que Kay pudiera entrar antes que él.

—Dame un momento —dijo mientras la seguía y cerraba la puerta tras ellos—, despejaré una de estas sillas para ti.

Mientras él comenzaba a levantar lo que parecían libros de texto de la escuela dominical de una silla junto a la puerta, Kay recorrió con la mirada un pequeño escritorio cubierto de varias páginas de un cuaderno, una gran biblia abierta tres cuartos de camino, y una pequeña impresora. Una antigua computadora descansaba a un lado, su teclado acumulando polvo, ya sea por falta de uso o porque se prohibía a los limpiadores entrar en la habitación, supuso ella.

—Aquí, por favor, tome asiento —dijo Saddleworth.

—Gracias.

Kay se sentó en la silla de madera, puso su bolso en el suelo a sus pies y sacó su cuaderno y un bolígrafo.

Esperó mientras Saddleworth se ocupaba de las páginas en su escritorio antes de juntarlas con un clip, arrojarlas sobre la biblia abierta y sentarse, con las manos entrelazadas frente a él.

—Ahora, oficial, ¿en qué puedo ayudarla? Di mi declaración a la policía anoche.

—Lo entiendo —dijo Kay—. Sin embargo, como co-dirigiré la investigación, me gusta hablar con las personas yo misma siempre que sea posible. ¿A qué hora llegó a la casa de los Whittaker?

—Justo después de las cinco —dijo Saddleworth—. Sophie estaba teniendo un mal caso de miedo escénico, creo. —Sonrió con benevolencia—. Diane me llamó una hora antes y dijo que Sophie quería repasar sus líneas una vez más antes de la ceremonia. —Una expresión nostálgica cruzó su rostro—. No tenía de qué preocuparse, estuvo perfecta.

—Volveré a eso en un momento —dijo Kay—. ¿Puede contarme un poco sobre usted? —Hizo un gesto alrededor de la habitación—. ¿Cómo terminó aquí? Puedo oír un rastro de acento estadounidense, ¿no?

Saddleworth sonrió y se reclinó en su silla.

—Fui un poco nómada antes de venir aquí —dijo—. Cuando me gradué de Oxford, me ofrecí como voluntario para trabajar en el extranjero con una organización benéfica. Terminé en Sudamérica por un par de años, y luego en Connecticut.

—¿Cómo fue eso? Parece una elección extraña.

—Conocí a algunas personas mientras servía en Ecuador que eran de Bridgeport, y su período de voluntariado terminó al mismo tiempo que el mío, así que me invitaron a volver a Estados Unidos con ellos. —Suspiró—. Después de estar lejos de Inglaterra por tanto tiempo, sabía que tendría que trabajar duro una vez que regresara aquí, así que pensé que una corta estadía en Estados Unidos de camino a casa me daría una especie de descanso primero.

—¿Cuánto tiempo estuvo allí?

—Alrededor de un año.

—Esas son unas vacaciones largas.

—Terminé ayudando en una de las iglesias locales. Solo volví aquí porque mi visa estaba a punto de expirar.

—¿Y esto fue cuándo?

—Hace seis años —dijo—. Vine a Maidstone hace dos años.

Kay se inclinó hacia adelante en la silla para evitar que se le entumeciera el trasero, ignorando el crujido ominoso de los muebles destartalados. —Este "voto de pureza" que Sophie hizo ayer. ¿De qué se trata? Nunca había oído hablar de eso.

—Se ha vuelto muy popular en los últimos quince

o veinte años entre las organizaciones eclesiásticas más conservadoras...

—¿Como aquella con la que trabajó en Connecticut?

Él asintió. —El movimiento de pureza comenzó en Connecticut —dijo—, y creció en popularidad a medida que más y más chicas decidían hacer el voto. En resumen, una chica puede hacerlo a cualquier edad, pero típicamente se hace entre los doce y los dieciséis años.

—Justo cuando empiezan a interesarse por los chicos, ¿no?

—Sí.

—Continúe.

—La chica, Sophie en este caso, se compromete a permanecer casta hasta el día de su boda y a servir a Dios. El padre, Matthew en este caso, hace un juramento para ayudar a su hija a mantener ese voto.

—¿Y los chicos?

Saddleworth negó con la cabeza. —No. A los chicos no se les exige hacer el voto. Al casarse, cualquier mujer que haya hecho un voto de pureza en su juventud perdona a su futuro marido por cualquier indiscreción que pueda haber cometido.

Kay bajó la mirada y clavó la punta de su

bolígrafo en su cuaderno. Se obligó a contar hasta diez antes de hablar.

—¿No será que este "movimiento de pureza", como usted lo llamas, se basa simplemente en la histeria formada por la idea de que una chica podría ser condenada por su Dios si no hace el voto o si lo rompe? —dijo Kay, con el ceño fruncido—. ¿No es solo una forma de controlar a una adolescente potencialmente rebelde?

Resistió el impulso de lanzarle el bolígrafo a Saddleworth cuando una sonrisa paciente se formó en sus labios.

Aquí vamos, pensó. *Aquí viene el sermón.*

—En absoluto —dijo, y juntó las puntas de los dedos frente a su barbilla—. Como he dicho, nunca se obliga ni se coacciona a las chicas para que hagan el voto. Es su elección.

—¿Cómo se enteró Sophie entonces?

Bajó las manos a la mesa y agachó la mirada. —Puede que yo se lo mencionara.

—¿Cuándo?

Se encogió de hombros y desvió la mirada hacia la ventana. —¿Tal vez hace unos seis meses? No recuerdo exactamente.

—¿Cuántas veces se lo "mencionó" antes de que eligiera hacer el voto?

Suspiró y volvió a fijar su mirada en ella. —No la obligué —dijo, con un tono ligeramente defensivo—. Me preguntó sobre el trabajo que había hecho en Estados Unidos, así que se lo conté. Le expliqué que la iglesia animaba a las adolescentes de la congregación a hacer un voto de pureza. En algún momento, no sé, tal vez un par de semanas después, Sophie vino a mí y me dijo que había estado investigando en internet sobre ello y quería hacer el voto. Hablé de la ceremonia con sus padres y procedimos a partir de ahí.

—Y eso fue bastante más allá de hacer un voto de no tener sexo hasta que se casara, ¿no es así?

La nuez de Adán de Saddleworth se movió en su garganta. —Lo siento, ¿a qué se refiere?

Kay hojeó su cuaderno. —El voto de Sophie decía específicamente que permanecería casta hasta que se casara con Josh Hamilton. Se comprometieron inmediatamente después de que ella hiciera su voto. —Volvió a cerrar el cuaderno—. ¿Es normal que una chica nombre a su futuro marido al hacer su voto?

Saddleworth tosió, su rostro tornándose carmesí. —Es, eh, algo inusual.

—¿Qué había detrás de la inclusión de esas palabras?

—Tendría que preguntarle a Matthew y Blake sobre eso.

—Mencionó que Diane Whittaker lo llamó y le pidió que llegara temprano, y dijo que pensaba que Sophie podría estar teniendo "miedo escénico". ¿Se le dio la opción de cambiar de opinión?

—¿Cambiar de opinión?

—Sí. ¿Se le aconsejó de alguna manera para que supiera que podía cancelarlo?

Se recostó en su silla, con una expresión de asombro. —¿Por qué diablos querría cancelarlo? Ella y Josh eran perfectos juntos.

Kay entrecerró los ojos. —¿La diócesis sabe sobre estas ceremonias?

Duncan se aclaró la garganta. —Eh, no. —Se removió en su asiento, luego volvió a cruzar las piernas y se quitó una pelusa imaginaria de la rodilla —. El voto de Sophie fue el primero.

—¿Y el resto de su congregación? ¿Qué piensan sobre la idea de un voto de pureza?

—No lo saben —murmuró.

—¿Cómo dice?

—No lo saben —dijo, con la voz más clara—. Los Hamilton y los Whittaker formaban parte de un grupo de personas que preferían adorar separadamente de la congregación principal. —Recuperó algo de su compostura, su voz adoptando de nuevo un aire de autoridad—. La idea de la ceremonia del voto de pureza estaba restringida a ese grupo.

—Ya veo.

Kay cerró su cuaderno y tapó su bolígrafo antes de meterlos en su bolso y ponerse de pie. Extendió su mano. —Bueno, señor Saddleworth, gracias por su tiempo —dijo—. Ha sido *esclarecedor*.

Él tomó su mano, y ella notó que sus palmas estaban notablemente más cálidas que cuando lo había conocido en la nave.

—La acompaño a la salida —dijo, y se apresuró a salir de detrás de su escritorio.

Mientras él abría las puertas de la iglesia y Kay pasaba junto a él hacia el pórtico para recuperar su paraguas, ella señaló el tablón de anuncios.

—Falta un aviso. ¿Para qué era?

Él miró hacia donde ella indicaba y frunció el ceño. —Oh. No estoy seguro. —Le dio una sonrisa de disculpa—. Tenemos tantos.

Ella mantuvo su mirada. —Piense. ¿Era algo relacionado con Sophie?

—Yo, eh…

—Vamos.

—Puse un aviso antes de irme a casa de los Whittaker ayer —dijo, con los hombros caídos—.

Pensé que, dado el interés entre nuestros miembros más privados en el voto de pureza, nuestra congregación principal podría estar ansiosa por involucrarse, así que anuncié una reunión para discutirlo la próxima semana. —Extendió la mano y enderezó un volante desalineado sobre el espacio antes de volverse hacia Kay—. Después de lo que pasó, pensé que sería buena idea posponerlo.

—¿Posponerlo o cancelarlo por completo?

El pastor tuvo la decencia de bajar la mirada. —No lo sé —murmuró—. Dependerá de los Hamilton y los Whittaker ahora.

CAPÍTULO 12

Duncan Saddleworth cerró la puerta tras la oficial de policía y luego se inclinó hacia adelante hasta que su frente descansó contra el marco medieval y cerró los ojos.

—Concéntrate —murmuró.

Se enderezó antes de apresurarse hacia la sacristía, tirando del collarín blanco en su garganta mientras pasaba fila tras fila de bancos.

La figura en el crucifijo de bronce sobre el altar le quemaba con la mirada en su retirada, y Duncan se limpió una gota de sudor de la frente mientras resistía el impulso de volverse y postrarse a sus pies.

En su lugar, cerró de golpe la puerta de la sacristía.

Pasó la mano por debajo de su cuello, aflojó el

botón superior de la camisa negra y arrancó el collarín blanco, arrojándolo sobre el escritorio cubierto de papeles con un gruñido bajo.

A continuación, se quitó la chaqueta de los hombros y cruzó la habitación hacia un armario junto a una ventana sencilla de cristal esmerilado. Corrió las cortinas sobre los cristales, luego colgó la chaqueta en una percha y se desabrochó los pantalones del traje.

Se vistió rápidamente con jeans y una sudadera gris, se pasó la mano por el pelo a falta de un peine y cerró la puerta del armario. Echó un vistazo a su reflejo en el espejo y se sorprendió de lo asustado que se veía.

La luz del sol ahora se filtraba a través de la vidriera que daba a su escritorio. El diseño del vidrio era moderno en comparación con el resto de la iglesia, añadido junto con la extensión de la sacristía a finales del siglo XVIII y feo, en su opinión. Chocaba con su anhelo sentimental de algo más tradicional, pero esos días ya habían pasado. Su propia exploración de la fe durante la universidad lo había llevado por Europa, empapándose de la historia y la arquitectura antes de sumergirse en el papel que ahora lo veía aquí, en esta parroquia fracturada.

Una estantería cubría la pared frente a él, los

estantes ocupados por álbumes de fotos que no había abierto en años, libros que no tenía intención de volver a leer nunca, y fotografías enmarcadas que le apretaban el corazón si se atrevía a mirarlas demasiado de cerca.

Gimió y se inclinó hacia adelante, aferrándose al borde del escritorio, con los nudillos blancos.

Un persistente sonido de arrastre llenaba sus oídos, y lo había hecho durante la última semana, como si sus recuerdos intentaran arrastrarlo hacia abajo con ellos.

—No —gimió, y cerró los ojos.

Había sido tan cuidadoso.

Exhaló, luego se enderezó y cuadró los hombros. Había sido puesto a prueba antes, y su fe había triunfado.

Había actuado con la información disponible, sus acciones justificadas y verdaderas a los ojos de su dios, en lo que a él concernía.

Se desplomó en la silla de cuero agrietado detrás de su escritorio, esperó hasta que su ritmo cardíaco se calmó, y luego sacó un teléfono móvil de su bolsillo. Marcó un número de memoria y reprimió el pánico.

La llamada fue contestada al tercer timbre.

—¿Qué quieres?

Duncan se aclaró la garganta. —La policía estuvo aquí.

—¿Sospechan algo sobre nosotros?

—No.

—¿Estás seguro?

—Sí. —Duncan se secó la frente una vez más—. Estaba haciendo preguntas sobre Sophie.

—¿Ella?

—La oficial Kay Hunter.

—Interesante.

Duncan contuvo la respiración mientras el silencio se prolongaba, hasta que no pudo soportarlo más. —¿Qué debo hacer?

—Nada —llegó la respuesta—. Continúa como siempre. No llames la atención. Todo estará bien.

—De acuerdo.

La línea se cortó, y Duncan borró el registro de llamadas antes de arrojar el móvil sobre el escritorio.

Tragó saliva y miró su reloj.

Continúa como siempre.

—Jesús —maldijo, luego rápidamente levantó los ojos al techo y se disculpó.

Recogiendo el móvil y un juego de llaves del coche de su escritorio, cerró con llave la puerta de la sacristía y se apresuró a salir.

Una brisa cálida le rozó la cara al salir del pórtico,

el aguacero matutino dando una renovada frescura al día, antes de que un torbellino de hojas girara por el estacionamiento y le persiguiera los tobillos mientras se apresuraba hacia su vehículo. Miró por encima del hombro mientras apuntaba el llavero hacia la puerta.

Había invertido demasiado de su vida en la iglesia, pero ahora parecía que estaba perdiendo el control.

No podía dejar que eso sucediera.

CAPÍTULO 13

Cuando Kay y Carys entraron en la sala principal, la oficial de enlace familiar estaba sentada en un sofá frente al padre de Sophie, con una expresión seria en el rostro mientras le hablaba en voz baja.

Una expresión de sorpresa cruzó el rostro de Matthew al ver a Kay, antes de recuperarse. —¿Ya lo han acusado?

—Todavía estamos interrogando a Peter Evans y esperando algunos de los resultados forenses —dijo Kay. Señaló el sofá—. ¿Podemos acompañarlos?

Él asintió y se deslizó por los cojines para hacer espacio.

Kay esperó hasta que Carys se hubiera acomodado y sacado su libreta. —Quería preguntarle un poco más sobre el "voto de pureza" que hizo

Sophie. Entiendo la parte del voto de Sophie, pero no sabía que usted también había hecho un compromiso. ¿En qué consistía?

Matthew se aclaró la garganta. —Es algo que todos los padres hacen como parte del "voto de pureza". Nos comprometemos a proteger la castidad de nuestra hija y proporcionar orientación espiritual si es necesario.

—¿Desde cuándo usted y Diane asisten a las reuniones privadas de la iglesia?

Los ojos del hombre se desviaron hacia los ventanales del patio. Más allá, Kay podía ver a su esposa hablando con lo que parecía ser un jardinero. El hombre debía tener al menos setenta años, sus rasgos arrugados por años pasados al aire libre, y su postura relajada mientras se apoyaba en una horquilla de jardín y escuchaba a Diane.

Ella llevaba un sombrero de ala ancha y sostenía unas tijeras de podar en la mano, mientras que con la mano libre gesticulaba hacia el macizo de flores frente a ellos. Se alejó del jardinero y procedió a recortar un rosal cercano mientras él volvía a cavar. Después de un momento, ella dejó de hacer lo que estaba haciendo y se quedó con las manos en las caderas, observándolo.

Kay reprimió una sonrisa. Parecía que Lady

Griffith prefería "hacer como que" hacía jardinería, en lugar de participar activamente. Se aclaró la garganta y Matthew se volvió para mirarla.

—Disculpe, ¿cuál era la pregunta?

—Le estaba preguntando sobre las reuniones privadas de la iglesia. ¿Desde cuándo asisten?

—Desde hace unos dieciocho meses.

—Entiendo por Duncan Saddleworth que hubo bastante preparación para Sophie antes de hacer su voto de pureza. ¿Fue lo mismo para usted?

—Supongo. Tuve un par de reuniones con Duncan cuando Sophie habló por primera vez sobre ello. —Su mirada bajó a sus manos en su regazo—. Para ser honesto, Diane estaba más interesada en todo el asunto que yo. Obviamente, habría apoyado a Sophie en cualquier decisión que tomara, por eso me esforcé en leer todos los folletos que Duncan nos dio. Diane estaba decidida a que toda la ceremonia saliera a la perfección, ya fuera por el bien de Sophie o el suyo propio, tendrá que preguntarle a ella.

Kay notó el tono de amargura en su voz, pero continuó.

—¿Cómo conoció a su esposa?

—Fue cuando estaba trabajando en Londres. Había iniciado mi primera empresa de software y estaba yendo muy bien: el dinero no era un problema, así que socializaba todas las noches, salía a fiestas y asistía a todo tipo de eventos. Diane estaba haciendo algunos trabajos de modelaje aquí y allá. Cosas inofensivas, nada turbio. Cosas como esas "historias reales interpretadas por modelos" de las revistas, ese tipo de cosas. No sé cómo logró convencer a sus padres para que la dejaran hacerlo, pero incluso se inscribió en un curso de actuación a tiempo parcial en uno de los teatros por un tiempo. Decía que la hacía parecer más realista frente a las cámaras.

Kay resistió el impulso de poner los ojos en blanco. —¿Qué tan en serio se tomó sus responsabilidades con respecto al voto de pureza?

—¿Qué quiere decir?

—Usted mismo dijo que le había ordenado a Peter Evans que dejara de rondar la casa y que no quería que viera a Sophie. ¿Fue eso por el voto de pureza?

Frunció el ceño. —No quería que anduviera con mi hija. Diane se lo dirá: es solo un obrero. Sophie podría haber encontrado algo mucho mejor que eso, quiero decir, lo hizo. Estaba comprometida con Josh Hamilton, después de todo.

—Teniendo en cuenta la naturaleza del voto de Sophie, ¿la acompañaban usted o su esposa cuando se reunía con Josh?

—Por supuesto que no —balbuceó—. Esto es el

siglo XXI. El voto de pureza no es una forma victoriana de controlar a las adolescentes. Fue decisión de Sophie tomarlo. Josh respetaba eso; siempre ha sido un perfecto caballero con mi hija.

—¿Recuerda por qué Sophie decidió que quería hacer el voto?

—Creo que había estado hablando con Duncan sobre el grupo de la iglesia con el que había trabajado en Connecticut. Pasaba bastante tiempo con él después de la escuela algunos días. Parecía interesada en el voto, así que él le dio algunos folletos al respecto. Unas semanas después, estábamos cenando y Diane le preguntó si estaba pensando en hacer el voto. Pareció sorprendida por la pregunta, y entonces Diane mencionó que había oído de Blake que Josh estaba realmente muy interesado en Sophie. Para entonces, llevaban seis meses viéndose. —Sonrió al recordarlo—. Se podía ver cómo florecía con esa noticia; creo que esperaba que Josh fuera en serio, ya sabe cómo son las chicas adolescentes. Sin confianza. Anunció entonces que le gustaría hacer el voto y que, si Josh iba en serio, no quería a nadie más.

—¿Cuándo le propuso matrimonio Josh?

—Aproximadamente una semana después, en una fiesta en el jardín de los Hamilton. Sophie estaba fuera de sí de emoción toda la semana después de escuchar lo que Diane tenía que decir. Los tres juramos guardar el secreto de que no sabíamos que iba a proponerle matrimonio porque no queríamos estropearle la ocasión. Al final, fue perfecto —dijo, con los ojos melancólicos—. Es un buen chico.

—Me sorprende que se comprometiera a los dieciséis años —dijo Kay—. ¿No tuvo problemas con eso?

—No, en absoluto. Después de todo, no se iban a casar hasta que Sophie tuviera dieciocho años. Creo que en un mundo tan cínico como se ha vuelto el nuestro, es bastante agradable pensar que algunos jóvenes son bastante anticuados.

Kay notó movimiento por el rabillo del ojo y vio a Diane subiendo por el jardín hacia la casa. —Gracias por su tiempo, señor Whittaker. Nos pondremos en contacto cuando tengamos una actualización para ustedes.

Condujo a Carys fuera de la habitación, casi chocando con el ama de llaves en el pasillo.

La mujer retrocedió bruscamente, recuperándose rápidamente antes de señalar hacia la puerta principal.

—Las acompañaré a la salida, oficial.

Kay sonrió para sí misma mientras seguía a la

mujer hasta la puerta principal. Evidentemente, el ama de llaves estaba desesperada por chismes y Kay hizo una nota mental de hablar con ella en privado en algún momento.

Sería interesante saber qué más había escuchado la mujer.

CAPÍTULO 14

Kay estaba a punto de sugerir a Carys que probaran la puerta trasera de la casa de los Hamilton cuando la puerta principal se abrió de golpe.

Blake Hamilton les lanzó una mirada fulminante. —¿Detectives?

Kay forzó su sonrisa más dulce. —Buenos días, señor Hamilton. Nos gustaría hablar con Josh, por favor.

El hombre suspiró. —Esto roza el acoso, oficial Hunter.

—Estoy investigando el asesinato de la prometida de su hijo, señor Hamilton. —La sonrisa de Kay desapareció.

Él levantó la mano. —Lo siento. Por supuesto. Vengan por aquí.

Los condujo hasta la sala de estar, dejando que Carys cerrara la puerta principal, y les indicó un par de sillones.

Josh y su madre estaban sentados juntos en un sofá, el joven con cara de miseria.

Kay esperó hasta que Carys estuvo lista, con libreta y bolígrafo en mano, antes de comenzar.

—Espero que todo haya ido lo mejor posible con la universidad ayer.

—Está bien. —Se encogió de hombros—. Volveré en Año Nuevo.

—Es mejor así —dijo Blake—. El decano nos informó ayer que ya había recibido dos llamadas de periódicos nacionales. —Extendió las manos como diciendo *qué se le va a hacer*—. Desafortunadamente, cuando estás en la cima de tu éxito empresarial, tu familia tiene que lidiar con estar bajo el microscopio también. No habría sido justo para Josh tener que enfrentarse a ese tipo de escrutinio.

Los ojos de Kay se movieron del padre al hijo, quien se marchitó bajo su mirada.

—¿Tienes alguna idea de por qué Peter Evans querría hacerle daño a Sophie, Josh? —Miró fijamente a Blake mientras formulaba la pregunta, ansiosa por evitar que respondiera en nombre de su hijo.

Él negó con la cabeza. —No lo conocía. No sabía que Sophie lo conociera. —Miró sus manos, luego se llevó un dedo a los labios y se mordió una uña.

—Josh, las manos —dijo Courtney.

El joven dejó caer la mano en su regazo y suspiró. —Lo siento. Realmente no puedo ayudarles. —Se secó los ojos—. No puedo creer que esté muerta.

Rompió a llorar, y Courtney se levantó de su silla. —Detectives, si no les importa, me gustaría que dejaran de interrogar a Josh ahora.

Kay contuvo la réplica que se formó en sus labios y, en su lugar, asintió. —Volveré mañana, Josh. Me gustaría saber más sobre Sophie. Será de enorme ayuda, ¿de acuerdo?

Él asintió y luego siguió a su madre fuera de la habitación.

Kay esperó hasta que oyó la voz de Courtney a cierta distancia, consolando a su hijo, y luego volvió su atención a Blake.

—¿Cómo conoció Josh a Sophie?

—Sus padres fueron invitados a unirse a un grupo selecto de feligreses con Courtney y conmigo a través de nuestra iglesia local.

—¿Conocía a Lady Griffith y su esposo antes de eso?

—Solo de vista. ¿Sabía que la familia de Diane ha

estado vinculada a la realeza en Inglaterra desde el siglo XVI?

—No lo sabía, no. ¿Cómo lo supo usted?

—Oh, me gusta estudiar historia, así que cuando nos mudamos por aquí, me encargué de informarme sobre las mansiones de la zona y las tierras en las que se encuentran. Hay mucha historia romana y normanda en Kent, por supuesto. La casa de Diane ha pasado de generación en generación desde mediados del siglo XVIII, ¿lo sabía?

—No. ¿Cómo se produjo el compromiso entre Josh y Sophie?

Blake sonrió. —Como un sueño —dijo—. Esos dos... bueno, digamos que el destino brilló sobre ellos. ¿Un rico heredero estadounidense de un imperio empresarial y la hija de una dama titulada? —Bajó la mirada antes de pellizcarse el puente de la nariz—. Lo siento. Todavía no puedo creer que se haya ido.

—Tómese su tiempo, señor Hamilton. Está bien.

Asintió, con los ojos cerrados, y luego tomó un respiro profundo antes de hablar de nuevo.

—Eran perfectos el uno para el otro —dijo—. Debería haberlos visto. Anoche. Antes de... —Tragó saliva—. Lo siento. Eran una pareja tan hermosa.

Kay esperó a que se compusiera, luego asintió a Carys y se levantó de su asiento.

—Gracias por su tiempo hoy, señor Hamilton. Nos pondremos en contacto para hablar con Josh de nuevo. Nos iremos.

———

Kay adelantó a un ciclomotor que iba lento y dirigió el coche hacia el carril que llevaba de vuelta a la comisaría.

En el último momento, indicó y giró bruscamente hacia una calle lateral que se ensanchaba antes de dejarlas en el centro de la ciudad.

—¿Café?

—Sí. Podría tomar algo más fuerte después de esa conversación, pero el café tendrá que ser suficiente.

Kay aparcó el vehículo marcha atrás en un espacio de estacionamiento, luego salió y lideró el camino cruzando la calle y subiendo un tramo de escaleras de concreto hasta el centro comercial, antes de girar a la derecha y seguir el área peatonal pavimentada hasta que apareció a la vista una de sus cafeterías favoritas.

—Busca una mesa. ¿Quieres algo de comer?

—Eso sería genial, gracias. ¿Un sándwich de tocino, por favor?

—Marchando.

Kay dejó a Carys en una mesa bañada por la luz del sol fuera de la ventana de la cafetería y empujó la puerta para abrirla, el amargo aroma del café recién molido llenando sus sentidos mientras se acercaba al mostrador y hacía su pedido.

El dueño le entregó un número de mesa en un soporte metálico junto con su cambio, y ella se apresuró a volver a la mesa, con el estómago rugiendo.

—¿Te olvidaste de desayunar esta mañana? — Carys sonrió.

—Realmente no desayuno. Lo hago los fines de semana si ambos estamos en casa, pero eso suele terminar siendo un brunch o algo así.

—Dios, yo no podría salir de casa sin mi tazón de avena primero.

Kay miró la figura de la otra mujer. — Honestamente, no tengo idea de dónde lo metes.

Carys se rio. —Corro. Eso ayuda.

Levantaron la vista cuando la puerta de la cafetería se abrió hacia afuera y apareció una camarera con una bandeja con sus bebidas y comida.

—Gracias. —Kay vertió leche de una pequeña

jarra y empujó la jarra hacia Carys antes de tomar su cuchara y revolver su café.

Carys revolvió un sobre de azúcar en su taza de café y frunció el ceño. —Me pregunto qué tan desesperado estaría Blake Hamilton por casar a Josh con la aristocracia inglesa.

Kay se recostó en el banco, entrecerrando los ojos bajo el brillante sol. —Pero ¿por qué matar a Sophie? Eso arruinaría sus planes, ¿no?

La detective más joven se encogió de hombros. —No lo sé, pero todo esto parece estar relacionado con un grupo eclesiástico elitista, del cual él es miembro fundador, un negocio suyo que está prosperando en la ciudad, y el hecho de que quería casar a su hijo con la aristocracia inglesa.

—¿Crees que haría cualquier cosa por el aroma de un título?

—Tal vez descubrió algo sobre Sophie que no le gustó y decidió que no quería que su hijo se involucrara con ella. —Carys le dio un mordisco a su bocadillo de tocino, y una gota de kétchup le salpicó los dedos—. La única vez que ha mencionado a Sophie, sonaba como si fuera una especie de yegua de cría preciada, de todos modos.

Kay colocó su taza de café en la mesa entre ellas y arrancó un trozo de su croissant antes de metérselo en

la boca. Tragó, con la mano suspendida sobre ella. —
Parece extremo, pero a veces estas cosas lo son, ¿no?
—Se encogió de hombros—. Supongo que no
deberíamos descartarlo.

—Como sea. Sigue siendo un asqueroso.

Kay sonrió y se metió otro trozo de croissant en la
boca. —En eso tienes razón.

CAPÍTULO 15

Kay dejó caer sus notas sobre el escritorio y giró su silla mientras Sharp entraba en la habitación para dirigir el informe de la tarde.

Frunció el ceño al pasar junto a ella. —¿Dónde están Barnes y Piper?

—Aún no han vuelto de entrevistar a Eva Shepparton —dijo Debbie—. Deberían estar aquí pronto.

Sharp miró su reloj. —Está bien, empecemos y ellos se pondrán al día cuando lleguen. —Se acercó a la pizarra y preguntó por encima del hombro—: West, tú primero. ¿Qué tenemos hasta ahora sobre las empresas dirigidas por Blake Hamilton y Matthew Whittaker?

—Una historia de dos contrastes —dijo Debbie—.

Por un lado, tenemos a Blake Hamilton dirigiendo un negocio muy exitoso, con sus estados financieros mostrando un beneficio anual de siete cifras. Por otro lado, el negocio de Matthew Whittaker está fracasando, para ser honesta. Me sorprende que no se haya rendido.

—¿Matthew Whittaker debe mucho dinero?

—Sí, y parece que esas deudas se cobrarán en las próximas semanas. No creo que tenga otra opción que declararse en bancarrota.

—Mantenlos vigilados.

—Lo haré, jefe.

—¿Kay? ¿Qué tenía para decir el pastor?

—Confirmó que los Hamilton y los Whittaker forman parte de un grupo exclusivo de fieles de su congregación —dijo ella—. Hay otras seis parejas, todas presentes en la ceremonia y la fiesta posterior, así que después de esto me pondré al día con Gavin sobre las declaraciones que tomó el uniformado. Haré que Carys y Gavin vuelvan a entrevistar a esos en los próximos días. —Suspiró—. Parece que el grupo se veía a sí mismo como una élite entre el resto de los feligreses, y Duncan Saddleworth estaba feliz de complacerlos. Admitió que le habló a Sophie Whittaker sobre la ceremonia del voto de pureza después de que ella le preguntara sobre el trabajo que hizo en Estados Unidos hace seis años antes de regresar aquí. Eché un vistazo rápido en línea, y parece haber surgido del movimiento cristiano conservador en Connecticut, donde Duncan Saddleworth estaba basado.

—¿La obligaron a hacerlo? —dijo Debbie.

—Él dice que fue idea de ella. Le indicó dónde encontrar la información, y ella volvió a él unas semanas después diciendo que quería hacer el voto. —Frunció el ceño—. Sin embargo, lo que sí es notable es que ninguno de los votos modelo en línea o proporcionados por Duncan a Sophie incluía nada sobre estar prometida a una persona en particular. Ella agregó la redacción de que permanecería casta hasta casarse con Josh Hamilton.

—Interesante —dijo Sharp—. Tendremos que hablar de nuevo con las familias, para ver de dónde sacó esa idea.

Kay anotó un recordatorio en su libreta. —Lo haré.

—Creo que está mal que puedan casar a su hija así —dijo Carys, sacudiendo la cabeza—. Ese tipo de cosas suelen ocurrir en otras culturas, por el amor de Dios. Por eso el ayuntamiento gasta tanto dinero tratando de detener los matrimonios arreglados y educar a las comunidades por aquí.

—Bueno, es un poco diferente de esos escenarios —dijo Debbie—. Para empezar, a los dieciséis años Sophie ya tenía edad suficiente para casarse con quien quisiera, siempre que tuviera el consentimiento de sus padres.

—Además —dijo Kay—, ha funcionado bien para la aristocracia inglesa durante años. Todas esas familias de clase alta, casando a sus hijos para proteger su riqueza y posición en la sociedad. Mantiene el linaje, ¿no?

Sharp arrugó la nariz. —Lo próximo que me dirás es que eres fan de Jane Austen. Todas esas tonterías de "Oh, señor Darcy".

Kay estalló en carcajadas. —Yo no.

—Es un poco espeluznante, ¿no? —dijo Debbie.

Kay se giró en su asiento cuando Barnes y Gavin entraron apresuradamente en la sala de incidentes y se disculparon con Sharp por su tardanza. Notó el aire de emoción entre ellos.

—¿Qué pasó? —dijo Sharp.

—Sophie Whittaker estaba embarazada —dijo Gavin.

Un silencio atónito llenó la sala.

—¿Embarazada? —dijo Kay finalmente—. ¿Eva está segura?

—Aparentemente, Sophie se lo confió el día de la ceremonia.

—¿Es Peter el padre? —dijo Sharp.

—Eva dijo que Sophie no le dijo quién era el padre —dijo Barnes—. Estaban afuera, junto al invernadero cuando Sophie se lo contó y se calló cuando apareció el jardinero. Eva no tuvo la oportunidad de preguntarle de nuevo porque todos estaban muy ocupados preparándose para la ceremonia.

—¿Creéis que está diciendo la verdad sobre no saber quién es el padre? ¿Tal vez para proteger a esa persona?

—Nos preguntamos eso —dijo Gavin—. Parecía estar ocultándonos algo.

—Me pondré en contacto con Lucas y le pediré que se apresure con el informe completo de la autopsia para que podamos confirmarlo —dijo Kay—. Obviamente, también pediremos una prueba de paternidad, dadas las circunstancias.

—Dios mío —dijo Sharp, y se frotó la barbilla—. Qué lío. ¿Eva dio alguna indicación sobre el estado de ánimo de Sophie cuando se lo dijo?

—Asustada —dijo Gavin. Abrió su cuaderno—. Sus palabras exactas a Eva fueron: "Me matarán si se enteran. ¿Qué voy a hacer?" Eva dijo que logró calmar a Sophie, y acordaron hablar de nuevo el día después de la ceremonia cuando pudieran tener un momento a solas.

—¿Sophie se lo contó a alguien más? —preguntó Carys.

—Le dijo a Eva que no lo había hecho —dijo Gavin—, y Eva dice que ella tampoco se lo había contado a nadie más, todavía estaba en shock.

—¿Cómo se enteró Sophie? —dijo Kay—. ¿Falta de período o hizo una prueba de embarazo?

—Ambas cosas. Le faltó el período hace cuatro semanas —dijo Barnes—. Eva dijo que Sophie le contó que finalmente había comprado una prueba de embarazo en una farmacia en el centro comercial Fremlin Walk, y usó los baños públicos allí para hacer la prueba. Se enteró el día antes de decírselo a Eva.

Sharp se sentó en el borde del escritorio más cercano a la pizarra. —Bueno, no vamos a tener los resultados de la autopsia por un tiempo, incluso si persigues a Lucas esta tarde —dijo—. No después de ese accidente de autobús en la M20 el fin de semana pasado. Mientras tanto, seguiremos esto con Peter Evans. Averigüemos si sabía que su novia estaba embarazada.

—¿Cree que entró en pánico, jefe? —dijo Barnes.

—Tal vez —respondió Sharp.

—Llamaré al abogado de oficio y le pediré que venga lo antes posible —dijo Kay.

—Gracias —dijo Sharp—. También despejaré mi agenda para el resto de mañana. Veamos qué surge de esta entrevista y seguiremos a partir de ahí.

—Continuaré investigando este asunto del voto de pureza —dijo Kay—, y quiero averiguar más sobre los antecedentes de Duncan Saddleworth. Tuve la impresión de que me ocultaba algo, así que investigaré dónde estaba establecido antes de venir a Maidstone, y si ocurrió algo mientras estudiaba en Oxford.

—Bien. —Sharp tapó el bolígrafo y lo arrojó al estante debajo de la pizarra—. Tendremos otra reunión informativa a las ocho de la mañana. Barnes, vamos a tener una charla con Peter Evans y veamos qué tiene que decir.

CAPÍTULO 16

Kay bebía a sorbos su vino mientras Adam estaba de pie frente a la estufa, removiendo un curry verde tailandés que llevaba veinte minutos cocinándose a fuego lento.

Parecía cansado, reticente. Normalmente, a estas alturas ya le habría preguntado sobre su día, aunque sabía que ella no podría contarle mucho sobre la investigación en curso. En cambio, parecía estar preocupado, perdido en sus pensamientos.

—¿Está todo bien?

Sus hombros se hundieron y dejó la cuchara a un lado antes de bajar el fuego de la estufa y acercarse a donde ella estaba sentada.

—Fui al cementerio esta tarde. Llevé algunas

flores frescas; el calor de los últimos días había marchitado las que dejamos la última vez.

Ella extendió la mano para tomar la suya y le apretó los dedos.

—Si hubieras esperado hasta el fin de semana, quizás habría podido ir contigo. No tenías que ir solo.

—Lo sé. Pasé por allí de camino a una granja esta mañana, así que pensé en pasar de regreso a casa. Fue algo del momento. Me hizo bien sentarme allí un rato.

Kay le apretó la mano una vez más y luego lo soltó.

Él no solía mostrar sus emociones sobre el aborto espontáneo que ella había sufrido el año anterior, y la culpa la invadió por no haber pensado en preguntarle más a menudo cómo estaba.

Como si captara sus pensamientos, él rodeó la encimera hasta donde ella estaba sentada y la abrazó. Le besó el cabello.

—Podemos ir allí de nuevo el fin de semana si quieres.

Ella se giró en su taburete para mirarlo y le puso la mano en la mejilla.

—Está bien. Me imagino que Sharp nos hará trabajar horas extra esta semana. Creo que es bonito que hayas ido allí.

—¿No te molesta?

—Claro que no.

—Arreglé un poco mientras estaba allí —dijo, volviendo a la estufa y tomando la cuchara de madera —. Había hierbas creciendo por todas partes. No podemos permitir eso.

Kay se bajó del taburete y agarró la botella de vino de la encimera antes de llenar su copa.

—Pensé que quizás podríamos donar esas cajas de ropa de arriba a alguna de las organizaciones benéficas locales en algún momento.

Él chocó su copa contra la de ella.

—Creo que es una gran idea.

—Aunque me voy a quedar con el oso azul.

Él sonrió.

—Me lo imaginaba. Vi que ha ocupado un lugar privilegiado junto a tu nuevo ordenador.

—Lo está protegiendo.

—¿Ah, sí?

—Historia real. Te arrancará la mano si te acercas a él.

—Lo tendré en cuenta.

Kay gruñó y se alejó para coger los platos del armario.

Mientras Adam le hablaba a Kay sobre su día mientras comían, ella se sorprendió, como siempre, de lo mucho que lo amaba.

Él tenía la costumbre de contar historias con las manos, así que mientras describía la granja que había visitado esa mañana y los animales que había atendido, ella se encontró dejando los cubiertos y cubriéndose la boca mientras se deshacía en carcajadas por sus imitaciones del granjero desafortunado con el que había tenido que tratar.

Nunca dejaba de asombrarla la cantidad de información que tenía que recordar sobre todos los animales que cuidaba a diario. Sabía que a menudo pasaba las noches en que ella trabajaba con la cabeza inclinada sobre un libro de texto abierto en la encimera de la cocina, o hojeando la última edición de una revista veterinaria, siempre asegurándose de que sus conocimientos estuvieran actualizados.

Desde que habían robado en su casa, Kay no había vuelto a sacar el tema de su propia investigación sobre quién había intentado acabar con su carrera implicándola en un caso en el que habían desaparecido pruebas vitales, y se había presentado una investigación de Estándares Profesionales contra ella.

Había sobrevivido a la prueba, pero no ilesa. No solo la consiguiente suspensión de sus funciones había provocado un aborto devastador, sino que su ambición de convertirse en inspectora había sido aplastada por su superior, el inspector jefe Larch. Solo el inspector Devon Sharp había luchado por ella y seguía siendo uno de los pocos del piso superior en los que sentía que podía confiar.

Amargada y jurando justicia contra aquellos que le habían hecho daño, Adam le había sugerido que llevara a cabo su propia investigación para averiguar quién era y por qué la habían incriminado.

Ninguno de los dos podía haber previsto las consecuencias de sus acciones. El robo había sido bastante impactante; el ataque a su colega, el agente Gavin Piper (un guardia de policía en ese momento) los había asustado a ambos, y Adam le había suplicado que parara.

Ella había aceptado y había dejado de pasar las noches en su ordenador en el dormitorio de arriba, pero su curiosidad natural seguía manteniendo su mente ocupada mientras intentaba averiguar por qué la habían atacado. Había estado demasiado ocupada en el trabajo en los últimos meses para tener tiempo de llevar a cabo ninguna investigación, pero la tentación era demasiado grande.

—Estaba pensando —dijo, haciendo girar su vino—. Las cosas se han calmado últimamente. Tal vez eche un vistazo a ese caso de nuevo.

Adam se quedó paralizado, con la copa de vino a

mitad de camino de su boca. Parpadeó y la bajó a la encimera antes de hablar.

—¿Estás segura?

Ella asintió.

—Necesito saberlo, Adam. No puedo dejar que se salgan con la suya. —Se inclinó hacia adelante y extendió la mano para tomar la suya—. Desde que me echaron la bronca por las pruebas desaparecidas, es como si nadie fuera tras Jozef Demiri. Es casi como si tuvieran demasiado miedo. No está pasando nada. Comprobé la base de datos antes hoy, y no hay nadie investigándolo.

—Por una buena razón, Kay. —Frunció el ceño—. ¿Quién crees *tú* que robó nuestra casa? ¿Su gente o alguno de los tuyos?

Ella se recostó en su taburete.

—No estoy segura. Pero —añadió, levantando la mano para evitar que la interrumpiera—, si *es* alguien con quien trabajo, entonces quiero saber quién y por qué.

Él suspiró y le apretó la mano.

—Me preguntaba cuánto tiempo podrías mantenerte alejada de ello.

Ella se mordió el labio.

—Lo siento. Tendré cuidado, lo prometo.

Su teléfono móvil vibró junto a su codo y ella miró el número antes de fruncir el ceño.

—¿Jefe?

Adam empezó a recoger los platos mientras ella escuchaba la voz del inspector Sharp, su corazón hundiéndose a medida que el impacto de lo que estaba diciendo la golpeaba.

—Estaré allí enseguida.

Adam automáticamente agarró su taza de café para llevar de la encimera y encendió la tetera mientras ella guardaba su móvil.

—¿Te vas?

—Sí. Sharp está en el hospital. Tengo que ir. Peter Evans intentó suicidarse.

CAPÍTULO 17

Kay tiró del freno de mano y saltó del vehículo, colgándose el bolso al hombro mientras apuntaba el mando a distancia por encima del hombro y escuchaba el profundo *clonc* del mecanismo de cierre.

Apresurándose a través del aparcamiento, se apartó el pelo de la cara mientras una suave brisa le acariciaba la piel, y una brillante luna apareció detrás de una nube, su resplandor atenuado por el naranja de las luces de sodio sobre su cabeza.

Kay entró rápidamente al hospital por la entrada principal de visitantes y luego giró a la derecha por un pasillo familiar.

Se dio cuenta de que tenía la mano apretada en un puño y se obligó a relajar el agarre de la correa de su bolso antes de presionar el botón del ascensor.

Mientras subía por el edificio, miró fijamente sus pies y se frotó el ojo derecho, negándose a mirar su reflejo en las paredes espejadas a su izquierda y derecha.

Al salir del ascensor, atravesó las puertas dobles del área de recepción hacia la planta y mostró su placa a la enfermera que estaba de pie en el escritorio con un teléfono en la oreja.

—¿Peter Evans?

La mujer asintió y cubrió el receptor con la mano.

—Por allí —dijo, señalando un pasillo a su izquierda.

Kay levantó la mano en señal de agradecimiento y se dirigió por el pasillo, luchando contra una sensación familiar de pánico que no tenía nada que ver con Peter Evans. Su cabeza se levantó bruscamente al escuchar voces murmuradas.

Sharp salió por una puerta a la derecha, luego miró por encima del hombro y se detuvo para hablar con alguien que aún estaba en la habitación.

Desde su posición en el exterior, Kay vislumbró a un policía uniformado sentado en una silla empujada contra la pared. Otro estaba de pie con las manos juntas al lado de un pequeño gabinete colocado a un lado de la cama, y se dio cuenta de que Sharp habría organizado una vigilancia las veinticuatro horas para asegurarse de que Peter Evans no intentara quitarse la vida una vez más.

Un médico apareció y acompañó a Sharp fuera de la habitación, luego cerró la puerta tras él.

—¿Sus oficiales entienden que mi paciente necesita descansar? —dijo.

—Lo entienden —dijo Sharp—. De todos modos, no podemos interrogarlo sin la presencia de su abogado, y estoy seguro de que eso no va a suceder esta noche, ¿verdad?

El médico negó con la cabeza y extendió la mano.

—Debo irme —dijo—. Le avisaré si sucede algo, pero de lo contrario hablaré con usted por la mañana.

—Gracias.

El médico asintió a Kay al pasar, luego desapareció por el pasillo, sus zapatos chirriando en el suelo pulido con cada paso.

—¿Cómo está? —dijo Kay una vez que el médico estuvo fuera del alcance del oído.

—Vivirá —dijo Sharp, con los ojos cansados.

—¿Qué pasó?

Él inclinó la barbilla hacia la salida.

—Busquemos un lugar para tomar un café y te pondré al día.

Kay se puso a su lado mientras él la guiaba fuera de la planta y por el pasillo principal del hospital.

Ignoró los ascensores y en su lugar empujó las puertas dobles de cristal que conducían a una escalera. Mientras descendían, suspiró.

—¿Estás bien?

—Sí —dijo—. Día largo.

Abrió la puerta en el siguiente nivel para dejarla pasar, y siguieron las señales hasta una pequeña cafetería.

Sus pasos resonaban en las paredes, el espacio abandonado, y solo un juego de luces brillaba sobre un mostrador de vidrio y una caja registradora, ambos sin personal. Kay sacó su monedero y se dirigió a la máquina expendedora, seleccionó dos cafés y se unió a Sharp en una mesa que había elegido hacia la parte trasera de la cafetería vacía, con la espalda contra la pared, mirando hacia la salida.

Kay colocó los dos vasos de plástico sobre la mesa entre ellos y bajó su bolso al suelo antes de deslizarse en el asiento frente a él.

—¿Qué pasó?

Sharp se reclinó en su asiento y barrió migas imaginarias de la mesa.

—De alguna manera aflojó un tornillo de la cama en la celda, lo escondió en su manga o en algún lugar, y lo usó para cortarse las muñecas.

—Oh, mierda —respiró ella.

—Su abogado se estaba reuniendo con él en una sala lateral de la suite de custodia. Cuando terminaron, el abogado fue a buscar al sargento de custodia para informarle que Peter podía ser llevado de vuelta a su celda. Para cuando regresaron, Peter se había derrumbado.

—Jesús, ¿el abogado no pensó en volver a la habitación y esperar con él?

Sharp negó con la cabeza.

—Parece que pensó que era más importante recriminar al sargento de custodia por cuánto tiempo estaba tardando en procesar a otros sospechosos: hubo una pelea en uno de los bares de la ciudad y los uniformados habían traído a tres hombres. No fue hasta que estos fueron procesados que volvieron con Peter. Lograron vendarlo y detener el flujo recostándolo y manteniendo sus brazos elevados antes de que llegara la ambulancia, pero aun así necesitó una transfusión tan pronto como llegó aquí. Las cicatrices van a ser horrendas.

Kay tomó su café y se obligó a dar un sorbo mientras su mente repasaba todos los diferentes escenarios a los que se enfrentarían en los próximos días.

Las implicaciones para el caso serían extensas. Habría una investigación inmediata, por supuesto.

Volarían acusaciones, se escrutarían políticas y procedimientos, y en medio de todo esto, aún se esperaría que el equipo entregara un resultado para condenar al asesino de Sophie.

—Fue mi error —dijo Sharp—. Organicé la vigilancia contra suicidio para cuando estuviera en su celda. Debería haber insistido en que estuviera bajo observación constante.

—Nunca podrías haber previsto esto —dijo Kay—. Nadie podría. Si estaba tan decidido a suicidarse, entonces habríamos necesitado ojos en la nuca para detenerlo.

Sharp se pasó una mano por los ojos cansados.

—Tal vez. —Extendió la mano hacia el café y luego cambió de opinión.

—No podías saber que iba a reaccionar de esta manera.

—Sí —suspiró.

—¿Qué pasa ahora?

—He hablado con Larch. Tenemos una reunión con el comisario jefe y el asesor de medios a las siete en punto mañana… —Se interrumpió y miró su reloj— *Hoy.* Tendremos nuestra reunión de equipo a las ocho en punto y te pondré al día entonces. ¿Podrías llamar a todos a primera hora para asegurarnos de que lleguen por lo menos veinte minutos antes? No quiero que nadie se retrase.

—Lo haré —Kay sacó su teléfono móvil y programó la alarma para las cinco, lo que le daría tiempo para darse una ducha rápida y luego llamar al equipo para que corrieran la voz entre el personal administrativo de apoyo—. Peter Evans declaró que no tenía familia inmediata, ¿hay alguien a quien podamos llamar?

Sharp negó con la cabeza y dio un sorbo a su café antes de responder.

—Dice que no, incluso cuando el médico se lo preguntó.

—¿Qué hay de su abogado?

—Llamé a su jefe antes de llamarte para informarle que su cliente había sobrevivido. El socio del bufete con quien hablé se hará cargo del caso de Peter ahora. Considerando que no quería pasar cada hora de vigilia en la habitación de su cliente mientras se recupera, ha accedido a que tengamos uniformados allí. Tienen instrucciones estrictas de no interrogarlo sobre el caso, y si intenta conversar con ellos, nos llaman de inmediato sin darle ninguna respuesta mientras tanto.

Kay apartó su café, incapaz de enfrentarse a otro sorbo de ese líquido quemado y de sabor repugnante.

—¿Cuándo se lo diremos a los padres de Sophie?

—Antes de cualquier declaración a los medios, y eso se hará temprano mañana también, para evitar que la prensa local se entere de esto y saque sus propias conclusiones.

Kay volvió a guardar su móvil en el bolso antes de levantar la mirada hacia Sharp.

—¿Tú crees que sus acciones son una admisión de culpabilidad?

Él bostezó y estiró los brazos por encima de la cabeza.

—Tal vez.

—Vamos. Ninguno de los dos va a pensar con claridad a estas horas de la noche.

—Tienes razón —dijo, y se puso de pie—. Salgamos de aquí. Te veré de vuelta en la comisaría en unas horas.

CAPÍTULO 18

Kay tomó una de las tazas de café humeante de la bandeja que Gavin le ofrecía e inhaló el aroma.

—Justo a tiempo, Gavin. Gracias.

—No hay problema. Imaginé que lo necesitaríamos —dijo él, dirigiéndose hacia donde estaban sentados Barnes y Carys.

—No te equivocas —murmuró ella.

Reprimió el impulso de bostezar y centró su atención en la pila de documentos sobre su escritorio. Además del asesinato de Sophie Whittaker, aún estaba lidiando con dos casos de robo y un presunto ataque incendiario en una tienda cerca de la estación de tren de Maidstone West.

El asesinato de Sophie tendría prioridad, pero mientras tanto revisó sus mensajes de voz y priorizó lo que podría encajar alrededor de la investigación principal.

Colgó el teléfono y giró su silla al escuchar voces que se acercaban a la sala de incidentes. Dio un sorbo a su bebida cuando apareció Sharp, seguido por el inspector jefe Larch.

No pudo evitar preguntarse si Sharp había seguido su propio consejo y había dormido algo antes de llegar a la comisaría esa mañana, o si había pasado las últimas horas preparándose para su reunión temprana con el inspector jefe Larch y el comisario jefe.

En fin, tenía ojeras oscuras, y ella sospechaba que había hecho uso de la camisa y la corbata de repuesto que guardaba en un gancho detrás de la puerta de su oficina.

Decidió enviar a uno de los administrativos a comprarle un sándwich después de la reunión informativa; de lo contrario, estaría funcionando con el estómago vacío.

Su conversación en voz baja con Larch se detuvo cuando pasaron por los escritorios, y la sala quedó en silencio.

—Gracias, Gavin —dijo mientras tomaba los dos últimos cafés y le pasaba uno a Larch. Dio un sorbo y luego dejó su taza—. Bien, hemos recibido una actualización del hospital, y Peter Evans ahora está en condición estable y debería ser dado de alta en los próximos días —dijo—. Nos hemos reunido con el comisario jefe esta mañana y con nuestro asesor de medios, y se emitirá un comunicado de prensa a las nueve en punto. Mientras tanto, se os pide a todos que os abstengáis de dar información a las personas que llamen sobre el asunto, y que proporcionéis a todos los periodistas el número de la oficina de prensa. Se ha ordenado a los oficiales de recepción que hagan lo mismo. ¿Jefe?

—Gracias, Sharp. —Larch dirigió su atención al equipo—. Obviamente, un sospechoso que intenta suicidarse mientras está bajo custodia es un suceso preocupante, y se llevará a cabo una investigación formal de inmediato. Habrá una revisión interna sobre por qué Peter Evans fue dejado solo considerando que estaba bajo vigilancia por riesgo de suicidio, y por qué no se le consideró un riesgo. También entrevistaremos a su abogado. —Miró severamente al equipo—. La investigación también se centrará en cómo sucedió.

Se volvió hacia Sharp. —Bien, tengo otra reunión arriba antes de la sesión informativa para los medios. Os dejo con esto.

Kay esperó hasta que salió de la sala, con la puerta cerrándose de golpe tras él.

—Olvidaos de *cómo* sucedió —dijo, y frunció el ceño—. ¿No deberíamos preguntarnos *por qué*?

—Culpa —dijo Barnes—. Descubrimos cuál era su motivo.

Kay se mordió el labio. —¿Es eso todo? ¿Y si no es el asesino? Eva Shepparton solo tenía la palabra de Sophie de que no le había dicho a nadie más que estaba embarazada.

Sharp se puso de pie, se pasó una mano por el pelo corto y destapó un rotulador, añadiendo una nota en la pizarra. —Bien, entonces. ¿Quién más tendría motivos para matar a Sophie si descubriera que estaba embarazada?

—Josh Hamilton, si no es el padre —dijo Kay—. Considerando que el voto de pureza de Sophie era sobre mantenerse casta hasta que se casaran en un par de años.

—O sus padres —dijo Carys—. Hay algunas declaraciones que mencionan que Blake Hamilton estaba bastante decidido a casar a su hijo con la aristocracia inglesa, por muy tenue que fuera el vínculo.

Sharp añadió los nombres a la pizarra. —También debemos considerar a los padres de Sophie —dijo, antes de volverse hacia el equipo—. Por incómodo que sea, sabemos que este tipo de asesinatos a menudo los comete alguien cercano a la víctima.

—Seguramente si Sophie lo amaba, le habría dicho a Peter que estaba embarazada, ¿no? —dijo Kay—. ¿O iba a decírselo una vez que se hubieran fugado?

—Tal vez estaba preocupada de que él cambiara de opinión sobre fugarse con ella si estaba embarazada —dijo Gavin.

Sharp terminó de actualizar las notas en la pizarra.

—Muy bien. Tareas para esta mañana. Barnes, tú y Debbie investigad a los Whittaker. Id con cuidado, pero averiguad si ella estaba viendo a alguien más, tal vez estaba afectando su trabajo escolar, o sus profesores sabían algo que sus amigos y familia no. Ya sabemos sobre Peter y Josh, ¿había alguien más involucrado? Carys, tú y Gavin trabajad en los antecedentes de los Hamilton, incluyendo un mayor enfoque en el negocio de Blake. Nos reuniremos aquí a las once en punto.

Apuró su café y tiró la taza vacía en el bote de basura a su lado.

—Hunter, vamos a tener una charla con Peter Evans —dijo—. Llama al abogado y haz que se reúna con nosotros allí.

CAPÍTULO 19

El abogado de oficio había llegado antes que Sharp y Kay, y estaba de pie fuera de la habitación de Peter con el médico de la noche anterior.

El doctor se veía tan cansado como Sharp, y Kay se preguntó cuánto duraban los turnos del hombre y cuándo tendría un descanso. Sospechaba que pasaría algún tiempo antes de que el hombre pudiera descansar.

Ambos hombres se giraron al oír sus pasos.

El abogado de oficio era un hombre mayor con quien Kay había tratado antes. Brian Sutherland era socio de uno de los bufetes locales más grandes y llevaba un traje gris oscuro que acentuaba su cabello blanco como la nieve, que llevaba ligeramente más largo que la mayoría de los hombres de su edad. Unos ojos azules penetrantes sostuvieron su mirada mientras se estrechaban las manos, antes de que su frente se arrugara.

—Esto no pinta bien, detectives —dijo—. Espero que se esté llevando a cabo una investigación exhaustiva.

—Así es —dijo Sharp—. ¿Escuchó el comunicado de prensa anterior?

—Sí. Gracias por mantener en privado el nombre de mi cliente.

Sharp reconoció el comentario con un pequeño encogimiento de hombros. —Práctica estándar. —Dirigió su atención al médico—. ¿Cómo está?

—Mejor de lo que esperaba, considerando el desastre que hizo con sus muñecas.

—¿Podemos hablar con él ahora?

El doctor miró su reloj. —Tengo otra cita durante la próxima media hora, así que pueden hablar con él hasta que regrese. Cuidado, aún está muy débil. Si muestra algún signo de cansancio, quiero que se detengan. —Miró a Sharp y a Kay cuidadosamente—. ¿Entendido? Perdió mucha sangre anoche y necesita descansar.

—Entendido —dijo Sharp y le entregó una bolsa a Kay antes de hacer un gesto al abogado de oficio—. Guíenos, señor Sutherland.

El abogado abrió la puerta y la mantuvo abierta para Sharp, quien despidió a los dos nuevos agentes uniformados que habían tomado el relevo en la tarea de vigilancia para el día. Kay se hizo a un lado para dejarlos pasar y luego entró en la habitación.

Peter Evans parecía un fantasma.

Mientras Sutherland se acercaba a la cama y ayudaba a su cliente a alcanzar el control remoto para levantar la parte trasera de la cama hasta que Peter quedó en posición sentada, Kay se mordió el labio.

Había notado cuando conoció a Peter por primera vez que su piel era pálida, casi alabastrina, pero después de perder tanta sangre, estaba casi translúcida. También era la primera vez que notaba lo delgado que era.

Cruzó la mirada con Sharp y se dio cuenta de que estaba tan impactado como ella.

Si el equipo de custodia no hubiera dado la alarma cuando lo hizo, la situación habría sido mucho peor.

Ciertamente no estarían entrevistando a su principal sospechoso esta mañana.

Se concentró de nuevo, se movió hacia una de las sillas vacías y se sentó antes de meter la mano en la bolsa que Sharp le había entregado mientras Sutherland hablaba en voz baja con su cliente. Sharp se mantuvo cerca hasta que Sutherland miró por encima de su hombro y asintió.

Sharp se acercó y metió las manos en los bolsillos. —¿Cómo estás, Peter?

—Estoy bien —dijo. Levantó sus dos muñecas vendadas—. Supongo.

—Muy bien. Esto es lo que vamos a hacer. Necesitamos hablar contigo, pero aún tenemos la obligación de advertirte y tratar esta conversación como una entrevista formal. La oficial Hunter aquí operará una grabadora portátil, y luego la entrevista se copiará en CDs y se almacenará como evidencia.

Sharp esperó mientras ella preparaba el equipo, luego advirtió formalmente a Evans y comenzó su interrogatorio.

—¿Qué pasó?

Peter se limpió los ojos con enojo con el dorso de la mano. —No voy a ir a prisión por algo que no hice —sollozó—. La amaba. No tenía idea de que estaba embarazada, lo juro. —Sorbió y levantó los ojos hacia Sharp—, y si lo hubiera sabido, me habría quedado con ella. Habría hecho cualquier cosa por Sophie.

Sharp caminó alrededor del pie de la cama, ignoró a Kay y se apoyó contra la pared opuesta. —Peter, no tienes coartada para la noche de la fiesta. Nos dijiste que viste a Sophie esa mañana. —Suspiró—. Si vosotros dos estabais tan ansiosos por huir, ¿por qué no os fuisteis entonces? ¿Por qué esperar? ¿Ella cambió de opinión? ¿Es eso lo que pasó? ¿Cambió de opinión, así que decidiste detenerla?

—¡Inspector Sharp! —El abogado de oficio le lanzó una mirada de advertencia.

—¡No! —Peter se incorporó de golpe y luego hizo una mueca de dolor. Cayó de nuevo sobre las almohadas—. Fue idea de Sophie. Insistió en seguir adelante con toda la ceremonia. Creo... —Se interrumpió y sorbió de nuevo—. Creo que se sentía culpable porque sus padres habían gastado todo ese dinero en la carpa y los proveedores y todo, y no quería decepcionarlos.

—¿Qué le dijiste cuando te dijo que iba a proceder con la ceremonia? ¿Te hizo sentir enojado?

Peter frunció el ceño. —No —dijo—. Frustrado, sí. Pero no enojado.

Sharp se apartó de la pared. —¿Cómo se conocieron ustedes dos?

Una triste sonrisa se dibujó en la comisura de la boca de Peter, y su mirada cayó sobre los vendajes en sus muñecas. Comenzó a juguetear distraídamente con un hilo suelto de la manta. —Ayudo a un manitas local —dijo—. Se me daba bastante bien la carpintería en la escuela, y también puedo hacer algunas cosas básicas de fontanería. Había un canalón que necesitaba ser reemplazado en la iglesia a la que ella y su familia iban, pero el único momento en que podíamos hacerlo era tarde un martes por la tarde. Cuando terminamos, ya estaba oscureciendo. Algunas personas comenzaron a llegar a la iglesia, y recuerdo haberme sorprendido porque no sabía que hubiera algo ese día.

La sonrisa desapareció y un ceño fruncido arrugó sus facciones. —Por supuesto, ahora sé que era ese grupo espeluznante al que pertenecían sus padres. Incluyendo a Josh y su familia.

—Continúa —dijo Sharp.

—Estaba llevando una escalera de vuelta a mi furgoneta —dijo Peter, con una expresión nostálgica—. Ella me sonrió y… no sé. No recuerdo la última vez que sentí algo así por alguien. Todos entraron en la iglesia y unos cinco minutos después, yo estaba guardando mis herramientas, ella salió de nuevo. Creo que les había dicho a sus padres que había dejado algo en el coche. Me dio su número de móvil y luego volvió a entrar.

—¿Hace cuánto tiempo fue esto?

—Hace cinco meses.

—¿Sabías entonces que ella iba a comprometerse con Josh?

—No.

Sharp echó un vistazo por encima del hombro hacia donde Kay estaba sentada, y ella le hizo un pequeño gesto afirmativo antes de escribir un recordatorio en una nueva página de su cuaderno. Tendrían que verificar la cronología de los eventos previos a la ceremonia del voto de pureza, para ver si coincidía con el recuerdo de Duncan Saddleworth y Peter.

—¿De quién fue la idea del voto de pureza? —preguntó Sharp—. ¿Te lo dijo Sophie?

—De ella. Fue su idea.

—Me parece extraño, Peter, que por un lado insistas en que Sophie te amaba, pero por otro ella esté haciendo planes para permanecer casta hasta su boda con alguien completamente distinto.

El joven se encogió de hombros, pero no dijo nada, y giró la cabeza para no ver a Sharp.

Kay se volvió al oír un golpe en la puerta, y apareció el médico.

Sharp miró su reloj, luego al abogado de oficio.

—Esto tendrá que ser suficiente por hoy. Volveremos mañana.

Dio por terminada la entrevista formal, esperó mientras Kay recogía el equipo de grabación, y luego encabezó la salida de la habitación, esperando para agradecer a Brian Sutherland y al médico antes de marcharse.

Kay se puso a su lado, y esperó hasta que estuvieron junto a su coche antes de hablar.

—¿Qué piensas?

—Si ha estado saliendo con Sophie durante los últimos cinco meses, y sabía que iba a hacer este voto de pureza y comprometerse con Josh Hamilton, entonces ha tenido tiempo de sobra para planear algo, ¿no? —dijo Sharp.

—Pero si Sophie amaba a Peter, ¿por qué la farsa? —Kay observó cómo el coche de Brian Sutherland salía del recinto del hospital y giraba hacia la carretera principal de vuelta a Maidstone.

—Eso es algo que tendremos que preguntarles a los padres —dijo Sharp—. Empiezo a tener la impresión de que aquí está pasando algo más que una joven cambiando de opinión sobre un voto religioso.

———————

—Si Sophie amaba a Peter, ¿por qué seguir adelante con el voto de pureza y el anuncio de su compromiso? —dijo Kay.

La idea se había abierto camino en su mente después de entrevistar a Peter Evans, y la inquietaba constantemente una vez que regresó a la sala de incidencias y volvió a escuchar la grabación que había hecho.

Barnes rebuscó en la bolsa de dulces sobre el escritorio y sacó un caramelo de limón.

—Tal vez no estaba segura de Peter. Quizás estaba jugando con ambos hasta que decidiera cuál era la mejor opción —dijo, y se metió el caramelo en la boca.

—Y quizás el embarazo puso fin a esa idea. —Kay se reclinó en su silla y miró al techo—. Así que tenemos algunas posibilidades que considerar. A Peter no le gustó la idea de que ella estuviera embarazada y la mató…

—Lo cual creemos que es poco probable, dada su reacción a la noticia.

—Cierto, entonces tal vez Josh se enteró y la mató.

—Excepto que dice que no conocía a Peter, y que tampoco sabía que Sophie lo conociera.

—Sus padres estaban con él cuando le preguntaste eso, ¿verdad? Tal vez les está ocultando algo.

—Es cierto. También tenemos que añadir a Blake Hamilton a la lista. Parecía más molesto que su hijo, pero únicamente desde el punto de vista de que Josh no iba a tener la oportunidad de casarse con la aristocracia inglesa. Honestamente, Ian, viste el estado de la casa de los Whittaker: ¿por qué demonios querrías asumir eso como dote?

Barnes se atragantó con su caramelo. —¿Deducción de impuestos?

—Muy gracioso.

CAPÍTULO 20

Kay maldijo por lo bajo cuando un tractor pasó peligrosamente cerca del lado derecho del coche antes de alejarse rugiendo por el estrecho camino detrás de ella. Aceleró alejándose del borde de hierba y se rio cuando Carys exhaló ruidosamente.

—Sí, estuvo un poco demasiado cerca.

—Anoche pasé un tiempo en internet investigando sobre esas promesas de pureza —dijo Carys mientras el coche aumentaba la velocidad.

—¿Algo interesante?

—Bueno, parece que los embarazos no planificados entre adolescentes que han hecho un voto de pureza son más altos que entre las que no lo han hecho.

—¿En serio? Tanto para mantenerse castas, ¿eh?

—Podría explicar cómo Sophie terminó embarazada. Aparentemente, ni los padres ni las iglesias involucradas piensan en educar a sus hijas sobre sexo seguro. Parece que creen que una vez que las chicas hacen la promesa, pueden olvidarse de tener esa conversación. Como si lo barrieran bajo la alfombra. —Carys miró por la ventana los campos que pasaban borrosos—. Es casi como si se lavaran las manos de la responsabilidad.

—Eso ciertamente encaja con este caso por lo que parece.

—Aunque Peter asegura que usó condón las dos veces.

Kay se encogió de hombros. —Supongo que los accidentes ocurren.

—Creo que apesta que solo las chicas hagan la promesa —dijo Carys, calentándose con el tema—. Aparentemente, los chicos no lo hacen y pueden acostarse con quien quieran. Se espera que las mujeres perdonen a los hombres por cualquier indiscreción hasta el día que se casen con alguien. La tasa de divorcio también es desproporcionadamente alta entre esos grupos. Es triste, en realidad.

—Lo es —dijo Kay—. Aunque no puedo evitar sentir que es solo otra forma en que la religión controla a las mujeres.

Carys se giró en su asiento. —No eres una persona religiosa, ¿verdad?

Kay negó con la cabeza. —No. Mis padres me bautizaron de niña, pero ninguno de los dos era particularmente religioso. ¿Y tú?

—No lo sé. A mí también me bautizaron, pero nunca he pensado mucho en ello hasta ahora. Este asunto con Sophie y toda esta gente usándola para promover sus propios intereses me hace pensar que no quiero serlo.

Se sumieron en silencio cuando aparecieron las puertas de Crossways Hall, y Kay redujo la velocidad para girar hacia el camino de grava.

El coche de la oficial de enlace familiar estaba aparcado a un lado de la casa y había sido bloqueado por otros tres vehículos, todos de alta gama y relucientes.

—¿Visitas?

—Eso parece. —Kay sacó las llaves del contacto—. Vamos a averiguarlo, ¿de acuerdo?

Cuando se acercaron a la puerta principal, esta se abrió y la mujer que Kay recordaba como el ama de llaves se asomó.

Se llevó un dedo a los labios y luego les hizo señas para que cruzaran el umbral.

—Buenos días, detectives.

—Buenos días. Nos gustaría hablar con el señor y la señora Whittaker, por favor.

El ama de llaves arqueó una ceja. —*Lady Griffith* y el señor Whittaker no están disponibles en este momento.

—¿A quién pertenecen todos los coches de afuera?

—Actualmente tienen invitados.

—Señora… Jamieson, ¿no es así?

El ama de llaves asintió.

—Actualmente estoy investigando el asesinato de la hija de Lady Griffith. Quizás eso se le ha olvidado.

La mujer dio un paso atrás. —Bueno…

—Dadas las circunstancias, le agradecería que fuera a informarles que estamos aquí y deseamos hablar con ellos.

—Yo no puedo ahora mismo. Tendrán que esperar. —Hizo un gesto hacia un sillón de dos plazas con un acolchado fino junto a la puerta principal.

—¿Por qué?

La mujer se retorció las manos. —Deben esperar. Hasta que terminen sus oraciones.

—¿Oraciones?

—El grupo de la iglesia está aquí. Para brindar apoyo espiritual en este momento difícil.

Kay la miró fijamente.

—Por favor, tomen asiento. No tardarán mucho.

Kay echó un vistazo al asiento que el ama de llaves indicaba y negó con la cabeza. —Nos quedaremos de pie, gracias. De hecho, mientras esperamos, me gustaría hacerle algunas preguntas.

—¿A mí?

—Sí. —Kay bajó la voz—. Debe escuchar muchas de las conversaciones que tienen lugar por aquí.

—Bueno, yo…

—Entonces, ¿qué pensaba de la relación de Sophie con Josh Hamilton?

Los hombros de Jamieson se hundieron. —Es tan triste. Eran perfectos el uno para el otro. Él era todo un caballero con todos. Un placer tenerlo aquí como invitado.

—¿Oh? ¿Pasó mucho tiempo con él?

—Por supuesto. Soy responsable del funcionamiento de esta casa, y algún día él sería mi empleador. Mostró un gran interés en la historia del lugar. —Sonrió—. Como su padre, muy interesado en la familia de Lady Griffith.

—¿Alguna vez discutieron él y Sophie?

El ama de llaves se envolvió con su cárdigan y cruzó los brazos. —No que yo recuerde, no. Como dije, era un caballero.

—¿Qué hay de Peter Evans?

—Un bueno para nada —dijo Jamieson—. El señor Whittaker tuvo que tener unas palabras fuertes con él la última vez que apareció por aquí. No me sorprende que haya asesinado a nuestra hermosa niña. Siempre dije que había algo que no estaba del todo bien en él.

Sonó una campana y Jamieson ladeó la cabeza. —Debo irme. Esa es Lady Griffith indicando que sus invitados pronto requerirán té. Esperen aquí.

El ama de llaves desapareció por otra puerta que conducía fuera del vestíbulo, y Carys comenzó a caminar por el suelo, con la barbilla levantada mientras observaba las diversas pinturas en las paredes.

Un gran reloj de pie marcaba un ritmo constante desde su posición junto a la pared al pie de las escaleras, y Kay lo miró con el ceño fruncido. Nunca podía soportar el sonido de un reloj haciendo tictac; para ella, era tan molesto como un grifo goteando.

Luchó contra su frustración por tener que esperar.

Los padres de Sophie estaban de luto, después de todo, y sabía que con Larch observando cada uno de sus movimientos, tendría que actuar con cuidado.

Carys se acercó. —¿Cuánto crees que valen estas pinturas?

Kay se giró y retrocedió un paso, estirando el cuello para apreciar las gruesas capas de óleo que cubrían cada lienzo, los colores moteados por el paso de los años.

Arrugó la nariz. —Algunos tienen moho, mira —señaló con la barbilla hacia la esquina inferior de uno de los marcos—. Si son miembros de la familia, supongo que dependería de quién los pintó. No imagino que se pueda obtener mucho por ellos de otro modo.

Se estremeció y se ciñó la chaqueta alrededor de la cintura, cruzando los brazos. —Este lugar es helado. ¿Te imaginas cómo sería en invierno?

—Preferiría mi pequeño apartamento de dos habitaciones a esto en cualquier momento —concordó Carys.

Ambas se giraron al oír que la puerta detrás de ellas se abría, y un pequeño grupo de personas emergió, hablando en voz baja.

Matthew Whittaker siguió a un hombre mayor hasta el pasillo y le dio una palmada en el brazo. —Ha sido muy amable de tu parte venir, Richard, y gracias por unirte a nuestras oraciones. Lo apreciamos.

—Es lo menos que podía hacer.

Kay maldijo por lo bajo, tiró de la manga de

Carys y la arrastró hacia el pie de la escalera para apartarse mientras dos mujeres mayores pasaban apresuradamente, dirigiéndose a la cocina.

—Ese es el Muy Honorable Richard Fremchurch —susurró.

—¿El amigo del inspector jefe Larch?

Kay asintió y frunció los labios.

—Incómodo.

Kay no dijo nada, pero tuvo que estar de acuerdo con la joven detective.

La conversación que había planeado tener con Matthew y Diane iba a ser lo bastante difícil sin tener que preocuparse por las amenazas de Larch de mantener la investigación discreta y preservar la privacidad de la familia.

—¿Disculpen?

Kay se sobresaltó al oír la voz detrás de ella y se giró para ver a la señora Jamieson haciéndole señas.

—Lady Griffith está en el solárium, junto a la terraza, si desean hablar en privado con ella.

Kay logró esbozar una pequeña sonrisa, agradecida por la astucia de la mujer. En su prisa por mantener a la policía alejada de los invitados, el ama de llaves también había evitado que Kay se encontrara cara a cara con el político.

—Gracias. También necesitaremos al señor Whittaker.

—Le pediré que se una a ustedes tan pronto como sea posible.

Kay le agradeció y luego guio a Carys por el pasillo. Emergieron en la sala de estar que había estado llena de invitados conmocionados hacía solo tres noches. Ahora, la habitación parecía abandonada, como si no se usara mucho entre eventos.

—Casi puedes sentir el polvo esperando para abalanzarse —susurró Carys.

Kay se mordió el labio inferior y la miró con severidad.

Sin embargo, tenía razón; ahora que veía el lugar por primera vez sin invitados a una fiesta o investigadores de la escena del crimen escudriñando todo, la casa parecía descuidada, como si lentamente se estuviera retrayendo sobre sí misma.

—Grace dijo que querían hablar con Diane y conmigo.

Se giró al oír la voz de Matthew detrás de ella y se sintió aliviada al ver que había dejado a sus invitados en otra parte.

—Buenos días, señor Whittaker. Sí, así es. Nos dijeron que su esposa nos estaba esperando en el solárium.

—Por aquí.

Kay se hizo a un lado para dejarlo pasar, luego lo siguió a través de unas puertas dobles de roble y entró en una habitación con paneles de vidrio que había sido añadida a un lado de la casa varios años atrás. Sin embargo, a pesar de la luz brillante del exterior, el ángulo de la extensión en el edificio la dejaba en sombra, y Kay notó que se habían instalado focos en el techo en algún momento a lo largo de los años.

—Adición de finales del siglo XX.

Kay apartó la mirada de las manchas de humedad y la pintura descascarada en las esquinas más alejadas de la habitación y se dirigió hacia donde Diane estaba sentada en un sillón de mimbre, con una bandeja que contenía dos tazas de porcelana y una tetera frente a ella en una pequeña mesa a juego.

Matthew se quedó cerca de una de las ventanas que daban a un jardín amurallado y cruzó los brazos sobre el pecho.

—¿De qué querían hablarnos?

Kay hizo un gesto hacia el asiento junto al de Diane. —¿Quizás le gustaría sentarse?

—Me quedaré de pie —dijo y la miró con el ceño fruncido—. ¿Por qué está tardando tanto esta investigación? Seguramente ese desgraciado ya debería haber comparecido ante un magistrado.

Bien, pensó Kay.

—Peter Evans intentó suicidarse anoche mientras estaba bajo custodia policial.

Diane jadeó y se echó hacia atrás en su silla.

Matthew entrecerró los ojos. —¿Intentó?

—Actualmente se está recuperando en el hospital, después de someterse a una cirugía de emergencia durante la noche.

—Lástima que haya sobrevivido.

—Señor Whittaker…

—Bueno, eso es todo, ¿no? Obviamente, la culpa lo superó y no pudo vivir consigo mismo.

—¿Qué tan bien conocían a Peter?

—No lo conocíamos. Apareció aquí unas cuantas veces, como ya le he dicho. Hablé con él, le dije que se mantuviera alejado, y no lo hemos visto desde entonces.

—¿Sophie alguna vez se quedó fuera de casa por la noche?

Matthew frunció el ceño y miró hacia donde Diane estaba sentada, con el rostro pálido.

—A veces —dijo—, pero siempre nos decía adónde iba, y conocemos a los padres de sus amigos, así que nunca fue un problema.

Kay consultó sus notas. —Ella estudiaba a tiempo parcial, ¿no es así?

Diane sacó un pañuelo de encaje y se secó los ojos, luego asintió. —Escuela de arte. Cuatro días a la semana.

—¿Sin escuela un día a la semana?

—No, es correcto. Es para dar a los estudiantes la oportunidad de desarrollar sus portafolios. Sophie a menudo pintaba aquí, o llevaba un cuaderno de bocetos al centro y encontraba un lugar para sentarse y dibujar.

—¿Qué demonios tiene que ver todo esto con Peter Evans? —exigió Matthew.

Kay tomó una respiración profunda. —Estamos tratando de construir una imagen de la vida de Sophie en estas últimas semanas. Peter Evans intentó suicidarse después de descubrir que Sophie estaba embarazada cuando fue asesinada.

—Oh, Dios mío —gimió Diane.

Matthew se tambaleó y se agarró al respaldo de la silla, con los nudillos blancos. —¿De dónde diablos sacó esa idea?

—Recibimos la información ayer. En ese momento, Peter Evans fue interrogado nuevamente y se le preguntó si se había acostado con Sophie.

Diane emitió un gemido, y Matthew corrió a su lado, agachándose junto a ella y tomando sus manos entre las suyas.

Se volvió y miró a Kay con furia.

—Peter Evans confirmó que había tenido relaciones íntimas con Sophie recientemente —dijo ella en voz baja—. Parece que el método anticonceptivo que usaron no funcionó. Todavía estamos esperando los resultados de la autopsia, momento en el cual solicitaremos también una prueba de paternidad.

—Voy a vomitar.

Diane se levantó de golpe de la silla y salió corriendo de la habitación.

Matthew se irguió, con el rostro desencajado.

—Lo siento, señor Whittaker. Teníamos que informarle. ¿No tenía usted idea?

—No. —Se pasó una mano por la cara y luego señaló hacia la puerta—. Me gustaría que se fueran ahora.

CAPÍTULO 21

Un silencio descendió sobre la sala de incidentes a la mañana siguiente cuando Kay cerró la puerta tras de sí, como si hubiera interrumpido una conversación privada.

Revisó su reloj, pero aún faltaban veinte minutos para la reunión informativa de la mañana.

Pasó la mirada por sus colegas mientras caminaba, pero ninguno levantó la vista para encontrarse con sus ojos.

En su lugar, parecían concentrados en mirar sus pantallas de ordenador o atender llamadas telefónicas. Un par de miembros del personal administrativo aparecieron desde la esquina donde estaba la fotocopiadora, charlando alegremente hasta que una de ellas vio a Kay y bajó la voz antes de dar un codazo a su compañera. Sonrojadas, se apresuraron a volver a sus escritorios y se sentaron, ignorándola estudiadamente.

Antes de que pudiera sentarse en su escritorio, Sharp se asomó desde su oficina y le hizo una seña.

—¿Tiene un minuto?

Perpleja, dejó caer su bolso sobre el escritorio y lo siguió.

Él cerró la puerta detrás de ella y señaló las sillas frente a su escritorio.

—Tome asiento —dijo y bajó las persianas.

—Prefiero quedarme de pie, gracias. ¿Qué está pasando?

Él pasó junto a ella y se apoyó en la esquina del escritorio, cruzando los brazos sobre el pecho.

Kay arqueó una ceja. Sharp nunca le había parecido del tipo nervioso, especialmente con su formación militar, pero en ese momento parecía que preferiría estar en cualquier otro lugar que hablando con ella.

Afganistán, quizás.

—¿Jefe?

—Hay… ah… hay un rumor circulando de que tu salud podría no haber sido muy buena estos últimos meses, Kay.

Ella entrecerró los ojos. —¿En qué sentido?

Él bajó la mirada y se pasó una mano por el pelo.

—¿Es cierto que has tenido un aborto espontáneo?

El aire abandonó sus pulmones tan rápido que Kay se tambaleó y se agarró al respaldo de una de las sillas para estabilizarse.

Su visión se nubló, los bordes de sus ojos se oscurecieron antes de llenarse de destellos de luz, y su estómago se revolvió.

—Quién…

—No sé cómo empezó el rumor. Nadie parece saber quién lo escuchó primero, pero ya sabes cómo es: un momento todo es normal ahí fuera, y al siguiente todos están hablando de ello.

—¿Todos?

Se levantó del escritorio y puso una mano en su hombro. —Lo siento. Siéntese.

—No quiero…

—Siéntese.

La empujó suavemente hacia una de las sillas y luego se sentó en la otra, inclinándose hacia adelante con los codos sobre las rodillas.

—¿Supongo por tu reacción que es cierto?

Ella asintió, incapaz de hablar, sus pensamientos agitándose mientras trataba de no entrar en pánico.

—¿Deberías estar aquí?

—¿Qué?

—¿Deberías estar en el trabajo? Ya sabes, si estás…

—Ocurrió hace diez meses, jefe.

Él se enderezó, la confusión extendiéndose por sus facciones. —Pero eso es cuando…

—Larch me lanzó la investigación de Asuntos Internos. Sí, lo sé. Los médicos creen que el estrés de eso causó mi aborto.

Se pasó una mano por la boca, con dolor en los ojos. —Deberías habérmelo dicho, Kay.

Ella resopló. —¿Por qué? Ya tenías suficiente con tratar de no creer que uno de tus oficiales era corrupto.

—Eso no es justo, Kay. Te apoyé. Lo mínimo que podrías hacer es confiar en mí.

Ella parpadeó y se levantó de su asiento, tratando de ignorar la sensación de escozor en las esquinas de sus ojos.

Más allá de los confines cerrados de la oficina, la sala de incidentes permanecía en silencio como si todos contuvieran la respiración, esperando.

—No era asunto tuyo —dijo, dándole la espalda—. Ya estaba suspendida del servicio. Nadie tenía que enterarse.

—Aun así, Kay. ¿Cuánto hace que te conozco? ¿Y a Adam? ¿Se lo has contado a alguien?

Ella negó con la cabeza. —Los padres de Adam viven en Canadá, y yo no estoy cerca de mi familia. Decidimos que era mejor guardárnoslo para nosotros.

Excepto, pensó, que solo había otra persona que lo sabía, que se había enterado por accidente y a quien se le había hecho jurar que guardaría el secreto.

Alguien en quien creía que podía confiar.

—Siento que se haya filtrado así —dijo Sharp—. Ya sabes lo que pienso de los chismes de oficina.

Ella asintió y se mordió el labio antes de mirar por encima del hombro hacia la puerta.

—Supongo que será mejor que vuelva ahí fuera, ¿eh? No puedo quedarme escondida aquí para siempre, ¿verdad?

—¿Vas a estar bien? —Se levantó y puso la mano en el pomo de la puerta, sin apartar los ojos de los de ella.

—Probablemente este va a ser el día más mierda que he tenido en mucho tiempo, pero sobreviviré.

Él suspiró y abrió la puerta para ella. —La próxima vez, intenta hablar conmigo, ¿de acuerdo?

Ella no respondió y en su lugar se concentró en salir de su oficina con la cabeza alta y se dirigió a través de la sala hacia donde había dejado su bolso en el escritorio.

Lanzando la correa sobre su hombro, comprobó

que su pase de seguridad estuviera enganchado a la cintura de sus pantalones y salió a zancadas de la sala, ignorando las miradas avergonzadas de sus colegas.

—¡Kay, espera!

Se detuvo a mitad del pasillo y miró fijamente la desgastada alfombra azul mientras se acercaban unos pasos, antes de darse la vuelta en el último momento.

Carys levantó las manos y bajó la voz, con el rostro afligido. —No fui yo, Kay. Tienes que creerme. Quien sea que haya iniciado este rumor… no fui yo.

Kay apretó los labios. —Nadie más lo sabía, Carys. Nadie.

Giró sobre sus talones y se apresuró por la escalera, ignorando el grito ahogado que emitió su colega a sus espaldas.

CAPÍTULO 22

Kay bajó el volumen de la radio e indicó para girar a la izquierda hacia el estacionamiento detrás del edificio de tres pisos que albergaba los servicios forenses del condado.

Había pasado la mayor parte del viaje maldiciendo entre dientes, insultando a Carys y a todos los demás que habían chismorreado sobre su aborto espontáneo.

Su horror inicial por ver su vida privada expuesta había dado paso a la vergüenza y luego a la ira. Había mantenido el pie pegado al acelerador en la autopista, serpenteando entre el tráfico y maldiciendo a los conductores más lentos que acaparaban el carril de adelantamiento.

Exhaló mientras maniobraba el coche hacia uno de los pocos espacios de estacionamiento que quedaban y soltó las manos del volante.

No era conveniente entrar en la oficina de Harriet con el humor que tenía. Necesitaba calmarse, ser objetiva si quería entender por qué habían asesinado a Sophie, y ponerse emocional no iba a ayudar a nadie.

Ya se ocuparía de la traición de su colega cuando regresara a la sala de incidencias.

Salió del coche y cerró la puerta de un portazo antes de dirigirse a la entrada del edificio y subir las escaleras hasta el piso donde se encontraba Harriet.

Para cuando llegó a la oficina de la mujer, su mente se había reenfocado y logró esbozar una sonrisa al saludar a la investigadora de la escena del crimen.

—Me alegro de verte, Kay. Toma asiento.

Kay dejó caer su bolso al suelo junto a una de las sillas para visitantes frente al escritorio de Harriet y se hundió en ella.

—¿Cómo van progresando las cosas?

—Lentamente. —Harriet organizó unos papeles en una carpeta a su codo antes de apartarla y seleccionar otra de una bandeja en la esquina de su escritorio. La abrió y luego la giró para que Kay pudiera ver el contenido—. Lucas Anderson realizó la autopsia ayer por la tarde y se la envió por correo electrónico a Sharp y a mí, así que supongo que no te has enterado de que Sophie Whittaker *estaba* embarazada cuando la asesinaron.

Kay no le dijo a la investigadora de la escena del crimen que no se había quedado para la reunión informativa de la mañana. En su lugar, se aclaró la garganta.

—Así que su amiga Eva estaba diciendo la verdad.

—Correcto. Lucas me dio algunas muestras, que hemos acelerado esta mañana, dadas las circunstancias. Los resultados de paternidad salieron inconclusos. He pedido que los vuelvan a hacer.

—¿Eso es normal?

—Puede suceder. No hay nada de qué preocuparse. Tendremos una respuesta para ti lo antes posible.

—Pero ¿no podemos asegurar en este momento que Peter Evans sea el padre?

—Todavía no. No definitivamente, no.

Kay abrió su libreta y escribió un recordatorio para sí misma antes de continuar.

—¿Qué hay de otros hallazgos en la escena? ¿Algo que vincule el asesinato de Sophie con Evans?

Harriet pasó los documentos hasta que encontró el que buscaba.

—Hemos estado luchando, para ser honesta. Para cuando llamaron a los primeros en responder, varias personas habían pisoteado toda la escena del crimen: tenemos rastros de ambos padres de Sophie, dos de los hombres de la misma congregación de la iglesia y de su amiga, por supuesto.

Kay hizo una mueca. Tratar de establecer una escena del crimen y mantenerla era difícil en el mejor de los casos; cuando involucraba una fiesta y varias personas que habrían estado en pánico y borrachas, el resultado era desastroso para Harriet y su equipo.

—Hemos tomado muestras de cabello, ropa, moldes de huellas, de todo —continuó Harriet—. Nos tomará un tiempo trabajar en todo eso.

Kay sabía que no tenía sentido quejarse; el departamento de Harriet se había visto afectado por los continuos recortes presupuestarios del gobierno, y la mujer solo podía exigir tanto a su equipo. Si se apresuraban, había más probabilidades de que se les escapara algo.

En su lugar, pasó las páginas hasta llegar a la copia de Harriet del informe de la autopsia. Se había incluido una secuencia de fotografías que mostraban el golpe en la cara de Sophie, y sus labios se tensaron.

—¿Alguna idea más sobre esto?

Harriet suspiró y se recostó en su silla.

—Todavía estamos trabajando con las pruebas que Lucas nos pasó. Parece que el arma era de naturaleza leñosa; al menos, la parte que impactó con el cráneo de Sophie lo era. ¿Viste que encontró astillas en la herida?

—Sí.

—Estamos revisando el contenido de lo que quedó en los braseros en este momento, en caso de que nuestro asesino haya intentado quemar las pruebas. Tenemos el problema adicional de que algunos de los asistentes a la fiesta trataron los fuegos como botes de basura, así que cada brasero se está procesando por separado para asegurarnos de no pasar nada por alto. Es un desastre, Kay, sin mencionar los problemas causados por el barro en la parte inferior de esa pendiente.

Kay giró las fotos para que Harriet las viera, quien se inclinó hacia adelante y trazó sus dedos sobre las imágenes.

—Esto fue impulsado por el odio, ¿verdad? —dijo.

Kay se agachó y recogió su bolso.

—Creo que sí.

—Fue un solo golpe en la cara. La pobre chica no

tuvo oportunidad. —Harriet levantó la mirada para encontrarse con la de Kay—. Estoy con poco personal, Kay, pero haré todo lo que pueda para ayudarte a llevar a su asesino ante la justicia.

—Gracias, Harriet. Sé que lo harás.

CAPÍTULO 23

—¿Cuál es el enfoque que vamos a tomar aquí?

Kay levantó la vista de su cuaderno mientras Barnes detenía el coche en el camino de entrada de la extensa propiedad de los Hamilton y se volvió hacia ella.

No habían hablado durante el trayecto desde Maidstone. Kay había regresado de la oficina de Harriet a media mañana y había ignorado meticulosamente el ambiente en la sala de incidentes a su alrededor mientras revisaba sus correos electrónicos y mensajes telefónicos.

Carys había pasado por su escritorio un par de veces, pero Kay no había levantado la cabeza y Carys había pasado rápidamente, con la cara roja.

Finalmente, Kay quedó satisfecha de haber puesto

al día su carga de trabajo lo suficiente como para mantener a raya cualquier emergencia inminente y le había pedido a Barnes que la acompañara a la casa de los Hamilton. Había salido de la habitación a grandes zancadas, ignorando la expresión herida en el rostro de Carys.

—Los resultados de paternidad han resultado inconclusos —dijo—. Así que aún no sabemos con certeza si Peter Evans era el padre del bebé de Sophie.

—Bueno, obviamente él cree que lo es, ¿no es por eso que intentó suicidarse?

—Tal vez, o quizás se dio cuenta de que no lo era y que alguien más lo es.

Siguió a Barnes hasta la puerta principal y esperó en el escalón mientras él tocaba el timbre, cuyos repiques resonaron por toda la casa.

Se frotó el ojo derecho. No le había dicho a Barnes ni a Sharp lo que pretendía discutir con los Hamilton. Barnes, para su mérito, no había preguntado.

Al menos un miembro del equipo aún confiaba en ella.

Eso esperaba.

Blake Hamilton abrió la puerta, sus ojos fallando en ocultar su disgusto al verlos de nuevo.

—Detectives. ¿Qué quieren?

—Una palabra rápida con Josh, por favor —dijo Kay, cruzando el umbral antes de que él tuviera tiempo de reaccionar.

—Está estudiando.

—Esto no llevará mucho tiempo.

Blake suspiró, cerró la puerta de golpe detrás de Barnes y luego los condujo a la sala de estar.

—Iré a buscarlo.

El adolescente apareció momentos después, seguido de cerca por Blake y su esposa.

Kay esperó hasta que Courtney dejó de preocuparse por quién debería sentarse dónde, y luego se inclinó hacia adelante. No estaba de humor para perder el tiempo con cortesías.

—Josh, tengo que hacerte una pregunta muy personal. ¿Tú y Sophie tenían relaciones sexuales?

—¿Qué demonios? —Blake saltó de su sillón—. ¿Qué clase de pregunta es esa? ¡Cómo se atreve!

Kay lo ignoró y mantuvo sus ojos en Josh.

—Responde la pregunta, por favor.

—Yo… eh, no. No lo hice. Quiero decir… no lo estábamos haciendo, no.

El adolescente se sonrojó.

Kay esperó un instante.

—Si hay algo que necesites decirme, podemos discutirlo en privado —dijo.

—No, de ninguna manera lo harán.

Hamilton cruzó la alfombra hacia ella, y Barnes se levantó del sofá, interponiendo su corpulencia entre Hamilton y Kay.

—Señor Hamilton, siéntese por favor. Esto no está ayudando.

—Quítese de mi camino.

—Siéntese, señor Hamilton. —La voz de Barnes era baja, pero Kay podía oír la amenaza implícita—. Si continúa actuando de manera irrazonable, no tendremos más remedio que interrogar a Josh en la comisaría. Sin usted. ¿Es eso lo que quiere?

Por el rabillo del ojo, Kay pudo ver a Hamilton apretar los puños, y contuvo la respiración, esperando la explosión.

No sucedió.

Maldijo entre dientes y se alejó de Barnes, murmurando mientras se dirigía a la ventana.

Esperó hasta que llegó a la ventana, luego volvió su atención a Josh.

—¿Hay algo que quieras decirme?

El adolescente parpadeó y luego bajó la mirada a sus manos.

—No. No, no hay nada —dijo—. Nunca tuve relaciones sexuales con Sophie.

—¿Qué está pasando? —preguntó Courtney—. ¿De qué se trata todo esto?

Kay se puso de pie, se alisó una arruga imaginaria en su chaqueta y bajó la mirada hacia donde Josh estaba sentado, con los ojos muy abiertos.

—Sophie Whittaker estaba embarazada cuando fue asesinada —dijo.

Josh palideció.

Courtney jadeó y se tapó la boca con la mano.

—Como dije, Josh, si hay algo que necesites decirme en privado, puedes llamarme en cualquier momento.

Kay sacó una de sus tarjetas de visita, y no se sorprendió cuando Blake se la arrebató antes de que Josh tuviera la oportunidad de tomarla.

Le lanzó una mirada fulminante y luego se puso de pie.

—Vamos, Barnes. Creo que hemos terminado aquí.

—Maldita sea, claro que sí.

Blake cruzó la habitación a grandes zancadas y abrió la puerta que daba al pasillo, sin hacer ningún intento por ocultar su impaciencia mientras se dirigían a la puerta principal.

—Salgan de mi casa —gruñó—. Hablaré con sus superiores sobre esto.

Kay se mordió el labio mientras la puerta se cerraba de golpe tras ellos.

—¿Viste la cara de Josh cuando le dijiste que Sophie estaba embarazada? —dijo Barnes, antes de alejar el coche de la casa.

—Sí. Definitivamente no tenía ni idea de eso, ¿verdad? Creo que también está mintiendo sobre no haber tenido relaciones sexuales con ella.

—Interesante. Me pregunto por qué Blake Hamilton no quería que habláramos con él en privado.

—¿Crees que hay algo más sucediendo ahí?

—Tal vez. Quiero volver y hablar con Courtney Hamilton cuando Josh y Blake no estén cerca. Me dio la impresión de que estaba aburrida hasta la muerte la última vez que Carys y yo hablamos con ella. Podría estar más abierta a tener una conversación.

—No creo que vayamos a hablar con los Hamilton pronto, si Blake cumple su amenaza y nos denuncia.

—¿Por qué?

Cuando Barnes no respondió, Kay se mordió el labio y luego gimió.

—¿Me estás diciendo que Blake Hamilton también es amigo del Muy Honorable Richard Fremchurch?

—Sí. —Barnes redujo la velocidad cuando el

coche se acercaba a un cruce en T—. Lo busqué en línea antes de venir aquí, para ver si había estado en las noticias recientemente. Parece que es un importante donante del fondo benéfico de Fremchurch.

—Larch nos va a patear el trasero.

CAPÍTULO 24

—Cierra la puerta, Hunter.

Kay empujó la puerta hasta cerrarla, cerró los ojos por una fracción de segundo y respiró hondo.

Al menos Sharp estaba presente.

Tenía la sensación de que iba a necesitar a alguien que la defendiera.

Se volvió hacia el inspector jefe, quien se reclinó en su silla, se enderezó la corbata y luego juntó las manos sobre el escritorio.

No les ofreció asiento ni a ella ni a Sharp.

Al menos había esperado hasta después del informe de la tarde.

Al menos nadie más escucharía lo que se iba a decir.

—¿Qué parte de "discreto" no entendiste, Hunter?

—¿Señor?

—Cuando abrimos esta investigación, te ordené específicamente que mantuvieras tus indagaciones respetuosas. Hay mucho en juego aquí, Hunter.

—Sí, señor. Lo entiendo. Tenemos una chica de dieciséis años muerta, un sospechoso bajo custodia que ha intentado suicidarse, y varias pistas más que ahora tenemos que seguir.

El puño de Larch golpeó el escritorio con tanta fuerza que la pantalla de su ordenador se tambaleó. —Eso no es lo que quise decir, Hunter, así que no te hagas la tonta.

—Señor.

Apuntó con un dedo hacia ella. —Puede que te hayas redimido a los ojos de tus colegas, oficial, pero aún te queda un largo camino por recorrer antes de convencerme de que te tomas en serio tu carrera. Si realmente pensaras que tenías alguna posibilidad de convertirte en inspectora, lo entenderías.

Kay tragó saliva, pero se negó a bajar la mirada. Su garganta se constriñó, sus ojos ardían, pero no dejaría que él viera su reacción. No podía dejarle saber cuánto la frustraban sus palabras. Apretó el puño para que sus uñas se clavaran en las palmas.

Sharp cambió el peso de un pie al otro a su lado,

con los brazos detrás de la espalda, pero permaneció en silencio.

De repente, recordó que él venía de un contexto militar; toda su postura reflejaba a un soldado en posición de descanso, pero dentro de la oficina de Larch, llevaba casi un aire de desafío.

Ella sacó fuerzas de ello, sabiendo que él también tenía que andar con cuidado. Si intentaba refutar las acusaciones de Larch, podría marcarlo para problemas también, y ella nunca se lo perdonaría si eso sucediera.

Larch se inclinó hacia adelante y abrió un archivo frente a él, cogió sus gafas de lectura de la superficie del escritorio y las colocó en el puente de su nariz.

Tomó una página y pasó los ojos por ella antes de tirarla a un lado. —Blake Hamilton ha presentado una queja oficial sobre tu línea de interrogatorio en relación a su hijo y Sophie Whittaker —dijo. Miró por encima de sus gafas—. ¿Te importaría elaborar?

—Estamos en el siglo veintiuno. Señor.

—¡Estas personas tienen estándares, Hunter! ¡Tienes que aprender a ser más diplomática!

—Señor, mi único enfoque es descubrir quién mató a Sophie Whittaker. Si es Peter Evans, que así sea. Pero no puedo descansar hasta que haya agotado todos los ángulos de esta investigación. Sería poco profesional de mi parte.

—Mantente alejada de los Hamilton, Hunter. Es una orden. —Se volvió hacia Sharp—. En el futuro, tú te encargarás de todas las interacciones con esa familia, ¿entendido?

—Sí, señor.

—Mientras tanto, ponte en contacto con la Fiscalía de la Corona sobre acusar a Peter Evans del asesinato de Sophie Whittaker.

—Señor, con todo respeto, y dadas las otras pistas que seguimos investigando, eso podría ser precipitado.

—Hazlo, Sharp. —Larch cerró la carpeta de golpe—. Retirados.

Kay giró y abrió la puerta de la oficina de un tirón, furiosa. Caminó a zancadas por el pasillo de vuelta a la sala de incidencias murmurando entre dientes, maldiciendo a Larch por su estrechez de miras.

—¿Kay? ¡Kay!

Se detuvo y se dio la vuelta.

—No dejes que te afecte, Hunter. —Sharp se acercó—. Aguanta.

Ella parpadeó, se abrazó la chaqueta a los costados y levantó la barbilla hasta que miraba las baldosas del techo. Parpadeó de nuevo e intentó reprimir el impulso de perder completamente el control de sus emociones antes de tomar un respiro tembloroso.

—Solo estoy tratando de hacer mi trabajo —dijo entre dientes apretados.

—Lo sé. Todos lo sabemos.

—Entonces, ¿por qué…?

—No lo sé. Estoy haciendo lo que puedo. Tienes que confiar en mí.

—Gracias, jefe.

Él asintió y caminó unos pasos más allá de ella antes de detenerse y girarse.

—Eres una buena detective, Kay. Nunca lo olvides.

CAPÍTULO 25

Matthew Whittaker siguió el cursor del ratón por la pantalla y comenzó a teclear los números en las casillas de la hoja de cálculo, con la mano temblorosa.

Era peor de lo que pensaba.

Especialmente ahora, después de haber tenido que pagar a los proveedores, el alquiler de la carpa y todo lo demás para una ceremonia que había resultado ser inútil.

Y, pronto, un funeral.

Echó un vistazo a las botellas de licor en el armario de caoba, y luego volvió a centrar su atención en la pantalla.

No se atrevía a empezar a beber todavía. No sabía si sería capaz de parar.

Su visión se nubló cuando las lágrimas le escocieron los párpados, y apretó el puño.

Habría sido abuelo.

Apartó el montón de recibos a un lado y apoyó los codos sobre el escritorio, con la cabeza entre las manos. No podía comprender cómo todo había salido tan mal.

Había estado de acuerdo con Diane en que el grupo privado de la iglesia sería algo bueno para hacer en familia. Después de todo, les aseguraba poder adorar con sus pares, no con la chusma habitual que llenaba los bancos los domingos por la mañana más por obligación que por una necesidad de demostrar su devoción. Esas otras personas parecían tratar todo el asunto de la adoración como una excusa para ponerse al día y cotillear, no para celebrar su fe.

Además, significaba que Sophie podía relacionarse con otros de su edad que le ofrecían el apoyo y la amistad que su posición en la sociedad exigía. Tanto él como Diane estaban de acuerdo en que esto compensaba el hecho de que tuviera que asistir a la escuela con gente como Eva Shepparton. Ninguno de los dos quería admitir que las cuotas de la escuela privada estaban fuera de su alcance.

Ni siquiera entre ellos.

No, el grupo privado era mucho mejor, y Diane se

había alegrado cuando los Hamilton se lo sugirieron después de un servicio dominical particularmente ruidoso. Significaba que ella y Matthew eran vistos como miembros importantes de su comunidad, lo que por supuesto eran.

La familia de Diane había vivido en la zona durante cientos de años; esta casa había estado en su posesión desde el siglo XVIII, y antes de eso, el apellido de su familia había reaparecido una y otra vez en los registros históricos del condado.

Unas semanas después de conocer a Diane, le habían presentado a sus padres en una función de la Cámara de Comercio, donde el Conde se separó del resto de la multitud para llevar a Matthew aparte e interrogarlo sobre sus intenciones con su hija. Matthew le había explicado que era dueño de una empresa de software cuyo valor se estaba disparando, y el anciano se había encariñado con él al instante.

La boda tuvo lugar doce meses después.

Doce meses después de eso, la burbuja de las puntocom estalló.

Había logrado encontrar trabajo, eventualmente. Puede que hubiera perdido su negocio, pero sus habilidades informáticas seguían siendo demandadas tras el colapso del mercado de valores. No tenía otra opción: Sophie había nacido dos meses antes de que él finalmente admitiera que su negocio ya no existía, y Diane empezaba a preocuparse por el estado de la casa.

El Conde y su esposa habían muerto una semana después de ver a su primera nieta; el Conde de un derrame cerebral severo, y su esposa de lo que su médico solo pudo describir como "un corazón roto". Matthew no lo había creído posible, pero cuando se leyó el testamento (en esta misma habitación) resultó que las deudas de juego del Conde aseguraron que Diane recibiera una herencia miserable y una casa familiar que, en el mejor de los casos, podía describirse como destartalada.

El perito que visitó la propiedad en ausencia de Diane una mañana en que ella había ido a un chequeo hospitalario con Sophie, se volvió hacia Matthew y negó con la cabeza.

—Este es el problema con estas propiedades antiguas —había dicho—. Una vez que las dejas caer en mal estado, tienes que gastar una fortuna para restaurarlas.

De alguna manera, Matthew había logrado encontrar un trabajo a un par de kilómetros de Londres, un trayecto fácil que significaba que podía ahorrar el dinero que necesitaban a lo largo de los años para arreglar los problemas más importantes: un nuevo techo, la humedad ascendente en los dormitorios traseros, una cocina renovada; pero no era suficiente, incluso cuando se hubo establecido por su cuenta con un nuevo negocio de consultoría.

Se había alegrado cuando Sophie entabló amistad con Josh Hamilton en su grupo de la iglesia hace varios meses.

Los Hamilton eran influyentes en ciertos círculos de la comunidad, y Blake Hamilton tenía una reputación formidable como hombre de negocios.

Matthew no podía recordar cuándo se mencionó por primera vez el asunto del compromiso de Sophie y Josh, pero sí recordaba el alivio de que el futuro de su hija estaría asegurado.

Pero ahora...

Aún sentía la conmoción que había recorrido su cuerpo al escuchar la noticia de que Peter Evans había sido arrestado bajo sospecha del asesinato de Sophie.

Había tenido que amenazar al chico para que dejara a Sophie en paz, para que dejara de presentarse en la casa, para que dejara de llamarla por teléfono.

Cuando había interrogado a su hija, ella había admitido que había conocido a Peter a través de amigos de la escuela; tenía la misma edad que Josh, pero provenía de un entorno completamente diferente.

—Clase trabajadora —había dicho Diane, arrugando la nariz.

¿Y Sophie… embarazada?

Levantó la cabeza cuando la puerta del despacho se abrió y apareció Diane con una bandeja en las manos.

—Le pedí a Grace que hiciera té —dijo—. Pensé que te gustaría tomar un poco.

Colocó la bandeja en el escritorio frente a él y comenzó a verter el líquido humeante y marrón en dos tazas ornamentadas, luego añadió leche y le tendió una de las tazas.

Frunció el ceño cuando él derramó té por el borde y en el platillo, con la mano temblorosa. Su mirada encontró la de él, sus ojos interrogantes.

Él hizo un gesto hacia la pantalla.

—Vamos a tener que despedir a George —dijo.

El rostro de Diane se descompuso.

—¡Pero ha estado aquí desde que Madre y Padre estaban vivos! ¿Cómo voy a arreglármelas con el jardín yo sola?

—Lo siento. Organizaré que alguien venga una vez al mes para ocuparse de los trabajos grandes por ti, pero tenemos que empezar a ahorrar dinero donde podamos. —Levantó la mano para evitar que ella lo interrumpiera—. Es eso, o…

Diane se hundió en la tapicería de terciopelo del sofá de dos plazas en el centro de la habitación, con el rostro pálido.

—Vamos a perder la casa, ¿verdad? Después de todo esto, vamos a perder la casa.

CAPÍTULO 26

Duncan Saddleworth vertió los restos de su té tibio en el fregadero de la cocina a la mañana siguiente antes de apoyarse contra el escurridor y mirar hacia afuera.

Más allá de la ventana de la cocina, un estrecho patio daba paso a un césped bien cuidado bordeado por arriates, con un pequeño cobertizo de madera contra la valla trasera.

Arbustos altos y árboles daban privacidad al jardín trasero y, no por primera vez, se preguntó si un vecino que pudiera ver su rostro asomado pensaría que estaba tan enfermo como se sentía.

Cuatro rechonchos gorriones domésticos saltaban y revoloteaban alrededor de los muebles baratos de patio que había comprado en la tienda de jardinería local hace dos años; sus gorjeos y disputas se filtraban a través del cristal mientras peleaban por las semillas que había esparcido hace una hora.

Cuando llegó a la parroquia hace dos años, pensó que la casa era perfecta. En lugar de las grandes y antiguas vicarías favorecidas por la Iglesia de Inglaterra, sus superiores creían en un arreglo de vivienda más frugal, uno que reflejara mejor los hogares de los feligreses.

Había pasado varios fines de semana entre sus deberes eclesiásticos corriendo entre la ferretería y el vivero, gradualmente devolviendo la vida a la casa adosada. Su amor por la decoración de interiores dio sus frutos: la casa ahora era luminosa y acogedora, y no le gustaba nada más que llegar a casa por la noche y acurrucarse con un libro en la sala de estar, con sus largas piernas colgando del extremo del sofá mientras bebía vino tinto y escuchaba su colección de discos de vinilo.

Le había encantado la ubicación: era tranquila y pacífica, y se llevaba bien con los vecinos. Entre invitaciones para cenas o tés de la tarde, también se había convertido en la persona de confianza para el cuidado ocasional de gatos y secretamente disfrutaba de la responsabilidad.

Hace solo cuatro meses, él y sus vecinos se habían reunido un sábado por la tarde en casa de los Smith, cuatro puertas más arriba, para discutir si deberían unirse y obtener algunas gallinas para que todos tuvieran huevos frescos.

Se limpió los ojos con enojo.

Había sido feliz aquí, una vez.

Parpadeó, y su enfoque cambió del jardín a su reflejo.

Jadeó y se acercó un poco más.

Había estado luchando por dormir durante semanas y había logrado evitar un espejo excepto al afeitarse, manteniendo sus ojos fijos en el recorrido de la navaja y no en los ojos atormentados que sabía le devolvería la mirada.

Ahora, incluso en el reflejo picado, podía ver lo *viejo* que se veía.

¿Era este el rostro que había recibido a la oficial de policía hace tres días?

¿Pensaría ella simplemente que su apariencia era causada por el dolor?

¿O sospecharía algo más?

Se reclinó y se preguntó si tendría que irse.

La iglesia no sospecharía nada, estaba seguro; de hecho, le costaba recordar la última vez que había tenido noticias de alguien en la sede de la diócesis.

Con la adolescente fuera del camino, ¿podría relajarse? ¿Fingir que nada había pasado?

Exhaló e ignoró un salto en su ritmo cardíaco.

Sería cruel de su parte regocijarse con la muerte de otro, y ciertamente iba en contra de todo lo que creía. Sin embargo, había una perversa sensación de esperanza. En el fondo. Enterrada y abriéndose paso hacia la superficie poco a poco.

Un estrépito desde el pasillo lo sacó de sus pensamientos, y un escalofrío le recorrió la columna cuando el buzón volvió a su lugar.

Miró su reloj. El correo generalmente se entregaba a media mañana, no a las siete en punto.

Se alejó de la ventana y se apresuró hacia el pasillo.

Se congeló cuando la puerta principal entró en su campo de visión.

Un solo sobre blanco yacía en la alfombrilla.

Se lanzó hacia la puerta, levantó el cerrojo de latón y la abrió de un tirón antes de correr hacia el camino con los pies descalzos.

El sonido de un coche acelerando por el camino llegó a sus oídos, y se precipitó a través de la puerta del jardín hasta el borde de césped.

Era demasiado tarde.

El camino estaba desierto, con solo un leve olor a gases de escape flotando en el aire.

Duncan volvió arrastrando los pies a la casa, recogió el sobre de la alfombrilla y cerró la puerta.

Se dirigió a las escaleras y se sentó en el segundo escalón, con las piernas temblando. Pasándose una mano temblorosa por la boca, exhaló e intentó controlar su acelerado ritmo cardíaco.

Giró el sobre en sus manos y pasó el pulgar por debajo del sello, rasgando el papel.

Una sola hoja había sido metida dentro, quince por diez centímetros de papel blanco rayado que había sido arrancado de un cuaderno y recortado para que encajara, las diminutas perforaciones de un espiral aún adheridas al lado izquierdo.

—Por favor, no —murmuró.

Tragó saliva y luego sacó la página de su frágil envoltorio y leyó las palabras que habían sido recortadas de una impresión de computadora y luego pegadas al papel de notas.

Cinco palabras.

—¡No!

Se puso de pie de un salto, la página revoloteando hacia la alfombra mientras caminaba de un lado a otro por el pasillo y se pasaba la mano por el pelo.

El sudor goteaba de sus axilas, empapando el suave algodón de su camisa, y gimió cuando su estómago se contrajo.

En la fracción de segundo antes de que subiera corriendo las escaleras hacia el baño, sus ojos captaron las palabras esparcidas por la página una vez más.

Sé lo que hiciste.

CAPÍTULO 27

—¿Qué edad crees que tiene? —Barnes se llevó otro puñado de cacahuetes a la boca y miró fijamente a través del parabrisas.

—Difícil saberlo con todo ese plástico.

Se oyó un fuerte resoplido desde el asiento de al lado, y Kay sonrió mientras Barnes tosía y luchaba por mantener la comida en su boca antes de golpearse el pecho con la mano.

—No es justo —jadeó con los ojos llorosos.

—Tú te lo has buscado.

Se sumieron de nuevo en un silencio amistoso, mientras el motor emitía un constante tictac al enfriarse.

—¿Te das cuenta de que Larch nos degradará en un abrir y cerrar de ojos si nos equivocamos? —dijo

Barnes, expresando el pensamiento que había estado rondando la mente de Kay durante los últimos veinte minutos.

—Sí —murmuró ella—. ¿Quieres abandonar?

—No.

—Puedes hacerlo, ¿sabes?

—Sí, lo sé.

—No me lo tomaría como algo personal.

—Sí que lo harías.

—No lo haría. Llevo un tiempo pensando en cómo te verías de vuelta en uniforme.

—Eso es lo que dicen todas las chicas.

Kay resopló.

Habían salido de la sala de incidentes por separado hace una hora, después de que Kay le enviara un mensaje de texto a Barnes para reunirse en el aparcamiento.

Él se había levantado de su escritorio, la había ignorado al pasar junto al suyo, y cinco minutos después ella se había unido a él, balanceando las llaves de su pequeño coche en el dedo índice.

Barnes había arqueado una ceja. —¿Así que es eso?

Ella había asentido, y él había permanecido en silencio hasta que se pusieron en marcha, abriéndose paso entre el tráfico escolar de la tarde.

—¿Vamos a donde creo que vamos?

—Sí.

Cuarenta minutos después, ella había aparcado en un área de descanso con vista a la línea de la cerca de la propiedad de los Hamilton, lejos de la carretera principal, y apagó el motor antes de empujar las rodillas de Barnes a un lado y sacar unos prismáticos de la guantera.

—¡Operación encubierta! —había dicho Barnes, fingiendo una expresión de emoción en su rostro.

—Madura. —Ella había puesto los ojos en blanco, luego salió del coche y caminó hacia la cerca. Manteniéndose agachada, había enfocado los prismáticos hacia el frente de la casa.

—Su coche todavía está allí. Esperamos.

Ahora, se inclinó hacia adelante en su asiento cuando un destello plateado apareció frente a ellos.

—¡Agáchate!

Sabía que las posibilidades de que Hamilton se girara para mirar el estrecho camino al pasar eran remotas, pero no estaba dispuesta a correr el riesgo.

El ruido de los neumáticos sobre el asfalto pasó, y ella miró a través del parabrisas.

—Dale un minuto.

—Lo haré.

Los siguientes sesenta segundos pasaron

demasiado lento para su comodidad, y en el momento en que el segundero de su reloj pasó el cenit, arrancó el motor y sacó el vehículo del área de descanso.

Pisó el freno cuando un segundo coche pasó por el cruce al final del camino, viajando en la misma dirección que el de Blake Hamilton.

—¿Esa no era Diane Whittaker?

—Sí —dijo Kay.

—¿La seguimos o hablamos con Courtney Hamilton?

Kay se mordió el labio. Después de un momento, metió la marcha y giró a la derecha. —Sigamos con el plan. Hablar con Courtney.

En noventa segundos, estaba frenando frente a la puerta de los Hamilton.

Courtney la abrió en el momento en que Kay tocó el timbre. —Vi un coche subiendo por el camino —dijo, colocándose el cabello detrás de la oreja—. Me preguntaba quién sería.

—¿Podemos pasar?

Los ojos de Courtney se movieron de Kay a Barnes, y luego de vuelta. Se mordió el labio. —Volverá en un par de horas. Dijo que tenía que dejar algo en la iglesia y charlar con Duncan.

—Está bien. Quería hablar con usted a solas. Nos iremos antes de que regrese.

—Más les vale.

Se hizo a un lado y los dejó pasar, y Kay notó cómo miraba por la rendija de la puerta al cerrarla, como si comprobara que el coche de su marido no había vuelto mientras hablaban.

—Pasen a la cocina.

Kay la siguió, con Barnes pisándole los talones, y se dirigió hacia la encimera central.

Una revista yacía abierta sobre la superficie, con una taza vacía al lado, junto a un teléfono móvil y un portátil.

Courtney se inclinó y cerró el portátil, con una fugaz expresión de disculpa en su rostro. —Compras. Pensé en redecorar la habitación de Josh.

—Courtney, no voy a perder su tiempo ni el nuestro. Después de todo, usted misma dijo que Blake volvería pronto. ¿Qué es lo que Josh no nos está contando sobre él y Sophie Whittaker?

La boca de la otra mujer se abrió de par en par. —No tengo ni idea de qué está hablando.

—No le creo. Tanto usted como Josh estaban ocultando algo cuando hablamos ayer. Blake no lo sabe, ¿verdad?

Courtney se sentó en el taburete y apoyó los codos en la encimera, con la cara entre las manos. —Lo mataría si se enterara. —Se enderezó de golpe—.

Quiero decir... por supuesto que no lo haría. Quiero decir, no lo hizo.

Kay contuvo la respiración y esperó.

—Josh vino a verme hace unos tres meses. Él... me pidió que le comprara algunos condones.

—¿No podía comprarlos él mismo?

Courtney negó con la cabeza. —No lo entiende. Blake lo vigila constantemente. Si Blake no puede hacerlo él mismo, soborna a otros. Cree que el dinero lo arregla todo.

—¿Qué pasó?

—Compré los condones.

—Entonces, ¿estaba acostándose con Sophie?

—Sí. Supongo.

—¿Y Blake no sospecha nada?

—No, y no debe hacerlo.

—¿Qué hacía Diane Whittaker aquí?

—Quería saber si podíamos realizar el velatorio de Sophie aquí después del servicio conmemorativo. Creo que no podía enfrentarse a hacerlo en casa, no después de...

—¿Josh conocía a Peter Evans?

—No, ya se lo dijimos.

—Sí, pero también ocultaron la información de que Josh se acostaba con Sophie. Entonces, ¿Josh conocía a Peter Evans?

—No creo, no. Para ser honesta, siento un poco de lástima por Peter.

—¿En qué sentido?

—Oh, ya sabe. Creo que realmente amaba a Sophie. Debió ser un golpe terrible enterarse de que estaba embarazada. —Courtney cruzó los brazos sobre el pecho y suspiró—. Aunque, si ella tenía tendencia a acostarse con cualquiera así, me alegro de que Josh no se casara con ella, eso es seguro.

Barnes se aclaró la garganta.

—Disculpe, señora Hamilton. ¿Le importaría si uso el baño?

—Claro. Por allí, al final del pasillo. Segunda puerta a la derecha.

—Gracias.

Kay esperó hasta tener la atención de Courtney nuevamente.

—Entiendo por nuestra conversación cuando hablamos con usted por primera vez que Josh habría podido usar las conexiones aristocráticas de Sophie para impulsar los intereses comerciales de su padre. ¿Cómo habría funcionado eso?

—Oh, no tengo idea. Blake siempre está haciendo tratos para diferentes personas. No es como si fabricara algo. Hace contactos, pone en contacto a personas que tienen un interés o meta en común, y se lleva una comisión.

—Parece que le va muy bien con eso.

—Tiene buenos contactos. —Courtney se estiró y miró su reloj.

—Está bien. Nos iremos en un minuto…

—¿Jefa?

Kay se giró de repente.

—¿Qué pasa?

Los ojos de Barnes se desviaron hacia Courtney y luego de vuelta a ella, con una emoción palpable.

—Creo que será mejor que llame a Harriet, y al Inspector Sharp.

CAPÍTULO 28

Diane estacionó su coche marcha atrás en el último espacio disponible frente al restaurante, apagó el motor y se quedó un momento sentada para ordenar sus pensamientos.

Le había sorprendido que Blake Hamilton aceptara reunirse con ella con tan poca antelación. También sintió un gran alivio. El trauma de los últimos días la había dejado exhausta, y solo ahora que estaba lejos de casa se daba cuenta de que había pasado la mayor parte del tiempo conteniendo la respiración, como si estuviera esperando algo.

Salió del coche y se alisó la falda corta que había logrado ponerse. Intentó no pensar en el estado del baño de la gasolinera que había usado para cambiarse a su nuevo atuendo, y se ajustó la blusa. No podía dejar que Matthew supiera que había estado gastando dinero a sus espaldas, al menos no las cantidades que habían pasado por sus manos últimamente.

Cerró la puerta de un golpe, respiró hondo y se dirigió hacia el pórtico del restaurante.

Parte de una cadena de hoteles que había comprado y renovado edificios antiguos por todo el país a un nivel exquisito, el restaurante era popular los fines de semana y por las noches. Al entrar en la recepción y girar a la derecha hacia el área del salón, se alegró de ver que a la hora del almuerzo estaba tranquilo. De hecho, aparte de dos ancianos (por su conversación, probablemente dos socios de uno de los bufetes de abogados que salpicaban la calle principal) el bar estaba vacío.

—Gin tonic —le dijo al camarero, y luego se trasladó a una mesa con dos sillas junto a la ventana, donde la luz del sol moteaba la tapicería de terciopelo verde.

Miró su reloj mientras el camarero le traía la bebida, asintió en agradecimiento y dio un sorbo.

Se recordó a sí misma no beber de golpe; necesitaría tener la mente clara para esta reunión.

Por un momento fugaz, se preguntó si debería haber esperado otra semana antes de acercarse a él; después de todo, algunos podrían pensar que era insensible dado que su hija había sido encontrada asesinada hacía solo unas horas. Apartó ese pensamiento. En este momento, su propia supervivencia tenía que ser la prioridad, especialmente porque era evidente que las finanzas de Matthew estaban peor de lo que ella pensaba inicialmente.

Escuchó a Blake antes de verlo, su tono sonoro llegaba desde el área del salón, con su teléfono móvil pegado a la oreja.

Entró al bar apresuradamente, le hizo un gesto con la cabeza antes de darse la vuelta para terminar su llamada al mismo tiempo que pedía una copa grande de vino blanco, y luego guardó su móvil en el bolsillo de la chaqueta.

—Diane —dijo mientras se acercaba a la mesa.

Ella se estiró hacia él, ofreciéndole su mejilla.

Sus labios rozaron su mandíbula, y luego se enderezó, levantó su copa en un brindis y dio un sorbo. —¿Ya has pedido?

—No. Toma.

Él tomó uno de los menús que ella le ofrecía y colocó su copa de vino en la mesa mientras pasaba la vista por la comida disponible.

—Gracias por verme en privado.

—No hay problema. ¿Estás lista para pedir?

—Sí. Tomaré el filete, por favor. Poco hecho. —Cruzó las piernas y dejó que la falda corta se subiera por su muslo.

Blake la ignoró, miró por encima de su hombro y levantó el menú hacia el camarero. —Un lenguado de Dover y el filete, poco hecho.

—Sí, señor.

Se quedó flotando junto a ella, luego sacó una de las sillas acolchadas y se sentó con su corpulencia. —No pude preguntarte en la casa, porque Courtney hablaba tanto. ¿Cómo lo estás llevando?

Diane dio otro sorbo a su bebida y se dio cuenta de que le temblaban las manos. Se concentró en poner el vaso sobre la mesa antes de responder.

—Es una pesadilla. Matthew ha revisado las cifras de nuevo, pero es imposible, especialmente ahora que ese minorista alemán se retiró después del fiasco del Brexit. El negocio simplemente no se ha recuperado.

—Me refería al asesinato de Sophie.

—Oh. —Se sonrojó—. Oh, sí. Para ser honesta, aún no he asimilado que se ha ido.

—Jesús, Diane. —Sacudió la cabeza y miró por encima de su hombro cuando un camarero con pantalones negros y camisa blanca almidonada se acercó a ellos.

—Si ambos quieren seguirme al comedor, les mostraré su mesa.

Diane apuró su bebida, recogió su bolso y permitió que Blake la guiara de vuelta a través del área del comedor.

Giraron a la derecha en el mostrador de recepción y luego pasaron por un gran arco hacia una espaciosa sala que daba a jardines paisajísticos a través de puertas francesas.

El camarero se ocupó de ellos, colocando servilletas en sus regazos, sirviendo agua en sus vasos, y luego se marchó con la promesa de que su comida estaría con ellos pronto.

—Realmente lamento lo que le pasó a Sophie —dijo Blake. Apoyó los brazos sobre la mesa—. ¿Ya lo han acusado?

—No creo que lo hayan hecho, no. ¿Fueron a verte?

Asintió. —Ayer. Acusaron a Josh de acostarse con ella.

Diane jadeó. —¿Qué dijo él?

—Que no, por supuesto. —Frunció el ceño—. ¿Qué demonios pensaste que diría?

—Lo siento. Solo pensé…

Se interrumpió cuando el camarero reapareció, con dos platos humeantes en las manos.

Para cuando se alejó una vez más, ella se había recuperado del arrebato de Blake.

Él apartó su cuchillo a un lado, usó el tenedor para cortar un trozo de pescado y se lo metió en la boca.

—¿Sabías que estaba embarazada?

Ella tragó saliva. —No.

—Cristo, qué lío.

—No tenía idea, Blake. Por lo que sabíamos, estaba comprometida con Josh.

—Sí, bueno, dadas las circunstancias, puedes olvidarte de nuestro acuerdo comercial.

—¡No puedes hacer eso!

Sus ojos brillaron. —Baja la voz —siseó.

Ella miró por encima de su hombro.

Solo había otro grupo en el restaurante, una pareja y una mujer mayor que parecían ajenos a todos los demás a su alrededor mientras brindaban y reían con el camarero que se movía alrededor de su mesa, reacomodando platos e intercambiando conversaciones ligeras.

Ella se volvió hacia el estadounidense. —Por favor, Blake, ¡tienes que ayudarnos!

Él la apuntó con su tenedor. —Deberías haber tenido un plan de contingencia, Diane. Todo negocio necesita uno. Ahí es donde la aristocracia inglesa siempre se ha equivocado. Sin plan B. Todos se están extinguiendo…

Diane lo fulminó con la mirada, sus ojos ardiendo.

—Lo siento. Eso salió mal.

Ella observó cómo él vaciaba su copa y llamaba al camarero.

—Tráigame otro de estos. ¿Quieres otro gin tonic?

Ella negó con la cabeza.

—Bien, solo el vino entonces.

Diane picoteó su comida mientras el camarero se alejaba, habiendo perdido el apetito.

—No voy a ser responsable de vender la casa —dijo—. Ha sido parte de mi familia durante casi trescientos años.

—Bueno, ¿qué crees que va a pasar cuando mueras? No queda nadie, Diane. Vende la maldita casa y consíguete una vida, por el amor de Dios. Dale un respiro a tu pobre marido.

—Seguramente puedes echar otro vistazo a los números. ¿Sugerirle a Matthew que compre acciones?

—¿Comprar qué? La empresa no vale nada. —Se encogió de hombros, dejó el tenedor y cogió su vaso de agua. Terminó de masticar—. No. De todos modos, solo iba a usar la casa como pérdida fiscal.

—Teníamos un trato.

—Sin nuera, no hay trato, Diane. —Tomó un

sorbo de agua antes de volver a colocar el vaso en la mesa—. Estoy seguro de que lo entiendes.

Ella soltó sus cubiertos, la platería golpeando el plato frente a ella con un estrépito, y luego recogió su bolso del suelo junto a ella y se levantó.

—Disfruta tu pescado, Blake. Ten cuidado de no ahogarte con una espina.

CAPÍTULO 29

—¿Qué pasa? ¿Qué está ocurriendo?

Kay cerró la puerta de la sala de estar después de asegurarle a Courtney Hamilton que no la harían esperar, y notó que Barnes parecía agitado.

—Usé el baño de abajo, ¿de acuerdo?

—¿Sí?

Por un momento fugaz, Kay se preguntó si el detective mayor estaba a punto de avergonzarlos a ambos, pero él negó con la cabeza.

—Cuando cerré la puerta, noté que había otra abierta frente a mí. Una especie de cuarto de lavado, ya sabes, para cuando has estado en el jardín o lo que sea. Tienen una lavadora y una secadora allí, y hay una bolsa de palos de golf junto a otra puerta que da al exterior —bajó la voz—. Uno de los palos de golf está cubierto de sangre.

Kay apretó la mandíbula, comprobó que la puerta de la sala estuviera cerrada antes de volverse hacia él. —Muéstrame.

Él la guio a través del pasillo, hacia la parte trasera de la casa. —El baño de abajo está allí —señaló—, y este es el cuarto de lavado.

—¿Entraste?

—Sí. No he tocado nada. No tengo guantes conmigo, ¿tú tienes?

—No, están en el coche.

Él se quedó en el umbral mientras Kay entraba en la habitación, echando un vistazo alrededor.

Una encimera ocupaba toda la longitud de una pared a su derecha, y se dio cuenta de que la pared colindaba con la cocina, con el fregadero y los grifos reflejando la disposición de la fontanería de la otra habitación. Frente a ella, la puerta trasera se asemejaba a una puerta de establo tradicional, dividida por la mitad, con cerraduras y cerrojos para cada sección.

A su derecha, una hilera de ganchos para abrigos había sido fijada a la pared, todos ellos rebosantes de chaquetas enceradas, gorros, bufandas y una fila de botas de varios estilos y tamaños dispuestas en el suelo debajo de ellos.

El suelo de baldosas parecía desgastado y no tan pulido como el resto de la planta baja. Evidentemente, era una habitación que veía mucho tráfico de pies y se usaba de acuerdo con su diseño previsto.

La bolsa de palos de golf a la que Barnes se había referido estaba junto a la puerta trasera, en un hueco formado entre el marco de la puerta y la encimera.

Kay se acercó y cruzó los brazos para evitar la tentación de tocar algo.

Al acercarse a los palos, notó que uno, una "madera" según recordaba, estaba manchado de rojo oscuro, y mientras que la mayoría de los palos modernos estaban hechos de metal, este parecía viejo, y el extremo estaba deformado.

Tragó saliva.

—¿Barnes? Informa de esto. Cierra esta habitación y el resto de la casa. Llama a Sharp por teléfono y dile que tenemos una escena del crimen. —Sacó su móvil y se dirigió de vuelta a la sala de estar.

—Mientras tanto, averiguaré adónde diablos han desaparecido Blake y Josh Hamilton.

———

—Buen trabajo, Barnes —dijo Sharp cuando entraron en la sala de incidentes—. ¿Harriet sigue en la escena?

—Sí —dijo Kay—. Tiene un equipo de cuatro trabajando con ella; dice que han hecho una búsqueda preliminar de la casa, concentrándose en el cuarto de lavado donde Barnes encontró el palo de golf, y comenzarán una búsqueda más profunda una vez que hayan terminado abajo.

—Bien. ¿Josh y su padre están registrados?

—Tuvimos que esperar a que volvieran a casa, ya que Courtney no sabía dónde estaban. Blake dijo que había ido a un almuerzo de negocios mientras había dejado a Josh en la biblioteca para estudiar.

—Los hemos separado —añadió Barnes—. Josh está en la sala de interrogatorios uno. Blake está en la sala tres.

—Bien, empezaremos con Blake entonces —dijo Sharp—. ¿Cómo se ven?

—Josh parece enfermo, muy pálido. El Hamilton mayor parece arrogante. —Kay se encogió de hombros—. Como siempre.

—¿Qué estaban haciendo en la casa de los Hamilton después de las instrucciones específicas de Larch de no ir allí?

—Quería tener la oportunidad de hablar con

Courtney Hamilton sin que su marido estuviera presente. Él es el único que tiene un problema conmigo. Hasta ahora, Courtney nos ha hablado libre y sinceramente. Quería sondear sus pensamientos sobre la relación de Josh con Sophie —dijo Kay—. Nos dijo que él había estado durmiendo con ella; incluso le había comprado condones y lo había mantenido en secreto de su marido. Nos estaba yendo bien, y entonces Barnes encontró el palo de golf.

—Hablando de eso, ¿dónde está ahora?

—Lo dejamos con uno de los asistentes técnicos de Harriet de camino aquí; Harriet estaba demasiado ocupada para dejar la escena. Le he pedido que acelere las pruebas de sangre para ver si coincide con la de Sophie.

Independientemente del hallazgo, el equipo solo tendría veinticuatro horas para interrogar a Blake y Josh Hamilton. Sin evidencia concluyente que vinculara el palo de golf a uno de ellos, y a su vez proporcionara una respuesta sobre por qué estaba cubierto de sangre, no podrían presentar cargos, ni esperar una extensión del proceso de interrogatorio, dado que Larch ya les había instruido que solicitaran al Servicio de Fiscalía de la Corona que acusara a Peter Evans del asesinato de la chica.

Tendrían que esperar a que Harriet y su equipo informaran sus hallazgos.

—Harriet dijo que hay cabello y piel mezclados con la sangre en el extremo —dijo Kay—. Ciertamente consistente con haber sido usado como arma.

—¿Has actualizado el registro de evidencias?

Kay sostuvo su mirada. —Sí, lo hice. Barnes fue testigo de todo.

—Lo fui —confirmó Barnes—. Todo está en regla.

—Bien —Sharp tragó saliva y luego le dio a Kay un encogimiento de hombros de disculpa—. Tenía que preguntar.

Gavin Piper se apresuró desde su escritorio. —Acabo de hablar por teléfono con el inspector jefe Larch. Quiere verlos a ambos. Dijo "inmediatamente".

—Bien, eso no es una sorpresa. Barnes, ponte en contacto con la oficina de Harriet y haz que se comunique contigo tan pronto como tenga algo para nosotros. Kay, tú vienes conmigo.

Barnes se alejó, tarareando el conocido tema de un villano de una película de ciencia ficción.

—Muy gracioso —dijo Kay, y miró con enojo su figura que se alejaba.

—Guía el camino, Hunter.

Sharp esperó hasta que estuvieron fuera de la sala de incidentes y se apresuraron por el pasillo hacia la oficina de su superior. —No te preocupes. Te cubro las espaldas.

—Me alegro de que alguien lo haga —murmuró ella.

———

Larch miró fijamente a Kay mientras Sharp le daba un resumen de los eventos de la tarde.

—No estoy seguro de entender, Hunter. ¿Qué hacía en casa de los Hamilton después de que específicamente le pedí que te mantuvieras alejada de ellos?

—Pasaba por la casa, señor, y se me ocurrió que no le habíamos preguntado a Courtney Hamilton sobre Peter Evans. Mi intención era solo preguntar sobre eso, pero ella nos invitó a entrar. Parecía una buena oportunidad para obtener más información sobre la relación de los Hamilton con los Whittaker mientras el señor Hamilton estaba ausente. Durante el interrogatorio, el agente Barnes pidió usar el baño; la señora Hamilton le indicó dónde encontrarlo, y momentos después me informó que había encontrado un palo de golf ensangrentado. El estado del palo de golf nos llevó a ambos a creer que la mejor acción era declarar la escena del crimen.

Los ojos de Larch ardían, pero para alivio de Kay, dirigió su atención a Sharp. —¿Sharp? Por favor, dime que esto está bajo control y que los medios no se han enterado.

—Se ha manejado con mucha discreción, jefe — la voz de Sharp mantuvo su tono habitual y firme, a pesar de la tensión en la habitación—. Nadie de los medios se ha puesto en contacto con nosotros.

—¿Dónde están Blake y Josh Hamilton ahora?

—En las salas de interrogatorio uno y tres, respectivamente —Sharp miró a Kay—. Hunter y yo estábamos a punto de comenzar las entrevistas formales.

—Ni lo sueñen —dijo Larch—. Dadas las ramificaciones políticas que este caso podría tener, yo conduciré las entrevistas con usted.

El corazón de Kay se hundió.

Larch tiró de su corbata, la aflojó y luego la arrojó sobre su escritorio antes de levantarse pesadamente de su silla. —Muy bien. Empezaremos con el padre. ¿Quién es el abogado en este caso?

—Tienen a su propio abogado familiar a mano — dijo Kay—. Giles Fordingham.

El inspector jefe se detuvo a mitad de camino hacia la puerta y giró sobre sus talones. —¿Ha dicho Fordingham?

—Sí, señor.

—¿Hay algún problema, jefe?

Larch miró fijamente a Kay, y luego a Sharp. —Solo que es el cuñado del Muy Honorable Richard Fremchurch, detectives. ¿Ninguno de ustedes hizo su tarea?

CAPÍTULO 30

Kay se acomodó en una posición semi-cómoda apoyando los pies en el escritorio que sostenía las pantallas y hundiéndose en su silla.

Se quitó una pelusa del pantalón y luchó contra el impulso de bostezar. En ese momento, solo quería acurrucarse y observar la entrevista, pero sabía por experiencia que podía esperar una constante sucesión de interrupciones, dado que el equipo de investigación de Harriet aún estaba procesando la casa de los Hamilton en busca de evidencias adicionales.

Blake Hamilton no había ofrecido ninguna explicación sobre el palo de golf ensangrentado cuando su coche había sido detenido por agentes uniformados a menos de un kilómetro de la casa.

En cambio, los agentes uniformados informaron que parecía manso y ciertamente sorprendido de que él y su hijo ahora fueran considerados los principales sospechosos del asesinato de Sophie Whittaker.

Ella había querido realizar las entrevistas personalmente, en especial después de que una segunda patrulla uniformada hubiera traído a Josh Hamilton a la sala de custodia, con el rostro tenso.

En su lugar, después de que Larch insistiera en tomar su puesto, Sharp le había gritado a Kay por encima del hombro mientras los dos detectives superiores salían de la sala de incidentes.

—Hunter, ve a la sala de observación. Me gustaría saber tu opinión sobre lo que los Hamilton tienen que decir.

Ella había agarrado su libreta y su móvil y se había apresurado tras ellos, agradeciendo en silencio a Sharp cuando este se había dado la vuelta y le había guiñado un ojo antes de abrir la puerta de la sala que contenía a Blake Hamilton y su abogado.

A pesar de los intentos de Hamilton de insistir en estar presente mientras su hijo era entrevistado, Larch había afirmado con firmeza que, dado que Josh tenía más de dieciocho años, la policía no estaba obligada a permitírselo, especialmente porque cada uno estaba siendo entrevistado como sospechoso potencial.

Kay resopló mientras veía a Blake retorcerse al ser puesto en su lugar por el inspector jefe, pero se le encogió el corazón al darse cuenta de que esto le daría a Larch otra razón más para hacer su vida incómoda, dadas las ambiciones políticas del hombre.

—Señor Hamilton, ¿puede empezar explicando qué hace un palo de golf ensangrentado en su posesión?

—No tengo ni idea.

El suspiro de Sharp fue audible. —¿Puede confirmar que el palo de golf le pertenece?

—Así es.

—¿Y por qué tiene sangre?

—No tengo ni idea. Mire, yo no maté a Sophie Whittaker. Tampoco lo hizo Josh. ¿Por qué lo haríamos?

La entrevista continuó durante otros cuarenta minutos, Larch dejando que Sharp llevara la iniciativa en el interrogatorio, interviniendo ocasionalmente y pareciendo incómodo durante todo el proceso.

Al final, habían dado por concluida la entrevista e informado a Blake Hamilton que sería trasladado a las celdas.

—¿Qué? —Empujó su silla hacia atrás, alzándose sobre los dos detectives—. ¿Están locos?

Su abogado puso una mano de advertencia en su

antebrazo y lo empujó de vuelta a su asiento antes de mirar con furia a Sharp.

—¿Es eso necesario?

—Estamos llevando a cabo una investigación de asesinato —dijo Sharp—. Yo diría que es necesario, ¿no cree?

Kay exhaló, bajó los pies del escritorio y se estiró el cuello mientras las cámaras de vigilancia mostraban a Larch y Sharp saliendo de la sala de interrogatorios y entrando en la de al lado que contenía a Josh Hamilton.

El adolescente había estado desplomado en su silla, ignorando al abogado a su lado, pero levantó la cabeza cuando Sharp y Larch entraron en la sala y se inclinaron hacia adelante.

—Yo no maté a Sophie —soltó de golpe.

Sharp levantó una mano, esperó hasta que Larch se hubiera sentado, y luego comenzó formalmente la entrevista una vez que estaban grabando.

—Háblame del palo de golf que encontramos en tu casa —dijo—. ¿Lo usaste para matar a Sophie?

—¡No! Tienen que creerme, nunca le hice daño. La amaba.

—Entonces, ¿por qué tiene sangre?

Josh se pasó una mano por el pelo. —Miren, hace dos días encontré un conejo fuera de la puerta trasera.

Tenía esa enfermedad, la mixomatosis. Estaba muriéndose de hambre, ciego. Quería acabar con su sufrimiento, así que lo golpeé en la cabeza con el palo de golf. —Su mirada cayó a sus manos—. No quería matarlo, pero no podía soportar verlo con tanto dolor.

—¿Y esperas que nos creamos eso?

—Es la verdad.

—¿Qué hiciste con el cuerpo del conejo?

—Lo puse en la basura.

—Qué conveniente, Josh. La basura se recoge en tu zona los lunes, ¿no es así? Así que no podemos corroborar tu historia.

—No estoy mintiendo.

—Ya veremos. —Sharp dio por terminada la entrevista, asintió a Larch, y los dos hombres salieron de la sala.

Kay apagó los monitores del ordenador y se apresuró a salir de su asiento, abriendo la puerta de golpe cuando los dos oficiales superiores pasaban.

—Haz que Harriet procese ese palo de golf lo antes posible —dijo Sharp—. Quiero saber para mañana por la mañana si tenemos al asesino de Sophie Whittaker bajo custodia, o a un adolescente que tiene facilidad para matar conejos enfermos.

CAPÍTULO 31

Matthew levantó la vista de su ordenador cuando Diane empujó la puerta del estudio para abrirla, con un par de copas de vino tinto en las manos.

—Pensé que te apetecería una copa —dijo ella, sus pies enfundados en medias silenciosos sobre el suelo de parqué.

—¿Dónde has estado todo el día?

—Fui a ver a Blake y Courtney.

—Pero no te quedaste allí, ¿verdad?

Ella negó con la cabeza y luego frunció el ceño.

—¿Cómo supiste…?

—Courtney llamó aquí, buscándote. Dijo que no podía localizarte en tu móvil.

—Oh. Estaba de compras en Tunbridge Wells. Se me había agotado la batería. —Colocó la copa de vino sobre el escritorio antes de acercarse a un sillón de cuero, acurrucó los pies bajo ella y tomó un sorbo de su propia bebida.

Matthew se reclinó en su silla y alargó la mano para coger su vino.

—No te oí llegar. —Se frotó los ojos con la mano antes de señalar los papeles esparcidos por el escritorio—. Debí haberme perdido en mi propio mundo con todo esto.

—¿Cuánto tiempo nos queda?

—Dos meses, como máximo. Lo siento mucho, Diane. He intentado todo. No sé qué más hacer.

Ella giró la copa de vino entre sus manos y luego levantó los ojos hacia él.

—Pensé que lo tenía todo resuelto. Cómo salvar la casa.

Él resopló y levantó una página.

—¿Has visto estas cifras? —Arrojó el documento a un lado—. A menos que seas capaz de hacer milagros.

Ella suspiró.

—Casi.

—¿En serio? ¿Qué es exactamente lo que tenías "todo resuelto"?

—Josh y Sophie —dijo, y se encogió de hombros—. El voto de pureza y su compromiso.

—¿Diane? ¿De qué estás hablando? ¿Qué tiene que ver eso con la casa?

Ella se mordió el labio, sus ojos desviándose hacia un lado, evitando su mirada.

—Hice un acuerdo con Blake Hamilton de que, si convencía a Sophie de casarse con Josh, nos pagaría una dote. Más que suficiente para cubrir todo eso. —Agitó la mano hacia las cuentas—. Josh se casaría con la aristocracia inglesa, lo que convenía a Blake y sus intereses comerciales, y yo no perdería la casa.

La copa de vino de Matthew golpeó la superficie del escritorio con un ruido sordo, su mano agarrando el tallo, los nudillos blancos.

—¿Que hiciste qué?

—Era lo mejor, Matthew.

—No uses ese tono quejumbroso conmigo. No funcionará. —Empujó su silla hacia atrás y comenzó a caminar por la habitación—. ¿Qué ofreció exactamente Blake Hamilton?

—Saldar todas tus deudas comerciales con la primera mitad del pago, que habríamos recibido un mes después de la fiesta de compromiso, y luego una asignación anual una vez que Sophie y Josh se casaran. —Se limpió los ojos—. Incluso había un pago adicional una vez que produjeran un nieto.

—¿Produjeran? ¿Te has escuchado a ti misma,

Diane? ¡Estás hablando de nuestra hija como si fuera una maldita mercancía para comprar y vender, por el amor de Dios!

Ella se llevó una mano temblorosa a la garganta.

—No quise decir…

—Sí, sí quisiste. —Dejó de caminar e intentó contener la furia que hervía en su cuerpo. La ira se aferraba a su pecho, su corazón latía dolorosamente—. ¿Quién más sabía de este acuerdo?

—Yo… no lo sé. Solo Blake y yo estábamos…

—¿Estás segura?

Sus ojos se entrecerraron.

—Ahora que lo pienso, no. —Golpeó sus uñas contra la copa de vino antes de levantar bruscamente la barbilla hacia él—. Peter Evans debe haberlo descubierto… ¡por eso la mató!

Matthew apretó la mandíbula y luchó contra el impulso de agarrarla por los hombros y sacudirla.

—No tienes ni idea, ¿verdad?

La confusión se extendió por sus facciones.

—¿Sobre qué?

Él negó con la cabeza.

—La policía está investigando a los Hamilton. ¿Qué está pasando realmente, Diane?

Su boca se abrió y se cerró, sus ojos se abrieron de par en par, y luego encontró su voz.

—¿Investigando a los Hamilton?

—Por eso Courtney intentaba llamarte antes. Para decirte que Blake y Josh han sido llevados para ser interrogados por la policía esta tarde.

—¿Por qué?

Él levantó la mirada hasta encontrarse con la de ella e intentó recordar por qué la había encontrado tan atractiva todos esos años atrás. Sabía que era astuta y calculadora, cualidades que una vez lo habían atraído a medida que el negocio crecía con su aportación, pero eso se había visto empañado por su obsesión por conservar un título que tenía poco del poder que ella pretendía que tenía, y una casa que se caía a pedazos a su alrededor.

—Courtney dijo que la policía encontró el arma del presunto asesinato en posesión de Blake.

Diane emitió un jadeo y palideció.

—¿Qué?

Él se volvió hacia el ordenador, extendió la mano para apagarlo y luego reunió la documentación que cubría su escritorio. Acercó la papelera antes de empezar a rasgar las páginas.

—Creo que deberías llamar a tu abogado mañana, Diane.

—¿Para qué?

—Voy a solicitar el divorcio.

—Matthew… ¡no, por favor!

—Es bastante evidente para mí que me has estado utilizando a mí y a mis empresas simplemente para apuntalar este edificio en ruinas —dijo, con la voz quebrada—; y cuando me exprimiste, te volviste hacia tu hija.

—No fue así.

—Intentaste vender a tu hija para conservar tu maldita casa.

—Por favor, Matthew, no quise decirlo así. Encontraré una solución, lo prometo.

—Olvídalo. Sabía que eras fría, Diane, pero eso fue bajo… incluso para ti.

—¡Estaba tratando de salvar mi hogar!

—Sal de mi vista.

CAPÍTULO 32

Kay estaba sentada en la encimera, girando el tallo de su copa de vino en un charco de condensación, con la barbilla apoyada en la mano.

La puerta trasera estaba abierta, y una cálida brisa veraniega traía el aroma a césped recién cortado de la propiedad vecina. Adam apareció con las manos llenas de pequeños tomates que había recogido de las plantas que cultivaban al fondo del jardín.

Le bastó una mirada a su cara para dejar los tomates en el escurridor, limpiarse las manos en los pantalones cortos, sacar una cerveza fría de la nevera y sentarse frente a ella.

—Tienes cara de pocos amigos. ¿Qué pasó en el trabajo?

—No tuve oportunidad de contarte. Se enteraron

de mi aborto. No sé cómo, aunque tengo mis sospechas, pero parece que mi secreto salió a la luz.

Adam se balanceó hacia atrás en su taburete, con el rostro afligido. —¿Quién más lo sabía?

Kay dio un sorbo a su vino antes de responder. —La única persona que lo sabía era Carys. Cuando nos robaron, vio la ropa de bebé. Me prometió que no se lo diría a nadie.

—¿Y crees que fue ella?

—¿Quién más podría haber sido?

—Creí que habías dicho que Carys no era el tipo de persona que chismorreaba.

—Eso pensaba.

—Entonces quizás no fue ella. ¿Has intentado hablar con ella al respecto?

—No realmente. Fue horrible. Todos en la sala de incidentes me miraban fijamente cuando llegué al trabajo, y luego Sharp me llamó a su oficina. Me preguntó si debería estar allí, como si acabara de suceder. Parecía bastante sorprendido de que hubiera ocurrido hace meses. Creo que estaba molesto conmigo por no habérselo dicho en su momento, pero le señalé que todavía estaba lidiando con las consecuencias de la investigación de Asuntos Internos sobre mi conducta: no era precisamente un buen momento para mencionarlo.

Adam gruñó en respuesta y dio un trago a su cerveza antes de dejar la botella sobre la encimera. —Si Carys normalmente no tiene fama de chismosa, me sorprendería que hubiera empezado con esto.

Kay no dijo nada, pero se inclinaba a estar de acuerdo con él. La joven agente era demasiado ambiciosa como para dejar que los rumores y los chismes de oficina arruinaran su reputación, y se había hecho buena amiga de Kay y Adam en los últimos meses. Habían tenido un par de barbacoas en el jardín desde principios del verano, y el resto del equipo a menudo había estado presente. Carys nunca había mencionado el tema del aborto de Kay entonces, así que no tenía sentido que empezara ahora.

—Si no es Carys, no se me ocurre quién podría haber sido.

—Tal vez deberías hablar con Carys, arreglar las cosas con ella y ver si tiene alguna idea de cómo empezó todo.

—Sí.

Se inclinó y le rodeó el antebrazo con los dedos. —¿Estarás bien? No sé en el tuyo, pero si los chismes empiezan en nuestro lugar de trabajo, normalmente se detienen después de un par de días cuando la gente encuentra otra cosa de qué hablar.

—Creo que sí. Es más la conmoción que otra cosa.

Su teléfono móvil comenzó a vibrar sobre la encimera y Adam retiró su mano después de darle un rápido apretón en el brazo.

—Mejor contesta. Yo haré la ensalada.

Ella sonrió y alcanzó su móvil, que mostraba un nombre familiar en la pantalla.

—Hola. ¿Qué pasa?

—Encontré información interesante sobre Blake Hamilton —dijo Barnes—. Según la información inicial que recibimos de su banco, hizo un retiro de efectivo considerable en las últimas cuatro semanas.

—¿Por qué Blake Hamilton estaría manejando efectivo? Su negocio no lo necesita. Todo son fusiones y adquisiciones, y tenía la impresión de que ganaba su dinero obteniendo acciones de empresas.

—Exactamente, y voy a hablar con Sharp por la mañana para llamar su atención sobre esto. Valdría la pena preguntarle a Hamilton al respecto, porque es algo fuera de lo común. Todas las demás transacciones en los estados de cuenta parecen bastante normales.

—Hubiera pensado que alguien en su línea de negocio no podría retirar grandes sumas de dinero sin tener que declarar para qué era. ¿De cuánto estamos hablando?

—Seis mil libras.

Kay emitió un silbido bajo. —¿Hay alguna forma de saber adónde fue?

—No a partir de los estados de cuenta.

—De acuerdo. Bueno, como dices, habla con Sharp a primera hora para que pueda interrogar a Hamilton al respecto. Independientemente de si tiene relación con el asesinato de Sophie o no, deberíamos investigarlo.

—Lo haré. Nos vemos por la mañana.

Kay terminó la llamada y deslizó el móvil por la encimera.

—¿Todo bien?

Kay suspiró y apuró su copa. —La trama se complica —dijo—, y nada en este caso es sencillo.

CAPÍTULO 33

Cuando Kay llegó al trabajo a la mañana siguiente, el tráfico estaba congestionado en College Road y, al darse cuenta de que iba a llegar tarde a la reunión informativa, abandonó toda esperanza de llegar a tiempo a la comisaría y en su lugar aparcó cerca del Bishop's Palace antes de caminar el resto del trayecto.

Los gases de escape flotaban en el aire mientras los conductores impacientes tocaban el claxon e intentaban cambiar de carril en un intento de maniobrar alrededor de la circunvalación.

Al cruzar la calle, los oscuros ladrillos de la comisaría aparecieron a la vista y su mandíbula cayó al ver la causa de los retrasos.

Dos furgonetas de televisión estaban aparcadas frente a la comisaría, las cámaras de los equipos apuntaban a los escalones de entrada del edificio mientras al mismo tiempo captaban los emocionados informes de los periodistas que estaban de pie frente a ellas. A su lado, un grupo de reporteros se encontraba con los móviles inteligentes listos para tomar fotografías y grabar las idas y venidas del personal uniformado.

Confundida, trató de recordar si había visto algún aviso o correo electrónico que dijera que el comisario jefe iba a hacer una declaración a los medios, ya que era raro ver una reunión tan grande de reporteros en la comisaría. Normalmente, se les podía encontrar merodeando por la jefatura de policía en busca de una historia, pero no aquí.

Mantuvo la cabeza baja y se apresuró por el costado del edificio, pasando su tarjeta por el panel de seguridad y atravesando rápidamente la puerta de seguridad cuando se abrió, en lugar de intentar pasar entre los reporteros en los escalones de la entrada.

Pasó su tarjeta de nuevo para entrar al edificio por la puerta lateral y se dirigió a una sala de incidentes silenciosa. Los rostros se giraron cuando entró, y su corazón aceleró el ritmo al percibir el cambio de tono.

Contuvo la respiración y deslizó su bolso bajo su escritorio, preguntándose qué había sucedido, pero con miedo de preguntar.

No tuvo que esperar mucho.

El inspector jefe Larch apareció desde la oficina de Sharp. —Entra aquí, Hunter. Inmediatamente.

Cruzó miradas con Barnes al pasar por su escritorio, pero él negó con la cabeza.

—Te veré afuera después —murmuró—. Necesitamos hablar.

Cuando entró en la oficina de Sharp, Larch cerró la puerta de golpe.

Sharp se apoyaba contra la pared, con las manos en los bolsillos, su rostro gris.

—¿Qué está pasando?

Larch señaló una de las sillas para visitantes junto al escritorio. —Siéntate.

Larch pasó junto a ella, agarró un periódico del escritorio de Sharp y se lo puso bajo la nariz.

Su corazón se hundió al leer el titular.

Eminente empresario local vinculado a asesinato de alta sociedad.

—¿Le importaría explicarse, Hunter?

—No hay nada que explicar, señor. Esto no vino de mí.

Él la miró con desdén. —Lea el cuarto párrafo.

Tragó saliva, sus ojos recorriendo las palabras.

La oficial de policía Kay Hunter confirmó que la policía estaba investigando un gran retiro de efectivo realizado por Blake Hamilton en las semanas previas a la muerte de Sophie Whittaker.

—Nunca he hablado con la prensa —dijo, e intentó que su voz no temblara—. Tenemos políticas y procedimientos que establecen muy claramente cómo se mantendrá informados a los medios durante la investigación de un asesinato; y usted, señor, ha dejado muy claro lo importante que es que este caso se mantenga fuera de la prensa dadas las partes involucradas.

—Entonces, ¿cómo explica esto, Hunter?

—No puedo. Obviamente hay una filtración aquí, pero no soy yo. Alguien está tratando de incriminarme.

Larch arrojó el periódico de vuelta al escritorio y giró sobre sus talones para enfrentarla una vez más.

—Tengo una reunión con el comisario jefe en cinco minutos. Me sorprendería mucho si no se encuentra enfrentando otra investigación de Estándares Profesionales por esto.

Se dirigió a la puerta y la abrió de golpe, cerrándola de un portazo tras él, el panel de vidrio esmerilado en el centro temblando por la fuerza.

Sharp finalmente se apartó de la pared y cruzó la habitación hacia el escritorio antes de hundirse en la silla junto a Kay.

—No soy la fuente de la filtración.

—Te creo, pero alguien lo fue y están decididos a hacer que parezca que fuiste tú. ¿Tienes alguna idea de quién podría ser?

Kay luchó contra el pánico, sus pensamientos volviendo a las crípticas palabras de Barnes antes de que ella entrara en la oficina.

¿Era él la fuente de la filtración?

¿O alguien estaba tratando de destrozar al equipo, obligándola a cuestionar en quién podía confiar?

¿Y por qué?

—No, no tengo idea —dijo finalmente—. No puedo creer que alguien en esa sala de incidentes nos haga esto, me haga esto a mí.

—Haré algunas llamadas. Hablaré con la reportera que escribió este artículo y veré si puedo averiguar con quién habló. Si no fuiste tú, y alguien ha contactado al periódico haciéndose pasar por un oficial de policía, quiero que se investigue.

CAPÍTULO 34

El teléfono móvil de Kay vibró cuando cerró la puerta de la oficina de Sharp.

Echó un vistazo y vio que era el número de Barnes, y luego abrió el mensaje de texto que le había enviado.

Estamos en la cafetería al final la calle. Ven lo antes posible. Café pedido.

Kay agarró su bolso y salió apresuradamente de la sala de incidentes antes de que alguno del equipo administrativo pudiera detenerla. Salió del edificio por la puerta trasera y bordeó el costado antes de cruzar la calle aprovechando un hueco en el tráfico, y se dirigió hacia Gabriel's Hill.

Tardó cinco minutos en llegar a la cafetería que

frecuentaba el equipo, y cuando abrió la puerta, vio a Barnes sentado con Gavin y Carys en una mesa cerca del fondo. Gavin se giró cuando ella cerró la puerta tras de sí y señaló una taza de café frente al asiento vacío a su lado.

—Gracias —dijo Kay mientras dejaba su bolso en el suelo y se sentaba—. ¿Qué está pasando?

—Íbamos a preguntarte lo mismo. —Barnes inclinó la barbilla hacia la puerta—. Todos sabemos que no eres responsable de que los buitres estén ahí fuera esta mañana, y yo ciertamente no lo fui.

Kay logró esbozar una pequeña sonrisa. Se volvió hacia Carys. —Necesito pedirte disculpas. Me doy cuenta de que no fuiste tú quien difundió los rumores sobre mi aborto. Debería haberlo sabido.

El alivio cruzó por el rostro de Carys antes de que frunciera el ceño. —¿Quién demonios está difundiendo estos rumores sobre ti, entonces? ¿Quién filtró la historia de los Hamilton a los medios?

—No lo sé. Pero quienquiera que sea, parece decidido a hacerme la vida difícil, ¿no? —Tomó un sorbo de su café mientras el equipo asimilaba sus palabras.

—Apuesto a que es Larch —dijo Gavin—. Desde que me uní a este equipo, se ha ensañado contigo. Por supuesto, oí hablar de la investigación de Asuntos Internos que te involucró, pero te han exonerado de cualquier irregularidad. Nunca te he visto actuar de manera que no sea profesional. —Negó con la cabeza—. Realmente no entiendo cuál es su problema.

—Supongo que la pregunta es, ¿qué hacemos al respecto? —dijo Carys.

—Nos mantenemos unidos —dijo Barnes—. Por alguna razón, alguien no quiere que este equipo trabaje junto. ¿Alguien tiene alguna idea de por qué?

Kay tomó otro sorbo de su café para no tener que responder.

No pudo evitar recordar su conversación con Adam hace unas noches, cuando le dijo que tenía la intención de reanudar sus propias investigaciones sobre Demiri. ¿Era posible que de alguna manera hubiera desencadenado los eventos que habían afectado al equipo desde entonces?

Y si era así, ¿cómo lo sabían sus enemigos? ¿Cómo estaban haciendo llegar esa información a la sala de incidentes y a los medios?

—No tengo ni idea —dijo finalmente.

———

Kay levantó la vista de su escritorio cuando la puerta de la sala de incidentes se abrió de golpe y Harriet Baker entró a grandes zancadas.

—¿Qué haces aquí? Pensé que ibas a enviar tu informe por correo electrónico.

Como respuesta, Harriet levantó un maletín en su mano derecha y luego señaló hacia la oficina de Sharp. —Quería entregarlo personalmente. Tal vez quieras escuchar.

Kay empujó su silla hacia atrás y la siguió a través de la habitación.

Sharp ya estaba abriendo la puerta de su oficina cuando se acercaron. —¿Qué está pasando?

—Tengo los resultados de las pruebas de la muestra de sangre en el palo de golf —dijo Harriet—. No coincide con la de Sophie.

Sharp las hizo pasar a ambas a su oficina y cerró la puerta. Señaló las dos sillas frente a su escritorio y esperó mientras Harriet colocaba su maletín sobre el escritorio, lo abría y sacaba una carpeta.

Extrajo tres juegos de documentos y le pasó uno a Sharp y otro a Kay. —Pueden leer el informe completo cuando quieran. Vayan a la página tres y les explicaré. —Esperó mientras se ponían al día—. Tomamos muestras de la cabeza del palo de golf y las comparamos con una muestra de sangre tomada del cuerpo de Sophie. Los resultados confirmaron que no hay coincidencia de ADN.

—Entonces, ¿de quién es la sangre? —dijo Kay.

—Es de origen mamífero. Sugeriría un animal pequeño, tal vez una rata o un conejo.

—Maldición —dijo Sharp—. Josh estaba diciendo la verdad. Volvemos al punto de partida.

—No del todo —dijo Harriet. Tomó un informe diferente y clavó su dedo en un párrafo hacia el final—. ¿Esos braseros que los primeros en responder tuvieron el buen juicio de sofocar? Encontramos los restos de un rodillo metido en el costado de uno de ellos. Debió ser colocado allí momentos antes de que Eva Shepparton tropezara con el cuerpo de Sophie porque solo estaba parcialmente destruido.

—¿El arma homicida?

—Sí. No había mucho con qué trabajar, pero tenemos un rastro de la sangre de Sophie en el extremo que no estaba en las llamas, causado por las salpicaduras del impacto en su cara.

Kay arrugó la nariz mientras hojeaba el informe. —¿Huellas dactilares?

—No, lo siento. Encontramos algo de material quemado en el mismo brasero; dio positivo como lana.

—¿Ropa? Entonces, el asesino sí se manchó de sangre, pero intentó deshacerse de la evidencia.

—Eso es lo que pienso.

Sharp se pellizcó el puente de la nariz y cerró los ojos. —Una cosa a la vez. Hunter, prepara el papeleo para liberar a Blake y Josh Hamilton de la custodia. Iré a darle la noticia a Larch de que los vamos a dejar ir dada la nueva evidencia respecto al palo de golf. Continuaremos nuestras investigaciones sobre lo que Harriet y su equipo encontraron en el brasero.

—Hay una cosa más, Devon —dijo Harriet—. Encontramos una huella parcial de zapato bajo uno de los arbustos de rododendros. Es demasiado pequeña para situar a Peter Evans en la escena, y no es de Eva Shepparton.

—Podría ser de uno de los invitados o de los padres que se apresuraron allí antes de que llegara la policía uniformada.

—A Larch no le va a gustar eso —dijo Kay—. Peter era su principal sospechoso.

—Pero todavía tenemos la sangre de Sophie y su ropa en el apartamento de él —dijo Sharp—, así que no lo descartemos todavía.

—Hay algo más —dijo Harriet—. Hemos realizado más pruebas y simulaciones utilizando los rastros de sangre encontrados en el rodillo, y estamos seguros de que quienquiera que sea su sospechoso, es zurdo. Es la forma en que se usó el arma para golpear a Sophie.

Sharp frunció el ceño. —Tanto Blake como Josh Hamilton son diestros. Lo noté cuando firmaron con el sargento de custodia ayer.

—¿Podría el asesino haber ocultado su identidad usando la otra mano? —preguntó Kay.

Harriet negó con la cabeza. —También me lo pregunté, pero no estoy convencida. Lucas confirma en su informe de la autopsia que solo se necesitó un golpe en la cara para matar a Sophie. El asesino habría tenido que actuar rápido. No creo que hubiera tenido tiempo de considerar cambiar de mano para ocultar su identidad.

Sharp se rascó la barbilla. —He tenido a Barnes y Carys revisando las declaraciones de los testigos de la fiesta esta mañana. Nadie recuerda haber visto a alguien caminando con un arma de ningún tipo.

—¿Y si el asesino escondió el rodillo en los arbustos de rododendros de antemano? ¿Y luego atrajo a Sophie allí de alguna manera para matarla? —sugirió Kay.

—Eso tendría sentido. —Harriet se apartó el pelo de los ojos y parpadeó—. No encontramos fibras de ropa en los arbustos alrededor del área donde se encontró a Sophie. Había estado lloviendo la noche anterior, así que eso podría haber hecho que las ramas fueran más flexibles.

—Tampoco noté ningún rasguño en los brazos de Blake o Josh Hamilton —dijo Sharp. Escribió en su cuaderno y luego tiró el bolígrafo a un lado—. Será mejor que vaya a darle la noticia a Larch.

CAPÍTULO 35

Kay se mordisqueaba una uña mientras miraba fijamente el monitor del ordenador.

En la sala de interrogatorios, Sharp había colocado un bloc de notas y un bolígrafo sobre la mesa frente a él.

Enfrente, Blake Hamilton estaba sentado con su abogado, con una expresión de puro desprecio en su rostro.

Según había informado Sharp el día anterior, Hamilton había protestado al enterarse de que lo mantendrían en las celdas durante la noche e intentó utilizar la amenaza de los contactos personales de su abogado para persuadir a la policía de que los alojaran a él y a su hijo en una habitación de hotel en su lugar.

La sugerencia había sido recibida con desdén, y

ahora el estadounidense parecía estar enfurruñado después de pasar la noche en un catre de celda.

Larch no esperó a que Sharp se acomodara en su asiento antes de darle la noticia a Hamilton de que sería puesto en libertad.

Blake parpadeó. —¿Perdón?

—Puede irse, a la espera de nuevas investigaciones —dijo Sharp—. Sin embargo, le pediremos que regrese a su casa acompañado por agentes de policía y les entregue tanto su pasaporte como el de Josh.

—¿Qué? ¿Me está diciendo que pasé una noche en las celdas para nada? —Fulminó con la mirada a Larch—. ¿Y bien?

—Esta mañana recibimos nueva información que ha alterado el curso de nuestras investigaciones —dijo el inspector jefe. Dirigió su atención a Giles Fordingham—. Estoy seguro de que lo entiende, ¿verdad?

—Oiga, no lo mire a él. Él no es el que pasó la noche aquí —dijo Blake—. ¿Y por qué demonios necesitan nuestros...? —La comprensión cruzó su rostro—. Oh, por el amor de Dios. ¿Realmente creen que vamos a huir? Dirijo un negocio exitoso y, como les he dicho repetidamente, no soy culpable. Ni tampoco lo es mi hijo. —Se giró en su silla para enfrentar a Fordingham—. Esto es ridículo.

Fordingham negó ligeramente con la cabeza y luego se aclaró la garganta. —Inspector jefe, ¿está seguro de que esto es necesario? Mi cliente es un pilar de su iglesia local, nunca ha tenido problemas con la ley antes y, como dice, dirige un negocio exitoso que requiere que viaje al continente con regularidad.

Kay contuvo la respiración.

—Lo siento, señor Fordingham —dijo Larch—. Señor Hamilton, necesitaremos sus pasaportes hasta que esta investigación concluya.

—Bueno, ¿cuánto tiempo va a ser eso?

—Me temo que no puedo responder a eso.

Blake levantó los brazos y resopló. —Fantástico. ¿Cómo demonios se supone que voy a dirigir mi negocio si no puedo reunirme con clientes internacionales?

—Existen cosas como las instalaciones para videoconferencias en la mayoría de las oficinas —dijo Sharp—, o Skype.

En la suite de observación, Kay se atragantó con el café y, entre jadeos, se estiró sobre el escritorio para alcanzar una caja de pañuelos, con los ojos llorosos.

—¿Hemos terminado aquí?

—Así es.

Blake apartó su silla de la mesa y esperó hasta que Sharp le abrió la puerta. —No es mi última palabra sobre esto, detective.

Larch estrechó la mano de Giles Fordingham, ambos dejando caer sus manos a los costados tan rápido como fue posible, y luego siguieron a Blake fuera de la habitación.

Kay se inclinó hacia adelante y apagó el monitor.

Afuera en el pasillo, la voz de Blake Hamilton resonaba contra las paredes mientras se quejaba en voz alta a su abogado sobre cómo él y su hijo habían sido tratados.

Finalmente, las voces se desvanecieron, y ella se asomó por la puerta.

Sharp estaba apoyado contra la pared opuesta, con las manos en los bolsillos.

—No vamos a oír el final de esto, ¿verdad? —dijo ella.

—No me preocuparía por eso. No creo que Blake Hamilton vaya a arriesgar la reputación de su negocio llamando al Muy Honorable Richard Fremchurch para decirle que ha pasado la noche bajo custodia policial, y su abogado está obligado por la confidencialidad del cliente, así que, aunque sea el cuñado de los estimados contactos de Larch, no dirá nada.

Kay relajó los hombros y salió al pasillo, cerró la puerta tras ella y lo siguió mientras él comenzaba a caminar de regreso a la sala de incidentes. —¿Qué sigue?

—Harriet y Lucas han confirmado que todas sus pruebas han concluido; ahora están esperando los resultados. —Hizo una pausa en la puerta—. Llamaré a Lucas y le pediré que entregue el cuerpo de Sophie a su familia.

—¿Quieres que me encargue de reunirme con ellos allí?

—Sí, probablemente sea mejor que vayas una vez que Debbie haya arreglado todo por este lado.

—De acuerdo.

—Quizás quieras ir a casa y cambiarte primero, sin embargo.

—¿Perdón?

Él arqueó una ceja y señaló un punto en su pecho. —Tienes café en la blusa.

—Le dijiste a Hamilton que usara Skype.

CAPÍTULO 36

Kay se apoyó contra la pared de la sala de espera y tragó saliva, luchando contra el impulso de huir.

Había llegado hacía solo cinco minutos, conduciendo por una ruta indirecta que garantizaba que no llegaría tarde, ni demasiado temprano.

Debbie West había recibido una llamada de un director de funeraria local de Maidstone esa mañana después de la reunión informativa. El hombre le había informado que se había notificado a los Whittaker que el forense había completado sus informes sobre la muerte de Sophie, y sus padres deseaban hacer los arreglos para que liberaran a su única hija de la morgue para el entierro.

Ahora, Kay deseaba haber delegado la tarea a alguien como Gavin.

Sabía demasiado bien lo difícil que sería para los Whittaker despedirse de su hija.

Después de estacionar el coche lo más lejos posible de los edificios del hospital, Kay se tomó su tiempo para dirigirse hacia las puertas de entrada. Había optado por tomar las escaleras en lugar del ascensor hasta el segundo piso donde se encontraba la morgue.

Cualquier cosa para retrasar el momento en que tuviera que atravesar las puertas y entrar en la pequeña oficina donde trabajaban los oficiales del forense.

Se presentó, rechazó la oferta de un asiento y echó un vistazo a la sala mientras las dos mujeres contestaban llamadas telefónicas y procesaban la miríada de papeleo involucrado en el manejo del lado administrativo del forense de Su Majestad para el condado de Kent.

Además de tener una carga de casos de la policía de Kent, también se requería que el forense proporcionara sus servicios al hospital siempre que la causa de la muerte fuera desconocida, o cuando una muerte ocurría repentinamente sin razón aparente.

Por experiencia, Kay sabía que la sala de la morgue en sí era estrecha y limitada en espacio, especialmente en los meses de invierno. Esperaba por el bien del forense y sus asistentes que estuvieran experimentando tiempos más tranquilos. Había habido ocasiones en las que había asistido a autopsias en el lugar cuando incluso los refrigeradores temporales estaban completamente llenos.

Levantó la vista al escuchar voces desde el pasillo exterior.

La puerta de cristal a su izquierda se abrió y Matthew Whittaker se hizo a un lado para dejar pasar primero a su esposa.

El rostro de la mujer estaba desprovisto de color, y mientras Kay se alisaba la chaqueta y cruzaba el área de recepción hacia ella, notó que las facciones de Matthew estaban igualmente pálidas.

—Gracias por venir, detective —dijo mientras le estrechaba la mano—. Lo apreciamos.

Se giraron cuando la puerta se abrió una vez más, y apareció un hombre con un traje gris oscuro, su calva brillando bajo los focos empotrados en el techo.

—Lady Griffith, señor Whittaker —dijo, estrechando la mano de ambos—, lamento si les he hecho esperar.

—En absoluto, Henry, acabamos de llegar —dijo Diane. Hizo un gesto hacia Kay—. Detective Hunter, este es Henry Alderley, de Alderley e Hijos.

Kay estrechó la mano del director de la funeraria

y resistió el impulso de suspirar de alivio. Hasta que apareció, ni siquiera se le había pasado por la mente que podría haber sido el mismo director de funeraria al que ella y Adam habían acudido en busca de orientación hacía casi un año.

Sin embargo, el hombre mayor frente a ella era un completo desconocido, y dejó que las voces la envolvieran mientras él explicaba a los Whittaker los pasos que serían necesarios para liberar el cuerpo de Sophie.

Se sobresaltó cuando el director de la funeraria se dirigió a ella.

—Toda la documentación está aquí —dijo—. Tenemos la autorización para retirar a la fallecida, y la orden de entierro del forense ha sido firmada. —Tomó un documento de la mano extendida de una de las empleadas administrativas y lo sostuvo en alto.

Kay asintió. Sabía que Debbie había intentado persuadir a los Whittaker para que dejaran que el director de la funeraria se reuniera con Kay en el hospital, asegurándoles que no era necesario que ellos asistieran.

Sin embargo, Diane Whittaker había sido inflexible en que ella estaría allí para recoger a su hija, algo que Kay podía entender. Se volvió hacia la mujer, que se aferraba al brazo de su marido, con los ojos muy abiertos.

—Creo que hay algunos papeles que deben firmarse, y luego el señor Alderley se encargará de Sophie desde allí —dijo.

Matthew Whittaker dio un paso adelante. —¿Qué necesito firmar? —dijo, con la voz temblorosa.

—Todo ha sido resuelto —dijo Alderley, con las manos entrelazadas frente a él—. He firmado toda la documentación para liberar el cuerpo de Sophie a mi cuidado. No hay nada que ustedes necesiten hacer.

—Quiero verla.

El corazón de Kay se hundió. Las palabras de Diane Whittaker eran lo que temía escuchar.

—Lady Griffith, entiendo que le gustaría ver a Sophie una última vez —dijo Alderley antes de que Kay pudiera hablar—. Sin embargo, si me permite sugerirlo con respeto, probablemente sería mejor si no lo hiciera. —Su rostro se suavizó—. Por favor, entienda, le ayudará a hacer el duelo si la recuerda como siempre fue, no así.

Diane soltó un gemido.

—Tiene razón —dijo Matthew—. Quiero recordar a mi hermosa niña como se veía esa tarde. No podría soportarlo. No quiero que me recuerden lo que ese monstruo le hizo.

Diane murmuró su acuerdo, y Kay suspiró aliviada. Sus ojos se encontraron con los de Alderley, y él le hizo un leve asentimiento.

—¿Hará los arreglos necesarios? —preguntó.

—Por supuesto —dijo—. Si quiere escoltar a los Whittaker afuera, yo me encargaré de todo desde aquí.

Mientras Kay guiaba a los padres de Sophie por el pasillo lejos de la morgue, Diane se secaba los ojos con un pañuelo, con la mano de Matthew aferrada a la suya.

Salieron del edificio en silencio, sin hablar hasta que llegaron al estacionamiento.

—Detective, su superior nos llamó esta mañana.

—¿El inspector Sharp?

—No —dijo Matthew—. El inspector jefe Larch. Dijo que quería que invitáramos a algunos de sus oficiales al funeral de Sophie.

—¿Oh?

—Sí, dijo que sentía que podría ser prudente, en caso de que alguien allí quisiera hablar con ustedes, en caso de que alguien hubiera recordado algo.

Diane suspiró ruidosamente y agitó la mano. —Por supuesto, le dijimos que no era necesario. Ya será bastante malo con los medios locales allí, pero cuando escuchó eso, insistió mucho: dijo que al menos ustedes podrían evitar que se nos acercaran.

—¿Medios locales?

—De alguna manera, se enteraron de los arreglos del funeral —dijo Matthew. Su rostro se sonrojó de ira—. No sé cómo, pero lo hicieron.

—Bueno, supongo que cuando la familia de uno ha estado en la zona durante siglos, es un poco impactante para los lugareños asimilarlo —dijo Diane—. Me imagino que, como no todos podrán asistir al funeral de Sophie, al menos podrán verlo por televisión.

Kay se mordió el labio. No confiaba en sí misma para hablar, a pesar de las palabras que inmediatamente se habían formado en su cabeza. Sin duda, Diane Whittaker había dado el soplo a los medios, cualquier cosa para llamar la atención sobre sí misma.

—Será mejor que nos vayamos —dijo Matthew.

Kay observó cómo la pareja cruzaba el estacionamiento alejándose de ella, y luego esperó a que el coche saliera del predio del hospital antes de dirigirse a su propio vehículo.

Lo último que quería hacer era asistir a otro funeral, pero parecía que Larch tenía sus propios planes para ella y el equipo.

Planes que no había considerado oportuno compartir con ella esa mañana.

Suspiró y giró la llave en el encendido.

Iba a ser una semana larga.

CAPÍTULO 37

Cuando Kay regresó a la sala de incidentes, una atmósfera sombría flotaba en el aire, y la puerta de la oficina de Sharp estaba cerrada.

—¿Qué está pasando? —le dijo a Barnes mientras introducía su contraseña en el ordenador.

—Jude Martin del CPS ha estado aquí —dijo él—. Han recomendado que retiremos todos los cargos contra Peter Evans. Larch se puso furioso.

—Me lo imagino.

Kay podía imaginarse perfectamente la ira del inspector jefe ante el giro que había tomado la investigación. Sin embargo, sentía poca empatía por sus motivos: a Larch solo le preocupaban sus objetivos de rendimiento y su posición política dentro de la comunidad. Solía no mostrar la dedicación que tenía el equipo de investigación, a pesar de la frustración por los giros y vueltas que había dado.

—¿Próximos pasos? —preguntó.

—Sharp nos ha puesto a revisar de nuevo las finanzas del negocio de Matthew Whittaker, para ver si eso arroja algo de luz —Barnes suspiró—. Aunque por qué un tipo mataría a su hija solo porque su negocio se está yendo a pique es una incógnita. Estamos dando vueltas en círculos, Kay.

—Hmm. Tienes razón en eso. ¿Sabes? Considerando que estaba haciendo un voto de pureza, Sophie no parecía la adolescente más casta, ¿verdad?

—¿Crees que estaba engañando a alguien más?

—¿Aparte de Peter Evans y Josh Hamilton? —Se encogió de hombros—. Quién sabe. Gavin y Carys pasaron dos días en la escuela entrevistando a sus compañeros de clase, ni siquiera sabían sobre Peter, así que supongo que, si había alguien más, ella no se lo estaba contando a nadie.

—¿Qué hizo que Eva Shepparton fuera tan diferente, entonces? —dijo Barnes—. ¿Por qué contárselo a ella?

—¿Desesperación? Eva le dijo a Carys que Sophie se había enterado de que estaba embarazada el día antes de la fiesta. Tal vez Sophie lo soltó sin querer.

—¿Y su asesino la escuchó y actuó por impulso?

Kay se frotó el ojo. —Vamos a tener que revisar de nuevo todas las declaraciones de los invitados a la fiesta, ¿verdad?

—Iré por el café.

—Gracias. —Kay miró cuando Gavin se acercó a su escritorio—. ¿Qué pasa?

El agente de policía en periodo de prueba levantó una impresión de la base de datos HOLMES2. —Estaba revisando la lista de objetos que los investigadores de la escena del crimen recopilaron de este registro de la casa de los Whitaker. Encontraron una pequeña llave en la mesita de noche del dormitorio de Sophie.

Kay frunció el ceño y tomó las páginas de él. —¿Alguna idea de para qué sirve?

—No. Creo que todos han estado tan ocupados con otros aspectos de este caso que aún no se ha investigado adecuadamente.

—Bien, envía descripciones y fotografías a todos los bancos locales, verifica con la escuela si coincide con su casillero allí, y llama también a las oficinas de correos locales. Podría ser de un apartado de correos o algo así.

—Eso espero. Realmente necesitamos un avance.

———

—¿Duncan? ¿Qué haces aquí?

Courtney Hamilton se aferró a la puerta principal, parpadeando bajo la brillante luz del sol.

—¿Está Blake?

Intentó mirar alrededor de la puerta, pero ella permaneció de pie en el camino. —¿Qué quieres?

—Necesito hablar con Blake. Es urgente.

—Acaba de llegar a casa —dijo ella—. ¿No puede esperar?

—No.

—¿Quién es?

Ella miró por encima de su hombro, y entonces la puerta se abrió completamente. —Duncan.

Blake estaba de pie al pie de la escalera, con el pelo despeinado y la camisa fuera de los pantalones.

—No teníamos previsto reunirnos hasta la semana que viene, ¿verdad? —El estadounidense frunció el ceño y se pasó la mano por el pelo, intentó alisar un mechón que sobresalía detrás de su oreja, y luego se rindió—. Yo me encargo de esto, cariño, ve a ocuparte de algo en la cocina.

—¿Estás seguro? Yo…

—Ve.

Duncan esperó hasta que ella desapareció de la

vista, y luego se volvió hacia Blake. —¿Dónde diablos has estado?

—La policía nos llevó a Josh y a mí para interrogarnos.

—¿Interrogaros? ¿Por qué?

—Encontraron algo. Aquí. Pensaron que era el arma homicida.

—¿Acaso… acaso tú…?

—Por supuesto que no. —Blake estudió una de sus uñas—. Simplemente llevó un tiempo convencerlos de eso. —Sus ojos se encontraron con los de Duncan mientras bajaba la mano—. ¿Qué haces aquí, de todos modos?

—Necesito hablar contigo.

—¿Sobre?

Como respuesta, Duncan sacó el sobre blanco del bolsillo de su camisa y lo sostuvo frente al otro hombre.

Blake lo ignoró, negándose a tomarlo, así que Duncan abrió el sobre y sacó la única página que contenía, agitándola frente a los ojos del otro hombre.

—¡No se detuvo! ¡La mataste, y no se ha detenido!

—Yo no la maté —siseó Blake. Miró por encima de su hombro y luego empujó a Duncan hacia la habitación que usaba como oficina en la parte delantera de la casa.

La luz del sol bañaba el espacio, las persianas verticales creaban una silueta a rayas en la pared opuesta, que albergaba una gran colección de certificados y premios, intercalados con fotografías de Blake sonriendo a la cámara mientras estrechaba la mano de varios dignatarios, políticos y alguna que otra celebridad de segunda categoría.

Duncan ignoró todo eso. —¿Quién más sabía sobre las cartas, Blake?

El estadounidense negó con la cabeza. —Nadie. Solo tú y yo, y quienquiera que sea este.

—Dijiste que era Sophie Whittaker.

—No, dije que pensaba que *podría* ser Sophie Whittaker. —Sus cejas se alzaron—. ¡Jesucristo! ¿No la mataste tú, verdad?

Duncan le lanzó una expresión dolida. —Blake, por favor, no digas Su nombre en vano. ¡Por supuesto que no fui yo! ¿Cómo puedes siquiera preguntar eso?

—Bueno, ciertamente tienes un motivo.

Duncan tragó saliva. Hamilton no sabía ni la mitad, y ciertamente no iba a proporcionarle iluminación. —Eso no es cierto.

—Oh, vamos, Duncan, pensarías lo mismo si estuvieras en mi lugar.

—Sabes, si hubieras cambiado de opinión y quisieras recuperar tu dinero, podrías haberlo pedido. No tenías que hacer esto.

—No soy yo. —Blake se encogió de hombros—. De todos modos, ya había dado por perdido ese dinero. Sé que no salió como lo planeamos, pero no hay nada que podamos hacer al respecto ahora. Pasado pisado.

—Ojalá nunca hubiera pasado.

—Es un poco tarde para eso.

—¡Esto podría arruinar mi carrera si se hace público!

—No puede ser sobre nosotros. De lo contrario, ¿por qué no me han atacado a mí esta vez?

Duncan se pellizcó el puente de la nariz e intentó concentrarse, luchando contra la sensación de pánico que amenazaba con superar el sentido común. —Tal vez quien sea no sabe sobre ti.

Blake se acercó al escritorio en el extremo más alejado de la habitación y pasó los dedos por la superficie pulida. —Entonces, ¿cómo se enteraron de ti?

Duncan se hundió en uno de los sillones frente al escritorio y recorrió con la mirada la única rodaja de tronco de árbol que Blake había encargado especialmente a un aserradero canadiense, con los remolinos y ojos abiertos de la superficie natural intactos y pulidos hasta un brillo intenso.

Apartó la mirada. —No lo sé.

—Bueno, te sugiero que pienses detenidamente en qué podría ser —dijo Hamilton—. Yo no tengo ni idea.

Duncan metió la página de vuelta en el sobre y lo guardó en su bolsillo. —No se detuvo. Ella está muerta, y no se ha detenido. ¡Debe haber estado trabajando con alguien más, Blake!

—O tal vez nunca fue Sophie Whittaker quien nos estaba chantajeando en primer lugar.

Duncan se inclinó hacia adelante, con la cabeza entre las manos.

—¿Qué he hecho?

CAPÍTULO 38

Kay se mordisqueó la piel alrededor de la uña del pulgar e intentó concentrarse en lo que decían en las noticias de la televisión.

En cambio, sus pensamientos se desviaron hacia los eventos recientes en el trabajo y el hecho de que ya no estaba segura de en quién podía confiar. Se sentía decepcionada, especialmente porque el pequeño equipo había congeniado tan bien durante los últimos meses.

No podía entender cómo se había filtrado la noticia de su aborto espontáneo si no era por los chismes de Carys. No quería creer que Carys fuera la fuente de la filtración, pero ¿cómo más se habría enterado alguien?

Luego estaba el asunto del artículo del

periódico. Sabía perfectamente que Barnes nunca hablaría con la prensa; después de un incidente que involucró a su hija el año anterior, evitaba a los medios siempre que fuera posible, a menudo delegando las llamadas telefónicas hacia y desde el periódico local a Gavin o a uno de los miembros del personal administrativo en lugar de hablar con ellos él mismo.

Era casi como si alguien la estuviera espiando.

Se inclinó hacia adelante, tomó el control remoto del televisor de la mesa de café y silenció la voz del presentador de noticias.

Un pensamiento cruzó por su mente, un momento fugaz que intentó atrapar, con el ceño fruncido.

Arriba, los pasos de Adam se movieron del baño a su dormitorio mientras usaba el inodoro y luego se cambiaba a los viejos jeans y sudadera que usaba para las visitas a las granjas.

Después de lo que pareció una eternidad, regresó abajo, se sentó en uno de los escalones inferiores para ponerse sus botas de trabajo y llamó a través de la puerta abierta.

—No me esperes despierta. Higgins es famoso por hablar y probablemente insistirá en que me quede a tomar una taza de té antes de irme, así que Dios sabe a qué hora volveré.

Kay se levantó del sofá y se unió a él en el pasillo.

—¿Crees que todo saldrá bien?

—Supongo que sí. Esta yegua suya tuvo un potro hace dieciocho meses, así que ya está acostumbrada. Probablemente me quiere allí más como precaución que otra cosa —sonrió—. No me importa. Él conoce a sus caballos mejor que yo. Prefiero que sea paranoico y resulte que no me necesita.

Se dirigió al armario debajo de las escaleras y sacó su bolsa de emergencia que contenía todo lo que podría necesitar para una visita a los establos, y revisó sus bolsillos. —Bueno, creo que tengo todo.

—Dejaré la luz del porche encendida para ti. No podemos dejar que andes tropezando en la oscuridad y me despiertes.

—Muy graciosa. ¿Entras temprano mañana?

—Sí. Empiezo a las siete y media. ¿Te apetece comida china para llevar mañana por la noche?

La besó. —Suena perfecto. Pórtate bien.

—Lo haré.

Esperó mientras él desaparecía por la puerta principal, la cerró detrás de él y luego se dirigió a la sala de estar. Se quedó junto a la mesa de café hasta que escuchó que su todoterreno arrancaba y avanzaba lentamente por el camino de entrada hacia el carril antes de rugir en la noche.

Miró su reloj.

Las diez y media.

Necesitaría dormir un poco antes de salir para asistir a la reunión informativa por la mañana, pero calculó que lo mínimo que necesitaría serían cinco o seis horas. Adam no volvería hasta la una o las dos de la madrugada como mínimo.

Bajó el brazo.

Eso le dejaba un espacio de dos horas para hacer lo que necesitaba hacer.

Subió el volumen del televisor y luego, con el corazón acelerado, se dirigió a la cocina y se agachó junto al cajón al lado del fregadero donde Adam guardaba una pequeña selección de herramientas para emergencias.

En la sala de estar, las noticias terminaron y comenzó la música de introducción de un programa de entrevistas nocturno.

Rebuscó en el cajón hasta que encontró un destornillador y una pequeña linterna. Giró el extremo hasta que un punto de luz brilló sobre la encimera, luego, agarrando ambos objetos en una mano, se apresuró por el pasillo y subió las escaleras.

Se detuvo en el rellano y luego levantó la mirada hacia la trampilla cubierta que conducía al ático. Se secó la frente con el dorso de la mano antes de alcanzar y abrir la trampilla.

Tiró del extremo de la escalera hasta que comenzó a deslizarse hacia abajo en su dirección. Comprobando que estuviera segura, subió hasta la mitad y luego tanteó los bordes del agujero cuadrado hasta que encontró el enchufe que Adam había instalado allí. Presionó el botón y las luces que habían instalado a lo largo del ático parpadearon hasta encenderse.

Se agarró a los lados de la escalera y subió hasta la parte superior, trepó por el borde de la trampilla y se paró sobre las tablas desnudas que cubrían el espacio del ático.

Avanzó por el ático hasta que estuvo de pie sobre su dormitorio.

A su derecha, los accesorios de iluminación yacían entre el aislamiento: una instalación eléctrica poco atractiva que quedaba de algunas renovaciones menores que ella y Adam habían realizado hace unos años cuando él heredó la casa.

Habían estado tan ocupados en los años intermedios que nunca encontraron tiempo para terminar de revestir el resto del espacio del piso.

Kay se agachó y enfocó la linterna un poco a la izquierda del trabajo eléctrico, y frunció el ceño.

En ese momento, y porque sabían que tenían mucho trabajo por hacer, habían comprado cableado extra en la ferretería. De hecho, habían comprado tanto que al menos la mitad del rollo todavía estaba sin usar en el cobertizo del jardín. Había sido una broma recurrente en ese momento que el entusiasmo de Kay por el cableado de color rojo no conocía límites. Adam todavía usaba los sobrantes para atar las plantas de tomate en el jardín trasero.

Ahora, sin embargo, se podía ver un tramo de cable azul a la luz de la linterna.

Kay contuvo la respiración y se acercó, teniendo cuidado de no apoyarse en el aislamiento por temor a caer a través del techo.

Un objeto negro estaba colocado sobre el accesorio de iluminación, el extremo del cable azul desaparecía en la parte posterior, debajo del cual parpadeaba una luz LED verde.

Kay se recostó sobre sus talones y tragó saliva.

Se levantó con piernas temblorosas y se apretujó pasando algunas cajas de embalaje viejas hasta que llegó al área sobre la habitación que usaba como oficina en casa.

Una vez más, se había agregado un cable azul al cableado rojo familiar.

Kay se levantó del suelo y se apresuró de vuelta a

la trampilla, bajó por la escalera y se desplomó sobre la alfombra, con el corazón acelerado y una urgencia de vomitar retorciéndole las entrañas.

Había trabajado en un papel de apoyo en varios puestos de observación y sabía exactamente lo que había descubierto. Era por eso que el pensamiento se le había cruzado por la mente en primer lugar.

Sus pensamientos daban vueltas mientras trataba de recordar las conversaciones que ella y sus colegas habían tenido en su casa, la intimidad que había compartido con Adam y las imágenes que las cámaras sin duda habían grabado.

La bilis le subió por la garganta y, temblando, se tambaleó hasta el baño y vomitó.

Tras tirar de la cadena, se acercó al lavabo y abrió el grifo, llevándose agua fría a la boca antes de girarse y sentarse en el borde de la bañera, con la cabeza entre las manos.

Su casa había sido equipada con cámaras espía en miniatura y dispositivos de escucha.

Pero ¿por quién?

Y ¿por qué?

CAPÍTULO 39

Kay dio un respingo en su asiento al oír un golpecito en la ventanilla del coche y luego la bajó.

—¿Vas a venir o qué?

—Sí, lo siento, estaba soñando despierta.

—Llegarán en un minuto.

Ella subió la ventanilla, arrancó las llaves del encendido y luego se unió a Barnes junto al vehículo. Sus manos temblaban mientras metía las llaves en su bolso, y se giró ligeramente para que él no lo notara.

La ocasión le traía demasiados recuerdos dolorosos que aún no habían tenido la oportunidad de suavizarse con el tiempo; una breve ceremonia, y luego un pequeño ataúd que desapareció tras una cortina mientras solo ella, Adam y el ministro no denominacional observaban.

—¿Oficial?

Ella parpadeó e intentó concentrarse.

—¿Estás bien?

—Estoy bien. Vamos.

La policía rara vez invadía el dolor de una familia hasta el punto de asistir a un funeral, pero con un asesino aún sin castigar y una necesidad apremiante de hacer justicia, Larch había insistido en que Sharp enviara a su menguante equipo allí. Casi una semana había pasado desde que el cuerpo de Sophie había sido entregado a su madre y padre, y en ese tiempo, la investigación se había ralentizado hasta casi detenerse. El personal administrativo había sido reasignado a otros asuntos más urgentes, y el equipo restante había estado pasando sus días revisando las declaraciones de los testigos, buceando en la historia de Sophie, mientras luchaban contra una creciente sensación de desesperación.

Sharp les había dejado claro a puerta cerrada que Larch veía el funeral como una forma de asegurar al público que la policía no se rendiría en el caso. El propio Sharp tenía otras ideas. —Observen a la congregación de cerca, —había dicho en la reunión informativa de la mañana una vez que el inspector jefe había abandonado la sala —. Todos siguen siendo sospechosos. Alguien en ese funeral debe saber algo.

Kay siguió a Barnes al cruzar la calle y atravesar una estrecha puerta del cementerio, e intentó ignorar las lápidas cubiertas de musgo que salpicaban la hierba alta a ambos lados del camino.

En otro tiempo, a pesar de su falta de fe, había disfrutado explorando cementerios, buscando las fechas más antiguas, las historias más interesantes.

Todo eso quedaba en el pasado, y no podía imaginarse volviendo a un lugar así por elección propia.

Echó un vistazo por encima del hombro al oír otros vehículos acercándose a la iglesia, y vio el contorno negro alargado y elegante de un coche fúnebre, seguido por un vehículo de cortesía de color oscuro.

Matthew Whittaker bajó del asiento trasero unos momentos después de que se detuviera, y mantuvo la puerta abierta. Diane emergió, con el rostro pálido, los ojos ocultos tras gafas de sol a pesar del cielo nublado.

Ninguno de los dos se percató de Kay y Barnes bajo el dosel sombreado de los árboles.

—Vamos.

—No, espera.

Kay puso su mano en el brazo de él y frunció el

ceño cuando Matthew cerró de golpe la puerta del coche y la voz de Diane llegó flotando en la brisa.

Kay no podía oír lo que se decía, pero el tono de la mujer estaba cargado de acidez mientras permanecía de pie en la acera y reprendía a su marido.

El director de la funeraria y sus asistentes se mantuvieron a una distancia respetuosa, hasta que Matthew levantó las manos hacia Diane, logró apaciguarla, y luego les hizo un gesto con la cabeza.

Él condujo a Diane a través del aparcamiento hacia la puerta de la iglesia, y Kay observó con interés cómo Diane se sacudía el brazo de su marido de los hombros y atravesaba la puerta abierta delante de él.

—Vale, vamos.

—¿De qué iba todo eso?

—Ni idea. Escucha, voy a intentar coger un asiento en la parte de atrás. Mira si puedes encontrar un sitio para sentarte a mitad de camino.

—¿Quieres salir corriendo después?

Sus labios se tensaron. —Por mucho que me gustaría, no. Quiero poder observar a todo el mundo desde allí, y no hacerlo obvio girándome en mi asiento todo el tiempo.

—De acuerdo.

Se apresuraron por el camino, y Kay esperó un momento al entrar en el fresco edificio para permitir que su vista se ajustara a la penumbra, y luego se dirigió al banco del medio en la última fila. Estaba vacío, excepto por ella, y los siguientes cuatro bancos también lo estaban. La mayoría de la congregación se había agrupado hacia el extremo del altar de la iglesia, y ella recorrió con la mirada a la multitud de personas.

Algunas chicas que parecían tener la misma edad que Sophie ocupaban dos bancos en el lado izquierdo, y parecía que se les había permitido salir temprano de la escuela para asistir, evidenciado por sus uniformes escolares. Eva Shepparton estaba entre ellas, y sus ojos se abrieron de par en par cuando vio a Barnes y Piper.

Barnes siguió caminando hasta llegar a un banco medio lleno en el lado derecho, lo que lo situaba a dos tercios del camino desde la sección central más concurrida y capaz de escuchar lo que se decía entre la gente reunida allí.

Ella no podía ver a Gavin o Carys, y supuso que estaban dispersos en algún lugar dentro del edificio, también observando a la congregación.

Se acomodó en su asiento y miró por encima de las cabezas frente a ella hacia la primera fila, donde Matthew y Diane estaban sentados, con las cabezas inclinadas. Frente a ellos, en el lado derecho, estaban los Hamilton. Blake parecía estar perdido en sus pensamientos, mirando fijamente la vidriera detrás del altar. La atención de Courtney estaba dirigida a su hijo, y la pareja parecía estar hablando en tonos bajos.

Una puerta se abrió detrás de Kay, y ella miró por encima del hombro cuando Duncan Saddleworth salió de la sacristía y cruzó hacia la puerta principal de la iglesia mientras el director de la funeraria guiaba a sus colegas que llevaban el ataúd de Sophie.

Los dos hombres hablaron en privado por un momento, se dieron las últimas instrucciones, y luego Duncan guio la corta procesión por el pasillo hacia el altar.

Sollozos y suaves lamentos siguieron a Sophie, y Kay clavó sus uñas en las palmas de sus manos, decidida a endurecerse contra las emociones de las próximas horas.

Sabía que estaría emocional y físicamente agotada cuando terminara el día, y desconectó de los tonos suaves del pastor cuando comenzó a guiar a la congregación a través de la ceremonia.

Se puso de pie cuando las personas en los bancos delante de ella se levantaron de su asiento, fingió cantar palabras de himnos que vagamente reconocía de la escuela, y miró su reloj durante el elogio fúnebre.

Su cabeza se alzó de golpe cuando Duncan presentó a Matthew Whittaker.

El padre de Sophie caminó hacia el púlpito como si deseara que el tiempo pudiera ralentizarse, y Kay comenzó a respirar profundamente.

Comprendía perfectamente el dolor que sentía; se notaba en cómo sus hombros se hundían, en cómo sus manos aferraban sus notas antes de colocarlas sobre el marco de madera que lo rodeaba, y en cómo tomaba una profunda bocanada de aire antes de inclinarse hacia el pequeño micrófono.

Kay parpadeó e intentó reprimir el impulso de unirse al llanto que comenzó en la primera fila y se extendió por la congregación mientras los presentes perdían la compostura ante las palabras de un padre con el corazón roto.

Sorbió por la nariz y luego se giró al oír que la puerta de la iglesia se abría lentamente.

—Mierda —murmuró entre dientes.

En el umbral, con los ojos muy abiertos, estaba Peter Evans.

Las lágrimas le corrían por el rostro y llevaba un traje barato que colgaba de su delgada figura, acentuando sus pómulos hundidos.

Kay se lanzó fuera del banco y cruzó el pasillo.

Él tardó unos segundos en notarla, pero ella no le dio la oportunidad de hablar. En su lugar, le agarró del brazo y lo empujó con fuerza.

—Fuera. Ahora.

CAPÍTULO 40

—No sabía que fumabas.

Evans hizo una mueca. —Lo dejé. A Sophie no le gustaba. —Golpeó el extremo del cigarrillo, pero no le dio otra calada—. ¿Por qué no han descubierto quién la mató?

—Estamos haciendo todo lo posible, Peter. Es un caso complicado.

Él resopló. —¿Demasiados sospechosos entre los que elegir?

Kay entrecerró los ojos mirándolo. —¿Te importaría elaborar?

—Oh, vamos, los engañó a todos, ¿no? A los Hamilton y a su propia familia. Ninguno tenía idea sobre mí. —Llevó el cigarrillo a sus labios e inhaló profundamente antes de soplar un anillo de humo hacia un lado—. Así que tienes que preguntarte: ¿cuál de ellos estaba más enfadado por eso y quién más querría matarla?

Kay cruzó los brazos sobre el pecho. —Y supongo que tienes una teoría sobre cuál de ellos es el asesino.

—No importa si tengo una teoría, detective. La pregunta es: ¿la tiene usted? —Dejó caer la colilla al suelo y la aplastó con el pie.

—Podría multarte por eso.

—Sí, pero no lo hará. Circunstancias atenuantes.

—¿Qué?

Como respuesta, levantó la barbilla hacia la iglesia detrás de ella.

Las puertas dobles se habían abierto de par en par, y el sonido de la música del órgano de la iglesia se filtraba por la abertura, momentos antes de que Duncan apareciera, con su atención captada por el director del funeral que comenzaba a guiar la procesión de vuelta al coche fúnebre.

Kay se volvió hacia Peter. —Está bien, vete. Pero no te presentes en el entierro, ¿de acuerdo?

Su labio inferior tembló.

—Peter, por favor. Visita su tumba mañana, cuando esté más tranquilo.

—De acuerdo.

Se dio la vuelta y se apresuró a cruzar el cementerio, serpenteando entre las antiguas lápidas, y luego salió por el pórtico.

Kay se aseguró de que siguiera caminando por el sendero donde suponía que había estacionado su furgoneta, y luego regresó a la iglesia y se quedó a una distancia respetuosa mientras la congregación desfilaba.

Barnes se unió a ella.

—¿Adónde fuiste?

—Peter Evans apareció.

—¿Cuándo?

—A mitad del último himno. Logré sacarlo por la puerta antes de que alguien lo viera.

Barnes resopló. —Sí, eso no habría caído bien. ¿Qué tuvo para decir?

—Sugirió que podría haber varias personas responsables de la muerte de Sophie.

—No es de gran ayuda. —Barnes le dio un codazo y señaló—. Tenemos que movernos. Todos los demás se están yendo.

Se apresuraron a volver al coche, y Kay dejó que Barnes tomara las llaves.

Perdida en sus pensamientos, se abrochó el cinturón de seguridad mientras él maniobraba el vehículo hacia el sendero y comenzaba a seguir la procesión fúnebre hacia el cementerio al sur de la ciudad.

Las palabras de Peter resonaban en su mente.

Tanto Blake como Josh Hamilton habían sido absueltos de cualquier delito, por el momento. A menos que surgieran nuevas pruebas, era poco probable que se pudieran presentar cargos contra alguno de ellos.

Kay se frotó el ojo derecho mientras consideraba las otras opciones.

Courtney Hamilton había dejado claro que no estaba de acuerdo con que Josh se casara con Sophie, pero ¿hasta dónde estaría dispuesta a llegar para impedir que se llevara a cabo un compromiso? ¿Estaría lo suficientemente desesperada como para matar?

En cuanto a Matthew y Diane Whittaker, la pareja parecía desconsolada; de hecho, Kay no se habría sorprendido si a Diane le hubieran recetado algún tipo de tranquilizante. La mujer ciertamente parecía distante cuando Kay había hablado con ella desde la noche del asesinato de Sophie.

—Ya estamos aquí.

La voz de Barnes la sacó de sus pensamientos, y

decidió revisar nuevamente las declaraciones de los Hamilton y los Whittaker por la mañana y empezar de nuevo.

Tal vez Peter tenía razón.

Tal vez se les había escapado algo.

CAPÍTULO 41

Mientras el grupo se dispersaba de vuelta a sus escritorios después de la reunión informativa de la tarde, Carys hizo un gesto a Kay y luego llamó a Sharp cuando se dirigía a su oficina.

—¿Jefe? ¿Podría hablar con usted un momento?

Sharp miró por encima de su cabeza y luego señaló hacia su oficina.

—Esto es un caos. Sentaos y contadme qué ocurre.

Cerró la puerta tras ellos, amortiguando el zumbido de ruido de la sala de incidentes.

Carys esperó hasta que todos se sentaron.

—Recibí una llamada a través de la línea directa. Un hombre llamó y dijo que no podía hablar mucho porque estaba en el trabajo, pero mencionó que estudió en la Universidad de Oxford y reconoció a Duncan Saddleworth en las imágenes del servicio de la iglesia en las noticias del mediodía.

—¿Qué tenía que decir sobre él?

—Fue muy cauteloso. Dijo que no quería hablar por teléfono. Me he ofrecido a ir a su casa en Tonbridge por la mañana. Todo lo que me dijo fue que tenía información sobre Duncan Saddleworth que podría ser útil.

Sharp suspiró y se pasó una mano por su cabello corto.

—¿Estás segura de que no está haciéndote perder el tiempo?

Carys negó con la cabeza.

—Sonaba sincero. Un poco asustado también, para ser honesta.

—Está bien. Llévate a Hunter contigo y ve qué tiene que decir. ¿Cómo se llama?

—Felix Ashgrove. Vive en Tonbridge.

—De acuerdo. Dios sabe que podríamos usar toda la ayuda posible en este momento. Esperemos que el señor Ashgrove pueda arrojar algo de luz sobre qué demonios ha estado pasando por aquí.

—Sí, jefe.

Mientras Kay se movía hacia la puerta, dejó que Carys saliera primero, luego se volvió hacia Sharp.

—¿Jefe? ¿Podría hablar con usted en privado?

Su frente se arrugó.

—Por supuesto.

—Aquí no. —Forzó una sonrisa tenue—. ¿Nos vemos fuera en diez minutos?

—¿Qué está pasando, Hunter?

—Ya lo sabrá.

———

Kay levantó la mirada cuando Sharp apareció en la puerta trasera de la comisaría y, al verla apoyada junto a su coche, se acercó para unirse a ella.

—¿De qué se trata todo esto?

Kay tomó un respiro tembloroso.

Durante el trayecto al trabajo esa mañana, había ensayado la conversación una y otra vez en su mente, eligiendo cuidadosamente sus palabras e intentando que la ira no nublara sus pensamientos. Ahora, enfrentada a compartir sus hallazgos, el miedo se retorcía por sus venas.

Estaba arriesgándose, y no habría vuelta atrás.

Metió la mano en su bolsillo y sacó su teléfono móvil, abrió el álbum de fotos y se lo mostró a Sharp.

Él parpadeó antes de tomar el móvil y cubrió la

pantalla con su mano, protegiéndola de la luz brillante del sol. Frunció el ceño.

—Esto parece un dispositivo de escucha con una pequeña cámara adjunta.

—Lo es.

—¿Dónde está?

—En el techo sobre mi sala de estar.

Su cabeza se levantó de golpe, sus ojos encontrándose con los de ella.

—¿Qué?

—Hay otro en mi cocina, uno en mi dormitorio y uno en mi oficina.

—¿Quién los puso ahí?

—No lo sé.

—¿Alguna idea de por qué están ahí?

—No.

—¿Adam lo sabe?

Ella negó con la cabeza.

—¿Los has dejado ahí?

—Tenía demasiado miedo para moverlos, jefe. No sé quién los ha puesto ahí, y no sé qué me harán a mí o, peor aún, a Adam si los quito.

Él le devolvió el móvil y exhaló mientras se apoyaba contra el coche junto a ella, su mirada recorriendo la irregular línea de árboles más allá de su posición.

Ella guardó su móvil en el bolsillo.

—Necesito tu ayuda. No sé qué hacer.

—¿Tienes idea de cuánto tiempo han estado ahí?

—Desde el robo. Creo que eso fue lo que fue: una pantalla de humo que usaron para plantar los micrófonos.

—¿Estás segura?

—Había algunas cosas como el televisor que fueron destrozadas y tuvieron que ser reemplazadas. Tenía algunas joyas que desaparecieron, pero nada de gran valor. La mayoría me las había dejado mi abuela, no valían mucho. Quien hizo esto se aseguró de hacer solo el daño suficiente para que pareciera un robo genuino. —Se movió para enfrentar a Sharp, aunque sus ojos permanecían fijos en el horizonte—. Eso explica por qué pensé que Carys era quien había contado a todos sobre mi aborto. Cuando se quedó para limpiar después del robo, ella y yo hablamos brevemente sobre eso. Guardo la ropa de bebé y esas cosas en nuestra oficina en casa. Iba a ser el cuarto del bebé…

Se limpió los ojos y guardó silencio.

—¿Qué más?

—Estaba hablando con Barnes por teléfono después de que fuimos a casa de los Hamilton. Me dio una actualización sobre alguna información que teníamos sobre Hamilton, así que le pedí que fuera temprano y subiera sus notas a la base de datos antes de la reunión de la mañana.

—¿No sospechas de Barnes?

Ella negó con la cabeza.

—Definitivamente no. Para empezar, no es su estilo, y si no le gustara algo que hice, me lo diría a la cara.

—Cierto. ¿Qué te hizo sospechar que alguien te estaba espiando?

—Ese asunto con los medios descubriendo que estábamos investigando las finanzas de Blake Hamilton. Barnes y yo hemos trabajado juntos durante mucho tiempo. Él nunca chismosearía, y mucho menos hablaría con Larch. Si Barnes alguna vez tuviera un problema conmigo o con alguien más, hablaría contigo. No podía entenderlo, especialmente porque Barnes fue culpado tanto como yo por lo que sucedió. Lo mismo con Carys. Ella nunca ha chismorreado sobre nada en todo el tiempo que ha estado con nosotros. Tenía que haber otra razón.

—¿Pero dispositivos de escucha? Eso es un gran salto en el pensamiento.

Ella se encogió de hombros.

—Estaba despierta tarde viendo una película de espías. Se me ocurrió.

Sharp parpadeó y se volvió hacia ella.

—¿Por qué confiar en mí?

—No sabía en quién más confiar.

Él resopló.

—¿Fui tu última opción?

—Bueno, y tienes experiencia militar. Pensé que si alguien podía corroborar qué eran estas cosas, serías tú.

—Fue hace mucho tiempo.

—Y nunca le has contado a nadie lo que solías hacer en el ejército, ¿verdad?

Sus labios se tensaron y se quedó en silencio por un momento, con el ceño fruncido. Finalmente, se enderezó y se volvió hacia ella. —¿Algo más que quieras decirme?

Ella tragó saliva. —Creo que Gavin fue golpeado por mi culpa en la primavera.

Él arqueó una ceja.

Kay suspiró. —Me quedé hasta tarde y usé su computadora para revisar algo en HOLMES2 sobre la investigación de Demiri. Esa misma noche, Gavin fue golpeado y nunca atraparon a sus atacantes. —Se frotó el ojo derecho—. No puedo evitar pensar que no fue una coincidencia. También falta información en la base de datos. Todo relacionado con el caso que se vino abajo. Alguien ha estado cubriendo sus huellas y asegurándose de que no arruine lo que sea que tengan planeado.

Él se ajustó la chaqueta y se apartó del coche. —De acuerdo. No se lo digas a nadie más. Déjame esto a mí.

Kay lo observó caminar de vuelta hacia la comisaría y se mordió el labio.

¿Había tomado la decisión correcta?

———

Esa noche, Kay salió de la ducha en el baño, agarró su toalla del toallero junto al lavabo y se frotó la piel hasta que quedó roja.

Más allá de la puerta cerrada, podía oír a Adam caminando por el dormitorio mientras se desvestía hasta quedar en calzoncillos, tiraba su ropa en el cesto de la ropa sucia y encendía su lámpara de noche.

Al entrar en el dormitorio, se deslizó bajo el edredón y apagó su luz después de asegurarse de que la alarma estuviera puesta para la mañana.

Adam se dio la vuelta y le acarició el cuello con la nariz, antes de que ella lo sintiera pegarse a ella.

Ella se dio la vuelta, formando una sonrisa, y luego se congeló.

Sus ojos se clavaron en la lámpara sobre la cama.

¿Estarían observando?

Puso una mano en su pecho. —Lo siento. No puedo.

Su frente se arrugó. —¿Todo bien?

—No me siento bien, eso es todo. Hay algo circulando en el trabajo.

Él la atrajo hacia sus brazos. —Eso no está bien. Deberías haberlo dicho. Me preguntaba por qué no comiste mucho esta noche.

—Lo siento —murmuró contra su pecho.

Podía oír la decepción en su voz, pero no estaba mintiendo sobre no sentirse bien. La bilis amenazaba con subir, y contuvo la respiración, alejando la sensación.

Las náuseas se acumularon en la boca de su estómago, y resistió la tentación de mirar al techo de nuevo.

No podía dejarles saber que había descubierto su sucio secreto.

CAPÍTULO 42

—Aquí está, a la izquierda. Número setenta y dos.

Kay redujo la velocidad del coche hasta casi detenerse y pasó de largo la casa hasta encontrar un lugar para estacionar.

Caminaron de vuelta a la propiedad a paso lento para tener la oportunidad de orientarse.

—¿Cuánto tiempo lleva Felix Ashgrove viviendo aquí?

—Los registros muestran que siempre ha vivido en Oxford, pero se mudó a esta casa hace siete años. Por las escrituras, parece que era la casa de su madre antes de eso.

Llegaron a un alto seto de ligustro con una puerta de madera a mitad de su longitud, con dos números de cromo clavados en el frente.

—Número setenta y dos. Bien, veamos qué puede decirnos el señor Ashgrove.

Kay dejó que la puerta se cerrara tras ellas y guio a Carys por el camino hacia la puerta principal.

Se abrió antes de que pudiera levantar la mano para tocar el timbre, y apareció un hombre de mediana edad media cabeza más bajo que ella, con un par de gafas de lectura empujadas hacia arriba en su pelo negro ralo.

—¿Son ustedes las detectives?

Kay sonrió. —¿Tan obvias somos?

Él se sonrojó y luego aclaró su garganta. —No recibo muchas visitas durante el día. Pasen.

Kay entró al pasillo y se presentó formalmente junto con Carys.

—Han venido desde lejos —dijo él—. ¿Les pongo la tetera?

—Eso sería genial, gracias.

—Pasen a la sala. Estaré allí en un minuto.

Kay entró por la puerta que él indicó y miró por encima de su hombro.

Mientras Carys esperaba junto a la puerta, ella realizó una rápida inspección de la habitación, pero no encontró nada fuera de lo común.

El hombre parecía vivir solo, y la decoración no parecía haber sido actualizada desde que su madre había fallecido. Sin embargo, la habitación se mantenía fresca, y notó que al fondo una puerta corrediza daba a un jardín bien cuidado.

—Es toda una trampa de sol en un buen día —dijo él, entrando por una segunda puerta cerca de la parte trasera de la habitación con tres tazas humeantes—. Pero hoy hace demasiado frío.

—¿Cuánto tiempo lleva aquí?

—Crecí aquí. —Le entregó una taza a cada una—. Me he mudado un poco desde entonces, pero cuando mi madre murió hace siete años, pensé en mudarme aquí en lugar de vender. El mercado inmobiliario no estaba muy bien en ese momento, así que pensé que no haría daño esperar. —Tomó un sorbo de su bebida —. Pero no vinieron aquí para hablar de casas, ¿verdad?

—Entiendo por la agente Miles que usted habló con ella ayer sobre Duncan Saddleworth.

—Sí, es correcto. ¿Nos sentamos?

Hizo un gesto hacia los dos sofás generosamente rellenos cerca de la ventana delantera y se sentó en uno.

Kay y Carys tomaron el otro, y Carys sacó su libreta y bolígrafo de su bolso.

—Oh. No sabía que esto era una entrevista formal.

—No tiene por qué serlo —dijo Kay—. Pero necesitamos tener un registro de lo que hemos discutido. Hay mucho que recordar cuando se lleva a cabo una investigación como esta. Si lo prefiere, puedo informarle de sus derechos y podemos proceder desde ahí.

Él levantó la mano. —No se preocupe. No tengo nada que ocultar.

—De acuerdo, genial. Entonces, para empezar, cuénteme qué le llevó a llamarnos.

—Vi las noticias la noche antepasada, el funeral de la adolescente. Debe haber sido un día de pocas noticias en Oxfordshire.

Kay asintió, pero no dijo nada. Era más probable que Sharp y el oficial de medios hubieran solicitado a las estaciones de noticias regionales dentro de cierto radio de Maidstone que transmitieran las imágenes por si refrescaban la memoria de alguien. No siempre funcionaba, pero cuando lo hacía, a menudo ofrecía un avance u otra pista para seguir que de otra manera no habrían obtenido.

—Continúe.

—Bueno, me sorprendí cuando vi a Duncan Saddleworth, para ser honesto. Pensé que todavía estaba en Estados Unidos. Me sorprende que no estuviera manteniendo un perfil bajo.

—¿Oh? ¿Por qué?

Ashgrove se inclinó hacia adelante y colocó su taza medio vacía en la mesa de café entre ellos. —Porque está siendo chantajeado.

Kay entrecerró los ojos. —¿Qué?

—Lo sé. Pensarías que lo último que estaría haciendo es aparecer en televisión, ¿verdad?

—¿Cómo sabe que Duncan está siendo chantajeado?

En respuesta, se levantó, caminó hacia un escritorio de aspecto antiguo cerca de la ventana y abrió el cajón superior. Su mano temblaba mientras sacaba un sobre y se lo entregaba a Kay.

—Porque la misma persona estaba intentando chantajearme a mí.

En el silencio que siguió, Kay paseó su mirada por la habitación, observando la decoración escasa en comparación con la colección de fotografías que ocupaba una esquina de una estantería tambaleante.

El bolígrafo de Carys cayó al suelo, y los pensamientos de Kay volvieron bruscamente a la tarea en cuestión.

—Lo siento —dijo Carys, y se apresuró a recoger el bolígrafo.

Kay se sentó más hacia adelante en el sofá. —Si

solo vio a Duncan en las noticias ayer, ¿cómo sabe que está siendo chantajeado?

—Hemos hablado. Me llamó de repente cuando recibió la primera carta.

Kay cambió de táctica. —¿Cuántas cartas ha recibido usted?

—Ocho en total.

—¿Las tiene?

Esperó mientras él volvía al escritorio, rebuscaba en el cajón superior y recuperaba un puñado de sobres de color similar. Ella los tomó de él, sacó cada carta antes de leerla y luego volvió a guardarla.

—¿Con qué frecuencia ha recibido estas?

—Una al mes. El día en que llegan varía, pero suele ser alrededor de la tercera semana del mes.

—No hay información postal. ¿Estas fueron entregadas en un embalaje exterior?

—No. Presumo que fueron entregadas en mano.

—¿Cuándo las encontró? ¿Por la mañana? ¿Cuando regresaba del trabajo?

—Ambas. A veces estaba arriba preparándome para ir al trabajo. A veces había una esperándome en la alfombra cuando regresaba.

—Todas estas piden dinero.

—No he pagado ninguna.

—¿Por qué no?

—No me importa que la gente descubra mi pasado. Nunca me he escondido de él. —Suspiró y se unió a ella en el sofá—. Supongo que alguien con la vocación de Duncan podría no verlo de esa manera. Podría estar desesperado por detener al chantajista. —Se encogió de hombros—. Es solo una idea.

—Entonces, déjeme asegurarme de que entiendo esto. ¿No ha pagado ningún dinero, pero las cartas siguieron llegando, y no ha sido expuesto?

—No. Me pregunté si tal vez estaba siendo utilizado como palanca de alguna manera. El hecho de que me haya mantenido en silencio podría haber estado ayudando, no obstaculizando, al chantajista. No sabía cómo contactar a Duncan, y aunque lo hubiera sabido, ¿por qué lo haría? Puede que él no esté recibiendo cartas como esta, así que ¿por qué llamaría la atención sobre el hecho de que yo sí? Quería fingir que no estaba sucediendo, hasta que vi la noticia sobre esa joven, y entonces Duncan me llamó. No sé... lo siento, tal vez las esté haciendo perder el tiempo...

—En absoluto. Preferimos que nos hable a que no lo haga. ¿Qué puede decirnos sobre Duncan Saddleworth?

Sonrió.

—Era un encantador. Todos los que lo conocían se

enamoraban de él. Las chicas y los chicos. Le encantaba la atención, no se cansaba de ella. Caminaba como si fuera una estrella de rock o algo así.

—¿Estaba usted celoso de él?

—No realmente. Puede sonar extraño, pero era suficiente ser aceptado en su círculo de amigos. Todos lo adoraban.

—¿Qué hacían?

Se reclinó en su silla, con expresión nostálgica.

—Eran los años 90 en Oxford, detective. Las bandas de aquí se estaban volviendo globales. Todos nos vimos atrapados en la escena: la música era increíble. Así que salíamos a los pubs, veíamos bandas y probablemente bebíamos un poco de más.

—¿Drogas?

Sonrió.

—Tal vez. Solo diversión.

—Y aun así perdió el contacto con él. ¿Cuánto tiempo ha pasado desde la última vez que lo vio?

—No lo he visto desde el final del tercer semestre. Nunca había hablado con él hasta que me llamó por la primera carta de chantaje.

—¿Por qué?

—Todo cambió. Se enamoró de alguien más.

—¿Quién más estaba por allí en ese momento?

¿Puede recordar algún nombre?

La sonrisa se desvaneció.

—Yo… preferiría no decirlo. No quiero que me demanden por difamación o algo así.

—Si sabe algo que podría ayudar en nuestra investigación, debería decírnoslo. Estoy tratando de encontrar al asesino de una chica de dieciséis años.

—Lo siento. Lo sé.

—¿Por quién le rompió el corazón?

Su cabeza se levantó de golpe, sus ojos cautelosos.

—¿Cómo lo supo?

—Solo hay fotos aquí de su época en la universidad. No hay nadie más en su vida, ¿verdad?

Su nuez de Adán se movió en su garganta.

—Es muy perceptiva, detective.

Se levantó y se acercó a la colección de fotografías cuidadosamente enmarcadas en los estantes. Sacó un pañuelo de algodón y limpió el cristal de una de ellas, antes de volverse hacia Kay, con lágrimas en los ojos.

—Tiene razón, detective. Él me rompió el corazón.

—Entonces, ¿con quién se involucró Duncan Saddleworth después de usted?

—Un estadounidense. Blake Hamilton.

CAPÍTULO 43

Kay dejó a Carys estacionando el coche al volver a la comisaría y entró en la sala de investigación.

Su mente daba vueltas con la información que Felix Ashgrove había proporcionado.

La probabilidad de que Sophie Whittaker estuviera chantajeando a tres personas era una acusación grave, y abría más posibilidades sobre quién la había asesinado.

El problema era, ¿quién?

Se desplomó en su silla y movió el ratón para despertar la pantalla de su ordenador, luego levantó la mirada cuando una sombra pasó por su escritorio.

Gavin sostenía una bolsa de plástico para evidencias en su mano, con una amplia sonrisa en su rostro.

—Vamos, suéltalo —dijo Kay—. ¿Qué has encontrado? Debe ser bueno, parece que has estado deseando contármelo.

Su sonrisa se ensanchó. —¿Recuerdas esa llave que el equipo de Harriet encontró en los cajones de la mesita de noche de Sophie?

—Sí. ¿Lograste rastrearla?

—Finalmente. Es de una caja de seguridad, del tipo que puedes alquilar en un banco.

Kay extendió la mano para tomar la bolsa y la giró en su mano.

Una llave de acero común yacía en una esquina, sin más marca que el sello del fabricante y una fila de letras y números estampados en un lado del aro.

—¿Sabes de cuál?

Gavin levantó un trozo de papel. —De este. Está aquí en Maidstone. Hablé con el gerente; está a nombre de Sophie Whittaker.

Kay devolvió la bolsa y miró su reloj. —Bueno, ya estarán cerrados ahora. Pero coge tu chaqueta, vamos a hablar con la madre de Sophie para ver qué tiene que decir sobre esto. De todos modos, tengo algunas preguntas más que quiero hacerle.

———————

Grace Jamieson condujo a Kay y Gavin a la biblioteca de Crossways Hall y anunció su llegada a Diane Whittaker, antes de dar un paso a un lado y hacerles un gesto para que entraran en la habitación.

—Gracias, Grace, eso será todo —dijo Diane.

El ama de llaves asintió con deferencia y salió de la habitación, dejando la puerta abierta tras ella.

—Me sorprende que aún tengan preguntas —dijo Diane, volviéndose hacia la estantería a su lado y pasando los dedos por los lomos de los libros—. Pensé que ya habrían agotado todas sus vías de investigación a estas alturas.

Kay ignoró la pulla. —¿Cuándo se anunció por primera vez el compromiso de Sophie con Josh?

—Tan pronto como cumplió dieciséis años. Eso es lo que todos habíamos acordado —dijo Diane.

—¿No había planes para que continuara su educación más allá del instituto?

—Por Dios, no. ¿Para qué? Josh se hará cargo del negocio de su padre algún día y Sophie habría tenido las manos llenas lidiando con una familia joven y llevando la casa.

—¿Aquí, se refiere?

—Por supuesto. ¿Dónde más?

Diane se apartó de la estantería y Kay miró por

encima de su cabeza hacia donde Gavin la miraba con expresión pétrea.

Logró esbozar una pequeña sonrisa, para que su colega supiera que probablemente compartía el mismo sentimiento sobre Diane, y un momento después se sorprendió al darse cuenta de que su propia madre se llevaría bien con esta irritante mujer.

—¿Sophie compartía su amor por los libros?

—No tanto, no. Intenté animarla lo más posible, pero estaba más interesada en comprar ropa y escuchar esa horrible música pop que escuchaban las chicas de su escuela, aunque estaba empezando a inculcarle una mejor apreciación de las bellas artes. Hay que vigilar a estas chicas, ¿sabe? Se dejan llevar con demasiada facilidad.

—¿No contemplaron enviarla a un internado?

Los labios de Diane se tensaron. —Fue a un internado cuando era más joven. Desafortunadamente, el negocio de mi marido no ha ido tan bien como podría haber ido estos últimos años, así que tuvimos que buscar una alternativa. No era una situación ideal, como seguramente entenderá.

Kay hizo un sonido no comprometedor en el fondo de su garganta. —¿Cree que Sophie era alguien que le ocultaría secretos?

—¿Qué quiere decir con eso?

—Todas las adolescentes se rebelan en algún momento. ¿Sabe si Sophie tenía algún lugar donde podría esconder cosas que no quería que usted viera? Es extraño que no encontráramos un diario ni nada en su habitación, eso es todo.

Diane frunció el ceño, abrió la boca para decir algo y luego la cerró de golpe.

Kay sacó la bolsa de evidencias que contenía la llave de la caja de seguridad. —Esto fue encontrado entre las pertenencias de Sophie por nuestro equipo forense. Es de una caja de seguridad en un banco de Maidstone. ¿No pensó en mencionarnos nada sobre una caja de seguridad durante todo este tiempo?

—No se me ocurrió antes, con todo lo demás que estaba pasando. Yo arreglé que tuviera una caja de seguridad en nuestro banco en Maidstone, para que pudiera guardar allí algunas de las joyas que le dejó su abuela.

—¿Tiene usted una llave?

—No. Sophie tenía la única. Yo perdí la mía hace años, pero no me preocupé porque Sophie tenía la otra. Cuando no pude encontrarla el otro día, me di cuenta de que su gente debió haberla tomado cuando estuvieron en la habitación de Sophie. Pensé que simplemente recogería las joyas de mi madre una vez que su gente hubiera devuelto la llave.

—Necesitamos ver qué hay en esa caja, señora Whittaker, con urgencia.

—Oh, claro. Por supuesto. Tendré que consultar mi agenda primero.

La mujer se acercó a una pequeña mesa junto a uno de los sillones y cogió una campanilla de plata. La agitó entre sus dedos. Un suave tintineo llenó la habitación antes de que la volviera a colocar sobre la superficie de la mesa y juntara las manos frente a ella, con una sonrisa benigna en su rostro.

El ama de llaves apareció en la puerta. —¿Ha llamado, Lady Griffith?

—Sí. Tráeme mi bolso de mi dormitorio, por favor.

Kay se dio la vuelta y se concentró en mirar por las puertas del patio hacia la terraza más allá. Sabía que, si cruzaba la mirada con Gavin ahora, estallaría en carcajadas por el esnobismo de la mujer.

El ama de llaves regresó poco después con el bolso, y Diane se acercó a donde Kay estaba mientras rebuscaba en su contenido.

—Aquí está —dijo triunfalmente, y levantó una agenda de cuero—. ¿Cuándo quería ir?

—Hemos hablado con el gerente. Nos encontrará allí a las nueve de la mañana de mañana.

Las cejas de Diane se fruncieron. —¿Por qué tan pronto?

Kay resistió el impulso de suspirar. —Porque, señora Whittaker, estoy tratando de averiguar por qué asesinaron a su hija. Pensé que querría acompañarme, de todos modos, para recoger las joyas de su difunta madre.

—Oh. Muy bien, entonces.

—Excelente, nos vemos mañana. Por favor, asegúrese de que su esposo también esté presente.

Kay logró contener su frustración hasta que ella y Gavin estuvieron de vuelta en el coche.

—Vive en otra época —refunfuñó Gavin—. Casi levanto la mano un par de veces para pedir permiso para hablar.

Kay se rio.

—No está tan mal, supongo. Vive en su propio mundillo.

—Está loca.

—Ah, ahí es donde te equivocas: a la gente con ese dinero no la llamamos "loca", sino "excéntrica".

Gavin resopló y giró el coche de vuelta hacia Maidstone.

—No sé si sentir lástima por ella o si me saca de quicio.

—Es otro mundo, ¿verdad? Toda su vida ha

girado en torno a mantener la casa en la familia, y ahora que Sophie no está, se ha quedado sin nadie…

Kay se interrumpió y levantó la mano para que Gavin no la interrumpiera.

—Espera. ¿Quién se beneficia si Diane vende la casa?

—No me imagino al National Trust tomando medidas tan extremas para hacerse con ella, oficial.

—Muy gracioso. Vamos, ¿quién más?

Gavin se inclinó hacia adelante y bajó el volumen de la radio.

—A Blake Hamilton no le sirve de nada; solo le interesaba la posición social de Sophie. ¿Por qué iba a comprar una casa que necesita tanto mantenimiento cuando tiene una mucho mejor?

—Exacto. —Kay miró por la ventana, percibiendo el aroma de la madreselva que entraba por la rendija que había dejado abierta para que entrara aire fresco—. Tendremos que conseguir algunos detalles del ayuntamiento sobre la tasación de la propiedad. Ese lugar debe de valer una fortuna con todo el terreno que ocupa.

CAPÍTULO 44

A la mañana siguiente, Kay y Gavin esperaban en la acera frente al banco de los Whittaker a que abrieran las puertas principales.

Aún no había señales de los padres de Sophie, y Kay se preguntaba qué estaría pasando entre ellos. En el funeral había sido evidente que su relación no iba bien, y a pesar de conocer la tensión que habían estado soportando desde la muerte de Sophie, no podía evitar preguntarse si el deterioro habría comenzado mucho antes.

El sonido de los cerrojos al descorrerse en la pesada puerta de madera la sacó de sus pensamientos, y se giró cuando una empleada la abrió y la aseguró contra la pared antes de sonreírles.

—Buenos días. ¿Quieren pasar?

—Gracias.

Kay admiró los techos art déco mientras entraba en el fresco interior del edificio. También se habían conservado los paneles originales, con las ventanillas de los cajeros a un lado, cuatro en total.

Una puerta cerrada al final de la sala mostraba un cartel de "Solo personal", advirtiendo de graves consecuencias si algún miembro del público intentaba pasar.

Miró su reloj.

—Las nueve en punto.

—¿Cuánto crees que nos hará esperar Lady Griffith?

—Solo Dios sabe.

La empleada que les había abierto la puerta principal regresó, con una expresión de perplejidad en su rostro.

—¿Puedo ayudarles en algo?

Kay sacó su placa. —Estamos esperando a que alguien se una a nosotros.

—Oh. —Nerviosa, la empleada hizo ademán de alejarse, pero luego se detuvo—. ¿Les apetece un té o un café mientras esperan?

—Eso sería estupendo, gracias.

Media hora después, con los dos cafés ya consumidos, Kay empezaba a preguntarse dónde demonios se habrían metido los Whittaker, cuando Gavin murmuró entre dientes.

—Ya era hora, joder.

Diane y Matthew Whittaker se acercaban hacia ellos, Diane un poco por delante de su marido, como si quisiera llegar primero a los detectives.

—Detective Hunter, siento haberles hecho esperar —dijo—. ¿Llevan mucho tiempo aquí?

Kay miró las tazas de café vacías antes de arquear una ceja. —¿Podemos empezar ya?

Llamó la atención de la empleada que les había servido las bebidas calientes y le pidió que trajera al director.

—¿Está todo bien?

—Sí. Por favor, dígale que Lady Griffith necesita hablar con él.

Kay se giró y se enfrentó a la madre de Sophie. —Supongo que nos llevarán a una sala privada para abrir la caja de seguridad, ¿no?

—S-sí. Eso es lo que suele hacerse. —Forzó una sonrisa—. No se pueden tener las cosas privadas a la vista del personal, después de todo.

La puerta de seguridad al final de la sala se abrió, y un hombre bajo con el pelo negro cuidadosamente peinado se apresuró hacia ellos, su expresión una mezcla de deleite y terror.

Se frotaba las manos mientras se acercaba.

—Lady Griffith, señor Whittaker. Terribles noticias sobre Sophie. Terribles.

—Gracias, señor Parsons. —Diane presentó a Kay y Gavin—. Nos gustaría abrir la caja de seguridad de Sophie, por favor.

—Por supuesto. ¿Tienen la llave?

—La tengo yo —dijo Kay.

—Como cofirmante de la caja de seguridad, Lady Griffith, debo preguntarle si está de acuerdo en que los detectives y su marido la acompañen.

Diane abrió la boca para hablar, pero Kay levantó la mano.

—Lo está.

Diane cerró la boca de golpe, la fulminó con la mirada y luego pareció recuperarse. —Por supuesto, está bien.

—Bien, síganme por favor.

Los condujo a través de la puerta de seguridad, que daba a un pasillo alfombrado con tres oficinas, antes de pasar su tarjeta de acceso y mantener abierta una segunda puerta de seguridad mientras pasaban.

Señaló una mesa y seis sillas. —Si quieren esperar aquí, iré a buscar la caja.

Un silencio incómodo llenó la habitación cuando desapareció, y Kay dejó que así fuera. No tenía deseos de hacer conversación innecesaria, y a veces era mejor simplemente observar a otras personas en lugar de tratar de sacarles información con palabras.

Matthew Whittaker parecía confundido, como si no supiera por qué su esposa lo había convocado a su banco, mientras que Diane mostraba una expresión desafiante y giraba la alianza en su dedo.

El alivio inundó sus facciones cuando el director del banco reapareció con una larga caja de metal negro en las manos.

Cerró la puerta con el codo y luego colocó la caja sobre la mesa, quedándose allí, aparentemente inseguro de si debía dirigirse a Kay o a Diane.

Kay le ahorró la molestia.

—Le avisaremos cuando hayamos terminado, señor Parsons.

Él inclinó ligeramente la cabeza, y Kay se dio cuenta de que era más en deferencia a Diane que a ella.

Esperó hasta que desapareció de la habitación antes de sacar de su bolsillo tres pares de guantes, ofreciendo un par a Diane y pasando el otro a Matthew.

Él se los puso, con el rostro pálido. —No sabía que tuviera algo que ocultar.

Kay se detuvo, con la llave en la mano. —¿No sabía usted de esta caja de seguridad?

Negó con la cabeza y miró a su esposa. —No me lo dijeron.

Diane agitó la mano. —No necesitabas saberlo. Simplemente quería asegurarme de que Sophie tuviera un lugar donde guardar sus reliquias familiares. —Dirigió una sonrisa forzada a Kay—. No tenemos esas feas "cajas fuertes" en casa. Para empezar, estropearían la decoración.

—Póngase los guantes, por favor, Lady Griffith.

Desconcertada, la mujer miró los guantes que tenía en la mano. —¿P-por qué?

—Necesitamos preservar el contenido como evidencia. Nuestros técnicos forenses no estarán contentos si contaminamos todo con nuestras propias huellas dactilares.

Gavin sacó su libreta y un paquete de bolsas de plástico de su chaqueta y los colocó sobre la mesa, listo para registrar todo y etiquetarlo adecuadamente.

Kay giró la llave en la cerradura y levantó la tapa de la caja.

CAPÍTULO 45

Diane Whittaker jadeó.

Los billetes (de cincuenta, veinte y diez libras) habían sido agrupados y asegurados con bandas elásticas antes de ser apilados en filas ordenadas que ocupaban toda la longitud de la caja.

—¿Cuánto hay? —murmuró Gavin con los ojos muy abiertos.

Kay cogió un fajo y lo hojeó, luego bajó la mirada hacia los billetes restantes. —Miles.

—¿Qué hace todo esto ahí? —dijo Diane—. ¿Qué está pasando?

Kay se guardó sus sospechas para sí misma por el momento y, en su lugar, levantó cada fajo antes de deslizarlos por la mesa hacia Gavin. —Regístralos por denominación.

—Sí, oficial.

Mientras Kay sacaba cada fajo de billetes, comenzó a entender para qué estaba realmente utilizando Sophie Whittaker la caja secreta.

—¿Nunca se le ocurrió pedir una nueva llave de repuesto para revisar el contenido de esto? —le preguntó a Diane.

—¡Jamás! Estas son las cosas privadas de mi hija.

—Si no le hubiera mencionado que Sophie podría tener un lugar donde esconder secretos, ¿nos habría informado sobre esto?

—Detective, sé que tiene un trabajo que hacer, pero encuentro su interrogatorio insultante.

—Solo responde la pregunta, Diane —dijo Matthew.

Kay encontró su mirada y le envió un silencioso "gracias" en su dirección.

Si el matrimonio estaba fracasando antes de la muerte de Sophie o se había manifestado en las últimas semanas, no tenía idea. Sin embargo, era evidente que no todo iba bien en el hogar de Lady Griffith.

—¡Pues claro que sí! —Los ojos de Diane pasaron de su marido a Kay—. Sí, se lo habría dicho.

Kay volvió su atención a la caja. Debajo de los billetes, encontró las joyas a las que Diane había aludido. Cada pieza tenía su propia caja de terciopelo y, cuando las abrió, las luces del techo se reflejaron en zafiros, rubíes y otras piedras preciosas.

Kay sacó cada una y se las pasó a Gavin. —Registra estas también.

—Pero…

—Recibirá un recibo por todo, Lady Griffith, no se preocupe. ¿Reconoce todos estos artículos?

—Eran de mi difunta madre. —Diane agitó la mano con desdén y se dio la vuelta.

Kay se aclaró la garganta y señaló las cajas abiertas antes de repetir su pregunta. —¿Reconoce *todos* estos artículos? ¿Hay alguno aquí que no perteneciera a su madre?

Diane apretó la mandíbula, luego bajó la mirada y recorrió las joyas con los ojos. Un pequeño jadeo escapó de sus labios y señaló una pieza con mano temblorosa.

—Nunca había visto eso antes.

Kay tomó una caja de color azul claro y sacó el sencillo anillo de diamantes que estaba anidado dentro de su forro. En comparación con las otras piezas, parecía más nuevo y menos gastado.

—¿Está segura?

—Completamente. —El labio superior de Diane

se curvó—. Mi madre nunca habría usado un diamante de tan baja calidad.

—Anota eso, Gavin.

—Sí, oficial.

Se había colocado un paño estampado debajo de las cajas de joyas y, mientras Kay se las pasaba a Gavin, se dio cuenta de que era un paño de cocina. Al levantar la última caja de joyas, tiró del paño y miró debajo.

—Bingo —murmuró.

Dejó el paño de cocina sobre la mesa y sacó el bloc de papel para escribir, un pegamento en barra y un cuaderno, y se los mostró a Diane.

—¿Ha visto esto antes?

—No. ¿Qué está pasando?

Kay sostuvo el cuaderno a contraluz, pero no pudo ver marcas en las páginas. Hizo rodar el tubo de pegamento hacia Gavin.

—Mete eso en una bolsa de pruebas y pide a Harriet que lo analice en busca de huellas dactilares para compararlo con lo que se usó en las notas de chantaje.

—Lo haré.

—¿Notas de chantaje? —Con voz temblorosa, Diane miró de Matthew a Kay, con los ojos muy abiertos—. ¿Qué está pasando?

—Teníamos sospechas de que Sophie estaba chantajeando a gente. Cada persona recibía cartas exigiendo dinero a cambio del silencio del chantajista de forma regular. Las cartas estaban compuestas por palabras recortadas de periódicos o artículos impresos que luego se pegaban en papel de carta. Igual que esto. Este cuaderno contiene un registro de cada carta enviada, la cantidad de dinero recibida y sus víctimas.

—¿Quiénes son?

—No estoy en libertad de decirlo. Como comprenderá, las personas a las que se dirigió preferirían mantenerlo en privado. —Kay cerró el cuaderno y se lo pasó a Gavin.

Diane se cubrió la boca con una mano temblorosa. —¿Cómo pudo hacer esto?

—Hay de todo en este mundo, Lady Griffith.

—¿Alguien… alguien más sabe que era ella?

—Hablaré con sus víctimas tan pronto como terminemos aquí para confirmar que nuestras sospechas eran correctas.

No dijo que también hablaría con Sharp sobre volver a entrevistar a Blake Hamilton y Duncan Saddleworth, dado que ahora ambos tenían un motivo claro para matar a Sophie.

Diane caminaba por la habitación, retorciéndose las manos. —Oh, Dios mío. Tenemos que mantener esto en secreto, detective. No podemos dejar que nadie se entere. La reputación de mi familia...

—Lady Griffith, estoy en medio de una investigación para averiguar quién mató a su hija. Hablaremos con todos los que hemos entrevistado hasta la fecha para saber si conocían su pequeño esquema.

—No puede. ¡Nunca podré mostrar mi cara en público de nuevo!

—¿Eso es más importante que encontrar al asesino de su hija?

La mujer guardó silencio, su boca moviéndose mientras sus ojos se dirigían al cuaderno en la mano de Gavin. —Dénmelo.

—Eso no va a suceder, Lady Griffith. —Kay señaló el contenido de la caja—. Todo esto se registrará como evidencia.

Extendió la mano y presionó un botón incrustado en la superficie de la mesa, y un suave timbre sonó en el pasillo exterior.

En cuestión de segundos, apareció el director del banco, con expresión esperanzada.

Kay señaló la caja vacía. —Nos llevaremos el contenido con nosotros, señor Parsons. Dadas las circunstancias, le sugiero que haga los arreglos para que Lady Griffith cierre la cuenta y así ya no tenga que pagar por este servicio.

—Esperaré en el coche —dijo Matthew, y salió furioso de la habitación.

Nervioso, el gerente del banco se apresuró a seguirlo, prometiendo traer los formularios necesarios para que Diane los firmara a su regreso, y Kay se ocupó de ayudar a Gavin a registrar y embolsar las joyas, el cuaderno y el dinero en efectivo.

Cuando volvió, el gerente del banco colocó los formularios sobre la mesa y le entregó a Diane una pluma estilográfica, indicándole dónde debía firmar.

Refunfuñando entre dientes, ella se la arrebató de la mano y garabateó su firma en la parte inferior de la página, con la mano curvándose sobre sí misma en un ángulo incómodo mientras firmaba un formulario tras otro.

—Mi marido normalmente se encarga de este tipo de cosas.

—Me temo que, como usted abrió la cuenta con su hija, necesitamos su firma para cerrarla —dijo Parsons—. Le pido disculpas.

Completadas las formalidades, los condujo de vuelta por el pasillo hasta la sala principal del banco, donde los cajeros ahora estaban ocupados con un flujo constante de clientes que entraban por las puertas.

—¿Eso es todo, detective?

Kay asintió. —Gracias, Lady Griffith. Nos pondremos en contacto.

—No me cabe duda de que lo harán. —Diane fulminó a Gavin con la mirada y lo señaló con el dedo—. Asegúrese de que todas esas joyas sean devueltas intactas. Sé exactamente lo que mi difunta madre le regaló a mi hija.

Giró sobre sus talones y salió del banco sin mirar atrás.

—Qué encanto —dijo Gavin.

CAPÍTULO 46

Kay se quedó a un lado en un escalón de ladrillo visto mientras Barnes tocaba el timbre y miraba a través del cristal esmerilado de la puerta principal.

—Deberían estar en casa —dijo—. Llamé a su madre para avisarle que querías hablar con Eva.

Después de revisar la declaración que Eva Shepparton había dado a Barnes y Gavin, y los sucesos posteriores desde el descubrimiento de que Sophie Whittaker estaba embarazada cuando fue asesinada, Kay quería hablar con la adolescente en persona.

Barnes había dicho en su momento que sentía que la chica les estaba ocultando algo, y Kay se inclinaba a estar de acuerdo.

Sabía que se le escapaba algo, algo que lo

conectaba todo, pero no podía imaginar qué era, y eso le molestaba.

Se sacudió de sus pensamientos cuando la puerta principal se abrió y una mujer de unos cuarenta y tantos años se asomó.

—¿Señora Shepparton?

El rostro de la mujer se suavizó un poco cuando reconoció a Barnes.

—Detective. Disculpe la espera. ¿Quieren pasar?

—Gracias. Esta es mi colega, la oficial de policía Kay Hunter.

—Hola.

La mujer estrechó la mano de Kay y luego señaló hacia el final del pasillo.

—Pensé que podríamos charlar en la cocina, detective Barnes. ¿Quieren pasar?

—Gracias.

Kay siguió a Barnes por un pasillo decorado con colores brillantes, con una escalera a la izquierda contra la pared donde la casa se unía a la de al lado. La puerta principal se cerró de golpe tras ellos y la madre de Eva les gritó por encima del hombro.

—Acabo de poner la tetera. Tomen asiento y les prepararé algo caliente. Detective Hunter, esta es mi hija, Eva.

Cuando Kay entró en la cocina, sus ojos se

posaron en la delgada adolescente sentada en la encimera, con sus ojos marrones abiertos de par en par ante la vista de los dos policías.

—Hola, Eva. ¿Me recuerdas? Soy el detective Ian Barnes.

—Hola.

—Esta es la detective Kay Hunter. Es mi jefa. ¿Te importaría responder algunas preguntas para ella? —Levantó las manos disculpándose y miró a la señora Shepparton—. Es sobre cosas de chicas, así que, si les parece bien, podría tomarme mi taza de té y salir al jardín, ¿si eso las haría sentir más cómodas?

—Gracias, Ian —dijo Kay. Sonrió a Eva—. Está bien. No estuve aquí cuando él habló contigo la última vez, así que solo quiero repasar algunas cosas de tu declaración original para aclararlas. Espero que puedas ayudarme a descubrir quién es responsable del asesinato de Sophie. ¿De acuerdo?

La chica miró por encima de su hombro a su madre, quien le dio un asentimiento tranquilizador, y luego se volvió hacia Kay y Barnes.

—De acuerdo.

—Estupendo.

Barnes tomó la taza de té humeante de manos de la madre de la chica y se dirigió a la puerta trasera de la cocina.

—Nos vemos en un rato.

Kay esperó hasta que la puerta se cerró tras él, luego tomó el taburete que la señora Shepparton le indicó, asintió en agradecimiento y abrió su cuaderno.

—Eva, cuando mis colegas hablaron contigo, les indicaste que Sophie estaba embarazada.

—Lo estaba, es la verdad.

—Lo sabemos. El asunto es que necesitamos averiguar quién más lo sabía. Obviamente, Sophie te lo dijo porque eras una buena amiga suya y podía confiar en ti, pero ¿sabes si se lo dijo a alguien más?

Eva negó con la cabeza.

—Se había enterado apenas el día anterior. Creo que todavía estaba en shock.

—¿Puedes recordar sus palabras exactas ese día cuando te lo dijo?

La chica frunció el ceño.

—Dijo que estaba asustada, y le pregunté por qué. Pensé que estaba nerviosa por hacer el voto de pureza, pero luego dijo que se había hecho una prueba de embarazo el día anterior y había dado positivo. Dijo "me matarán cuando se enteren", y supuse que se refería a su madre y su padre porque, bueno, habían gastado tanto dinero en la ceremonia y todo. O sea, sé que su madre puede ser una vieja tonta…

—¡Eva!

Kay levantó la mano hacia la madre de Eva e hizo un gesto a la adolescente para que continuara.

—Bueno —dijo, y se encogió de hombros—. Lo es. Pero le dije a Sophie que no importaba. Para entonces, ya me había dicho que planeaba escaparse con Peter.

—¿Sabías sobre eso?

La chica asintió, y luego se sonrojó.

—La ayudé a mover parte de su ropa de Crossways Hall a la casa de él.

Kay hizo una pausa y tomó nota en una página en blanco. La chica ya le había dicho más de lo que le había contado a Barnes y Gavin.

—¿Sabes quién era el padre, Eva?

Sus ojos se encontraron con los de Eva mientras la chica se balanceaba hacia atrás en su taburete, con la boca abierta.

Kay esperó.

Finalmente, los hombros de la adolescente se hundieron.

—Está bien, cariño, puedes decírselo a la detective —dijo la señora Shepparton. Extendió la mano y tomó la de su hija entre las suyas—. Solo di la verdad. Quieres ayudar a Sophie, ¿verdad?

Una lágrima gruesa escapó del ojo izquierdo de Eva y rodó por su mejilla. Retiró su mano de la de su madre y se limpió la cara antes de que un escalofrío sacudiera su cuerpo y levantara la mirada hacia Kay.

—Dijo que creía que Duncan era el padre.

—¿El sacerdote?

La exclamación sorprendida de la señora Shepparton hizo eco al pensamiento que rebotaba en la cabeza de Kay.

—¿Te refieres a Duncan Saddleworth?

—Sí. —La voz de la chica temblaba—. Sabía que a Sophie le gustaba. Dijo una tarde cuando lo vimos pasar por el pueblo que era guapo. "Alguien de quien cuidarse", dijo. —Eva resopló—. Ni por un momento pensé que quería decir que también iba a tener sexo con él.

Negó con la cabeza y luego estalló en llanto.

Kay esperó mientras la madre de la chica la abrazaba y la calmaba antes de volver a tomar su pluma.

—Después de que te dijo quién era el padre, ¿qué más dijo Sophie?

Eva negó con la cabeza.

—Nada. Su madre apareció en la terraza preguntando dónde estaba la señora Jamieson. Nos asustamos, se lo aseguro… pensamos que nos había escuchado, pero no dijo nada. La ama de llaves llegó unos segundos después de todos modos, y ambas desaparecieron. Para entonces, Sophie se había encerrado en sí misma. No me contó nada más.

Y no tuvo la oportunidad de hacerlo, pensó Kay.

—Eva, has sido de gran ayuda hoy —dijo Kay mientras se levantaba del taburete de la cocina y le hacía una seña a Barnes a través de la ventana para que regresara.

Mientras la señora Shepparton los acompañaba a la puerta principal, Kay bajó la voz.

—¿Cómo está sobrellevando su hija las circunstancias?

Los labios de la mujer se fruncieron.

—Lo mejor que puede. Encuentre a quien le hizo eso a su mejor amiga, detective. Eso la ayudará. Quiere ver al asesino de Sophie tras las rejas.

—Nosotros también.

CAPÍTULO 47

Kay se apoyó contra la puerta del coche y se tomó un momento para respirar el aire fresco de la mañana.

El coche de Duncan Saddleworth estaba aparcado a un lado de la iglesia, y había visto a dos de las mujeres que habían estado armando los arreglos florales la primera vez que estuvo en la iglesia, aunque ellas no la habían visto a ella. Habían salido por las puertas, charlando animadamente mientras llevaban escobas antes de desaparecer por la esquina del edificio.

Ella había aparcado lejos del lugar de culto, a lo largo del camino y en un ángulo desde el que podía ver las puertas principales del edificio, así como una puerta más pequeña que suponía que conducía desde la sacristía donde había hablado con Saddleworth al principio de la investigación.

—¿Cómo quieres hacer esto, oficial?

Carys cerró el vehículo y se acercó para unirse a ella, estirando el cuello para mirar el campanario que proyectaba una sombra sobre la explanada delantera de los terrenos de la iglesia.

—Le pediremos que vaya a la comisaría. Aún no se le ha entrevistado formalmente, y preferiría no tener que repetirme.

—Suena bien. ¿En la nuestra o en la suya?

Kay echó un vistazo al hatchback azul al lado de la iglesia. —Puede reunirse con nosotras allí. No me da la impresión de que vaya a huir. No cuando sabemos dónde vive y dónde trabaja.

—¿Crees que él la mató?

—No lo creo, no. Pero *sí* quiero llegar al fondo de lo que Sophie estaba tramando.

—¿Crees que su chantaje a los tres fue lo que la llevó a la muerte?

—No estoy segura. —Se apartó del coche—. Solo hay una forma de averiguarlo.

Se dirigió hacia la iglesia mientras las puertas se abrían una vez más y apareció Duncan Saddleworth, con una expresión agobiada en el rostro.

Sus hombros se hundieron cuando notó que las dos detectives se acercaban.

—Oficial Hunter.

—Buenos días, señor Saddleworth.

Él levantó el maletín que llevaba en la mano y señaló hacia su coche. —Estaba a punto de ir a casa a hacer mi papeleo allí. ¿Necesitaban algo?

—En realidad, nos gustaría que viniera a la comisaría.

—¿Qué? ¿Por qué?

—Hemos obtenido más evidencia en relación con el asesinato de Sophie Whittaker. —Kay bajó la voz al ver que las dos mujeres reaparecían, con los ojos como platos ante la presencia de la policía—. Nos gustaría hablar con usted con cierta urgencia. Lejos de miradas indiscretas y de oídos curiosos.

Duncan miró por encima de su hombro a las dos limpiadoras, que se apresuraron a entrar por las puertas de la iglesia con expresiones culpables en sus rostros.

Suspiró. —No es mala idea, detective.

———

Duncan tomó la taza de café humeante que le ofreció Carys y la colocó sobre la mesa entre ellos mientras

Kay presionaba el botón de "grabar" y recitaba la advertencia formal para que comenzara la entrevista.

Se había colgado la chaqueta en el respaldo de su silla, maldiciendo en silencio el temperamental aire acondicionado que evidentemente iba a empezar a fallar con la llegada del verano, y abrió la carpeta que tenía delante.

—¿Cuándo empezó a recibir las cartas del chantajista, señor Saddleworth?

Él se echó hacia atrás en su asiento, atónito. —¿Cómo saben ustedes de eso?

—Por favor, responda a la pregunta.

Se pasó una mano por la boca y luego se inclinó hacia adelante y acunó la taza de café entre sus manos, con la mirada baja.

—Empezó hace unos dos meses, quizás un poco más.

—¿Sabía usted que había otros que estaban siendo chantajeados?

Asintió.

—Necesito saber quiénes.

—Blake Hamilton.

—¿Alguien más?

Negó con la cabeza.

—Señor Saddleworth…

—Llámeme Duncan.

—Gracias. Duncan, nos alertó de su chantaje un tal Felix Ashgrove, residente de Tonbridge.

Un jadeo escapó de sus labios. —¿Felix?

—¿Puede confirmar que lo conoce?

—Sí.

—¿Cuál era su relación con el señor Ashgrove?

Su nuez de Adán se movió antes de que se sonrojara. —Nosotros… tuvimos un pequeño romance mientras estudiaba en Oxford.

—¿Cuándo fue la última vez que lo vio?

—A finales de los noventa.

—¿Pero ha hablado con él recientemente?

Saddleworth bajó la mirada. —Sí. ¿Él se lo dijo?

—Vio su cara en el reportaje de noticias sobre el funeral de Sophie y nos llamó por teléfono. ¿Es Blake Hamilton la razón por la que fue a Connecticut después de terminar su período de voluntariado?

—Sí.

—¿Sabía que estaba casado en ese momento?

—Sí. —Levantó la cabeza, con una expresión miserable en su rostro—. Solo ocurrió una vez después de que dejamos Oxford. Él se había ido meses antes de que yo partiera hacia Sudamérica. Su partida fue en parte la razón por la que tomé la decisión de que tenía que seguir con mi vida. Luego escuché un rumor de que estaba en Bridgeport, así que fui allí. Solo ocurrió una vez, detective, tiene que creerme. Fue cuando llegué por primera vez a los Estados Unidos. Después de eso, nunca volvió a suceder y nunca hablamos de ello. Ninguno de los dos podía permitirse el daño a nuestras reputaciones.

—¿Sabe quién lo estaba chantajeando?

—Creía saberlo.

—¿Quién?

—Sophie Whittaker.

—¿Por qué?

Se encogió de hombros. —Solo puedo imaginar que encontró una vieja foto que guardaba de nuestros días en Oxford en el cajón de mi escritorio en la sacristía. Nos muestra a los tres juntos en una fiesta; yo estaba besando a Blake. Siempre la mantengo bajo llave, ya ha visto cómo son las limpiadoras. Un día, alrededor de la época en que ella empezó a preguntar sobre el voto de pureza, tuve que atender una llamada telefónica y la dejé sola en la sacristía. Cuando regresé, tenía una expresión de suficiencia en el rostro. Supe que algo andaba mal, pero no fue hasta que se marchó que me di cuenta de que había dejado la llave en la cerradura. No faltaba nada, pero después de recibir la primera carta, me di cuenta de lo que había hecho.

—¿Mató usted a Sophie Whittaker?

Sus ojos se agrandaron. —¡No!

—Hemos revisado las declaraciones tomadas la noche de su asesinato, Duncan. No se le pudo encontrar por ninguna parte después de la ceremonia.

—Eso es porque me disculpé y me fui. Tenía que levantarme temprano para el servicio del día siguiente.

Kay asintió a Carys, quien deslizó el cuaderno que habían encontrado en la caja de seguridad.

—Descubrimos una caja de seguridad a nombre de Sophie. Las anotaciones en este cuaderno sugieren que Sophie los estaba chantajeando a todos ustedes regularmente; sin embargo, usted fue el único que pagó.

—¿Qué?

—Solo puedo suponer que la idea de ser chantajeado no le molestaba a Blake Hamilton. Felix Ashgrove ciertamente no estaba preocupado por su reputación. ¿Por qué pagó usted?

—Tenía miedo. —Pasó una mano temblorosa por su rostro—. Hubo… hubo una pequeña indiscreción hace un año más o menos y, si algo más sucedía, me habrían echado de mi iglesia. —Sus ojos se volvieron suplicantes—. No tengo otro lugar adonde ir, detective.

—¿Qué tipo de "pequeña indiscreción", señor Saddleworth?

Se sonrojó. —Tuve una relación con una miembro más joven de mi congregación. Mujer.

—¿Era menor de edad?

—¡No!

—¿Ha habido otras indiscreciones como esa?

—Solo una —murmuró.

—¿Quién?

Levantó la mirada, sus ojos llenos de miseria. —Sophie Whittaker.

—¿Cuándo?

—No fue mi intención.

—¿Cuándo?

—Hace unos cuatro meses. Se quedó hasta tarde un sábado por la noche, supuestamente para preguntarme sobre su voto de pureza. Ella me sedujo, detective.

—¿Volvió a ocurrir?

—No, solo esa vez. Yo… me di cuenta de que probablemente me estaba utilizando. Para alguien tan joven, ciertamente tenía una reputación.

Kay reprimió su ira y en su lugar escribió una nota en el interior de la carpeta. Si Duncan

Saddleworth se acostó con Sophie Whittaker hace cuatro meses, entonces definitivamente no era el padre de su hijo, a pesar de lo que Sophie pensaba.

La mente de Kay volvió a lo que Carys había mencionado de pasada hace semanas: que las chicas que hacían un voto de pureza a menudo eran ignorantes sobre el sexo seguro o cualquier otro tema de planificación familiar. Simplemente no se hablaba de ello en esas comunidades eclesiásticas cerradas.

—¿Cómo logró permitirse mantener los pagos del chantaje? No puedo imaginar que la iglesia pague un salario tan alto.

Saddleworth tamborileó con los dedos sobre el escritorio por un momento, y luego se hundió en su silla. —Ya no importa que lo sepan. Blake Hamilton me pagó para asegurarme de que la ceremonia del voto de pureza de Sophie y su compromiso con Josh siguieran adelante. Estaba preocupado de que ella cambiara de opinión.

—¿Cuánto?

—Lo suficiente como para no tener que preocuparme por cumplir con las demandas del chantajista.

—¿Cuánto dinero pagó en respuesta a las cartas?

—Hasta la noche en que Sophie murió, nueve mil seiscientas libras.

Kay cruzó una mirada con Carys. La suma coincidía con lo que habían encontrado en la caja de seguridad.

—Pagué otras mil quinientas libras hace nueve días.

Kay frunció el ceño. —¿Hace nueve días?

—Sí. —Su labio superior se curvó—. Verá, detective, yo *pensaba* que era Sophie Whittaker quien me chantajeaba porque había descubierto lo de Blake Hamilton y Felix Ashgrove. Pensé que era porque me había seducido. Evidentemente, estaba equivocado. Todavía me están chantajeando.

—¿Tiene la carta?

En respuesta, metió la mano en el bolsillo de su chaqueta y sacó un sobre arrugado antes de deslizarlo por la mesa.

Carys cruzó una mirada con Kay y se puso un par de guantes antes de coger el sobre y extraer la página del interior.

Una vez más, la nota había sido construida con palabras recortadas de artículos de periódicos impresos, exigiendo dinero a cambio del secreto sobre los asuntos de Duncan.

—¿Es esta la carta que llegó después de la muerte de Sophie?

Asintió, sus ojos llenos de miseria. —Sí.

—Tendremos que quedarnos con esto, señor Saddleworth. —Kay se acercó a la máquina de grabación, con el dedo suspendido sobre el botón de "pausa".

—Entrevista terminada.

CAPÍTULO 48

—¿Vas a pedirle que baje a la comisaría?

Barnes miró a través del parabrisas mientras la casa de Blake Hamilton aparecía a la vista, y accionó la palanca del intermitente en la columna de dirección.

—No. No creo que sea necesario. Para empezar, no le sentaría bien a Larch.

Kay se removió en su asiento hasta que pudo alcanzar el cuaderno en su bolso y hojeó las páginas una vez más. —Lo que quiero averiguar es si Hamilton ha estado recibiendo cartas desde que Sophie murió, como Duncan Saddleworth. —Se detuvo en la última página del cuaderno para incluir la letra de Sophie—. Quien sea que fuera, no sabía de los hábitos de registro de Sophie. Era meticulosa.

—Así que alguien se enteró del chantaje y cuando Sophie murió, decidió que sería una buena manera de ganar dinero.

—Sí. Cuando terminemos aquí, ¿puedes ir a hablar con Peter Evans de nuevo? Tengo la sensación de que aún no nos ha contado toda la historia. Ve con calma, probablemente está tratando de proteger la reputación de Sophie. Creo que realmente la amaba.

—Lo haré. ¿Qué estás pensando?

Kay golpeó con el pulgar el lateral del cuaderno. —Uno de ellos no nos está contando todo. —Suspiró —. Es como si todos tuvieran secretos, y solo estamos arañando la superficie. Quiero decir, ¿por qué Duncan Saddleworth sería el único en pagarle? Tener una relación homosexual cuando estaba en la universidad no parece una razón lo suficientemente fuerte. Tiene que estar pasando algo más.

Barnes gruñó en respuesta, luego frenó frente a la casa y salió del coche, estirándose hacia el asiento trasero para coger su chaqueta antes de echársela sobre los hombros.

Kay guardó el cuaderno en su bolso y se unió a él mientras caminaba por la grava hacia la puerta principal.

El rostro de Blake Hamilton se torció en una

mueca cuando abrió la puerta y encontró a los dos detectives en su entrada.

—Esto se está volviendo tedioso, detective Hunter.

—No le entretendremos mucho, señor Hamilton. Hemos tenido algunos avances en nuestra investigación de los que nos gustaría hablar con usted. —Sonrió—. Podemos hacerlo aquí o en la comisaría. Usted elige.

Él retrocedió y mantuvo la puerta abierta. —Pasen.

—Gracias.

—Mi esposa no está. Se ha llevado a Josh a pasar el día fuera. De compras, o algo así. —Los guio hasta la amplia sala de estar, pero se detuvo antes de ofrecerles asiento.

—No le quitaré mucho tiempo, señor Hamilton. —Kay sacó el cuaderno de Sophie de su bolso—. Me gustaría preguntarle sobre las cartas de chantaje que ha estado recibiendo durante los últimos dos meses.

Blake dio un paso atrás, su rostro enrojeciendo. —¿Cómo demonios sabe sobre eso?

—¿Tiene alguna idea de quién le estaba chantajeando?

—Tenía mis sospechas.

—¿Era usted consciente de que alguien más estaba siendo chantajeado al mismo tiempo?

—Supongo que la única razón por la que están aquí es porque Duncan Saddleworth les dijo que yo también estaba siendo chantajeado.

—Eso es correcto. También había un tercer hombre siendo chantajeado. ¿Conocía a Felix Ashgrove?

—Dios, hace mucho tiempo. Era un tipo con el que Duncan estuvo involucrado en Oxford. No he oído mencionar su nombre en años. —Señaló el cuaderno en la bolsa de plástico en la mano de Kay—. ¿Qué es eso?

—Ayer nos informaron sobre una caja de seguridad que se había pasado por alto anteriormente. Este cuaderno estaba dentro, junto con mucho dinero, y papel de carta que Duncan Saddleworth confirma que coincide con el de las cartas que había estado recibiendo hasta hace poco. Este cuaderno contiene un registro de las cartas enviadas a usted, a Felix y a Duncan.

—No me ha dicho quién era, detective. ¿El chantajista?

—Sophie Whittaker.

Resopló, un sonido explosivo que terminó en una

risa amarga. —Vaya, y yo que pensaba que su madre era una zorra manipuladora.

—El problema es, señor Hamilton, que, aunque las entradas en este cuaderno terminan el día antes de que Sophie fuera asesinada, las cartas al señor Saddleworth no se han detenido. ¿Era usted consciente de esto?

Inclinó la cabeza. —Duncan me mencionó que había recibido otra carta. Parecía convencido de que cuando Sophie muriera, las cartas también se detendrían. —Levantó la mirada hacia ella—. No tengo idea de quién está chantajeando a Duncan ahora.

—¿Usted no ha recibido ninguna otra carta?

—No.

—¿Qué hizo con las que recibió antes de que Sophie muriera?

—Las destruí. No tenía intención de pagar, pero tampoco quería que mi esposa se enterara.

—¿Por qué le pagó a Saddleworth para asegurar que el voto de pureza se llevara a cabo?

Hamilton tuvo la decencia de sonrojarse, aunque se recuperó rápidamente. —Lo vi como una inversión de negocios —dijo—. Sabía que Duncan necesitaba el dinero. El acuerdo nos convenía a ambos.

Los ojos de Kay se entrecerraron. —¿Y si Sophie decidía que no quería seguir adelante?

—Bueno, no lo hizo, ¿verdad? Ella tomó el voto. —Sus labios se tensaron—. Le agradecería, detective, si esta conversación quedara entre nosotros. Courtney no sabe sobre mí y Duncan. Preferiría que siguiera así.

—Si esta conversación no tiene relación con el asesinato de Sophie Whittaker, entonces lo consideraré. Pero no hago promesas.

—Gracias, detective. Le debo una.

CAPÍTULO 49

Mientras Kay salía de la comisaría y se dirigía hacia el río, sacó su teléfono móvil y se desplazó por la lista de contactos antes de presionar el botón de llamada.

Peter Evans contestó antes del tercer tono, con voz cansada.

—Detective Hunter.

Kay no se detuvo en formalidades.

—¿Le diste un anillo a Sophie Whittaker?

—Sí. Aunque se negó a usarlo. Dijo que tenía que mantenerlo en secreto.

—¿Puedes describirlo?

—Era una banda de oro con un diamante solitario. Me tomó cuatro semanas ahorrar para comprarlo. Incluso hice horas extras. Sé que probablemente estaba acostumbrada a joyas más caras, pero era todo lo que podía permitirme. Quería que lo tuviera ya, e íbamos a casarnos en Francia.

—Lo encontramos en una caja de seguridad que Sophie tenía en un banco aquí en Maidstone.

Exhaló, su alivio era evidente.

—Me preguntaba dónde había ido a parar. Pensé que tal vez su madre lo había encontrado.

—Su madre no sabía nada al respecto —dijo Kay—. Se sorprendió bastante al verlo. Me encargaré de que te lo devuelvan lo antes posible.

—Gracias.

Kay terminó la llamada, luego aceleró el paso y serpenteó más allá de los muros de piedra del Bishop's Palace y bajó hacia el sendero que corría junto al río. Se detuvo un momento y observó a un par de patos que nadaban a través del agua, cuatro líneas diagonales siguiéndolos en su estela, antes de girar a la derecha y volver en dirección al pueblo.

Una mujer con un niño pequeño apareció frente a ella, y Kay se hizo a un lado para dejarlos pasar por el estrecho camino.

La mujer sonrió y murmuró su agradecimiento, antes de que su atención fuera captada por una alegre risita de su hija al ver las aves acuáticas al otro lado del río.

Kay pensó en Matthew y Diane Whittaker, teniendo que recoger a su hija de la morgue y organizar un funeral, y se dio cuenta de que, a pesar de su propia pérdida, no podía imaginar lo que debió haber sido para los padres de la joven de dieciséis años tener que soportar semejante tragedia.

Fue sacada de sus pensamientos por el sonido de su teléfono móvil. Sacándolo de su bolsillo, frunció el ceño al ver el número de Sharp en la pantalla.

—¿Jefe?

—Te necesito de vuelta en la comisaría. ¿Dónde estás?

—Abajo junto al río, tomando aire fresco. ¿Qué sucede?

—Matthew Whittaker acaba de presentarse aquí exigiendo hablar con nosotros. Dice que cree que su esposa asesinó a su hija.

—Voy para allá.

Kay metió el móvil de vuelta en su bolsillo y salió corriendo.

Al llegar a la comisaría, pasó su tarjeta y entró de golpe por las puertas, subió las escaleras de dos en dos y se lanzó a la sala de incidentes.

La conversación de Sharp con Carys murió en el aire cuando la vio acercarse.

—¿Qué está pasando? —dijo, tratando de recuperar el aliento.

—Lo tenemos en la sala de interrogatorios uno —dijo mientras ella se quitaba la chaqueta y la colgaba en el respaldo de su silla—. Harás el interrogatorio conmigo. No hemos podido localizar a Larch por el momento, así que Carys le dejó un mensaje.

—¿Cómo quieres hacer esto?

—Lo dejaremos hablar, veremos qué tiene que decir.

Kay asintió y lo siguió fuera de la habitación.

—Tengo la sensación de que el matrimonio está en problemas, jefe.

—De acuerdo, ¿así que esto podría ser solo por venganza, es eso lo que estás diciendo?

—Es algo que tenemos que tener en cuenta, sí.

—Está bien, buen punto.

Él lideró el camino escaleras abajo hacia la suite de interrogatorios y pasó su tarjeta por el panel de seguridad.

—No nombró a su propio abogado, así que conseguí que uno de los abogados de oficio asistiera. Quiero que esto se haga correctamente, Kay. Si está diciendo la verdad, no quiero que Larch nos respire en la nuca por no seguir el procedimiento.

—Entendido.

Puso su mano en la puerta de la sala de interrogatorios y arqueó una ceja.

—¿Lista?

—Lista.

CAPÍTULO 50

Matthew Whittaker estaba sentado, con los brazos cruzados sobre el pecho y la mirada baja cuando Kay y Sharp entraron en la sala de interrogatorios.

Kay permaneció en silencio mientras tomaba asiento junto a Sharp, y esperó hasta que este hubiera presionado el botón de grabación y advertido formalmente a Whittaker sobre sus derechos.

Sharp hizo un breve gesto con la cabeza al abogado y luego juntó las manos sobre la mesa e inclinó el cuerpo hacia delante.

—Bien, señor Whittaker, cuando llegó al mostrador de recepción hace cuarenta minutos, le dijo a nuestro sargento de guardia que deseaba hacer una declaración, ¿es correcto?

—Así es. Creo que mi esposa asesinó a nuestra hija.

—Esa es una acusación muy grave, señor Whittaker.

El hombre parpadeó.

Kay extendió sobre la mesa los informes anuales que Carys había compilado para el negocio de Matthew Whittaker, girándolos para que las filas de números quedaran frente al padre de Sophie.

—Ha tenido algunos altibajos en los negocios, señor Whittaker. —Señaló con el dedo un documento que databa de varios años atrás—. Casi se declaró en bancarrota por la burbuja de las puntocom, pero siempre ha logrado salir adelante.

—Soy bueno en lo que hago.

—No lo dudo. La pregunta es: ¿es lo suficientemente bueno? —Golpeó suavemente los informes más recientes—. Me parece que estos días apenas se mantiene a flote. ¿Cómo está afectando eso a su relación con Diane?

—¿Qué? ¿Qué tiene que ver eso con esto?

—Responda a la pregunta, señor Whittaker —dijo Sharp.

Matthew suspiró. —Está bien, supongo que Diane probablemente se lo dirá. Nuestro matrimonio se acabó. —Se pasó una mano por la cabeza—. No iba muy bien antes de perder a Sophie, pero desde entonces se ha deteriorado.

—Eso puede ocurrir en las familias de las víctimas —dijo Sharp—. ¿Están buscando ayuda?

El hombre negó con la cabeza. —Honestamente, a menos que implicara ayuda financiera, a Diane no le interesaría. —Se reclinó en su silla—. No, creo que ella ha llegado a la conclusión de que ha logrado exprimirme todo lo que valgo para ella; mi negocio está en apuros, tiene razón en eso, detective, y ahora está buscando ayuda en otra parte.

—¿Qué hay de su herencia? —dijo Kay—. Cuando el conde murió, ¿no les dejó nada?

—¿Él? —Whittaker soltó una risa amarga—. Ni una mínima chance. Debería haber visto la cara de Diane cuando se leyó el testamento; el hombre había acumulado tantas deudas de juego que tuvo que hipotecar la casa para pagarlas. Tuvo suerte de tener un techo sobre su cabeza. —Juntó las manos sobre la mesa—. A veces desearía que hubiera perdido la casa.

—¿Qué hay de su madre?

—La madre de Diane murió una semana después que el conde. Diane siempre sostuvo que fue por un corazón roto, pero lo más probable es que fuera el consumo de ginebra lo que acabó con la vieja bruja.

—¿Sophie estaba al tanto de sus problemas matrimoniales?

Se le llenaron los ojos de lágrimas y se las secó con rabia. —Nunca se trató de Sophie. Siempre se trató de intentar salvar la maldita casa de Diane. ¿Sabe que se está cayendo a pedazos? Gasté cada centavo que gané intentando renovar el lugar, pero se está pudriendo de adentro hacia afuera —resopló, bajando la mirada a la mesa entre ellos—. Igual que la mujer con la que me casé.

—Señor Whittaker, el hecho de que su matrimonio se esté desmoronando no es la razón por la que está acusando a su esposa de asesinato, ¿verdad? ¿Qué pruebas tiene?

Whittaker se encogió de hombros, pero no dijo nada.

—¿Cómo es su relación con los Hamilton, señor Whittaker?

—¿Relación?

—Sí. ¿Socializaban con ellos fuera de sus obligaciones con la iglesia?

—Bueno, sí, nos encontrábamos en diferentes eventos relacionados con mis negocios y los de Blake, y ocasionalmente cenábamos juntos.

—Pero iba más allá de eso, ¿no es así? Blake

Hamilton iba a ayudar a sacar a flote su negocio una vez que Sophie se comprometiera con su hijo.

Los ojos de Whittaker se dirigieron a su regazo.

—Me enteré de eso solo después de que Sophie muriera. Era algo que él y Diane habían arreglado.

—¿Cómo le hizo sentir eso?

—¿Sentir? —Su cabeza se levantó de golpe, su expresión incrédula—. ¿Cómo cree usted que me hizo sentir? ¡Había vendido a nuestra hija! Mi niña. La odié por eso. Todavía la odio por eso. ¿Sabe lo que hicimos esta mañana, detective?

Kay negó con la cabeza, pero permaneció en silencio.

—Estábamos discutiendo nuestro divorcio. Me declaré en bancarrota esta mañana, y aparentemente eso es demasiado vergonzoso para Diane y sus malditos aires de grandeza.

Se frotó los ojos y se hundió en su asiento, el agotamiento inundando sus facciones.

—¿Qué le hace pensar que Diane mató a su hija?

—Debe haberse enterado de que estaba durmiendo con Peter y que estaba embarazada.

—Sin embargo, parecía tan sorprendida como usted al enterarse del embarazo de Sophie —dijo Sharp.

Whittaker resopló. —Es una gran actriz, Diane.

Muy convincente. Ya le he dicho a su colega aquí —dijo, haciendo un gesto con la mano en dirección a Kay—, Diane fue a una escuela de teatro en Londres. Créame, he visto cómo puede convencer a la gente.

Sharp suspiró e inclinó el cuerpo hacia el equipo de grabación. —Entrevista terminada a las tres y quince —dijo.

CAPÍTULO 51

—¿Qué demonios está pasando, Sharp?

La voz de Larch resonó en las paredes del pasillo mientras se dirigía a zancadas hacia el equipo reunido fuera de las salas de interrogatorio.

Kay se detuvo, con la mano apoyada en el marco de la puerta de la sala de observación donde Barnes y Gavin estaban sentados, habiendo observado el interrogatorio a Matthew Whittaker para proporcionar comentarios.

Carys se quedó en el umbral, con los ojos muy abiertos.

—Tenemos sospechas razonables para traer a Diane Whittaker para un interrogatorio formal —dijo Sharp, con voz tranquila mientras el inspector jefe lo miraba fijamente—. Su esposo ha sugerido que ella mató a Sophie.

—¿Por qué demonios Lady Griffith mataría a su propia hija? —dijo Larch.

—No sabemos si lo hizo —dijo Kay—. Pero ciertamente ha sido una mujer ocupada, eso es seguro.

—Explíquese, Hunter —dijo Larch—, y hágalo rápido. —Miró fijamente a Kay antes de volver su atención a los monitores de la sala de interrogatorios, con las manos metidas en los bolsillos y la mandíbula apretada.

Kay respiró hondo. —Bien, así es como lo veo. De alguna manera, Diane llega a un acuerdo con Blake Hamilton de que él la ayudará con el mantenimiento continuo de Crossways Hall, si ella acepta hacer que Sophie se case con Josh. De esa manera, ella mantiene la casa familiar, y Blake consigue para su hijo el prestigio aristocrático que tanto anhela cultivar.

—Y todos viven felices para siempre.

—Sí, pero Sophie queda embarazada. Entra en pánico: de repente se enfrenta a la realidad de que está metida en un lío hasta el cuello. Está a punto de hacer un voto de pureza para permanecer casta hasta que se case, está haciendo ese juramento el mismo día que se compromete con Josh Hamilton, y no puede hablar con nadie al respecto. —Kay hizo una pausa en un intento de controlar la adrenalina lo suficiente para poder explicarse a su oficial superior—. ¿Y si Sophie no era la que estaba chantajeando a Duncan Saddleworth?

—Pero ya sabemos que fue ella: encontramos el dinero en su posesión en la caja de seguridad.

Kay se frotó el ojo. —Sophie era la chantajista al principio —dijo pacientemente—, pero después de que la mataran, Saddleworth recibió otra carta, pero Blake Hamilton y Felix Ashgrove no. Alguien más sabía que Sophie lo estaba chantajeando y decidió hacer lo mismo para ganar algo de dinero, pero no sabía sobre los otros, por eso ellos no han recibido ninguna.

—¿Se le ha ocurrido que Sophie podría haber arreglado que las cartas fueran entregadas antes de morir?

—Fue entregada en mano. Eso significa que había alguien más involucrado. Peter Evans niega todo conocimiento de la caja de seguridad, y parecía genuinamente sorprendido cuando se lo dije. Me parece que Sophie encontró una manera de ganar algo de dinero en previsión de que se fueran del país.

—Hunter, no había suficiente dinero en esa caja

de seguridad para justificar matar a alguien; solo había unos pocos miles de libras.

—Pero ¿y si el asesino de Sophie se enteró y pensó que necesitaba el dinero más que ella?

—¿Qué tiene eso que ver con los Whittaker?

—Matthew Whittaker ha admitido que su casa se está cayendo a pedazos, y su negocio está a punto de entrar en administración judicial en cuestión de semanas; usted ha visto el estado de los registros financieros.

Larch suspiró y se apartó del monitor. —Sigue siendo demasiado tenue, Hunter.

—Espere, déjeme terminar. Señor.

—Continúa —dijo Sharp, y levantó una mano para evitar que Larch interrumpiera de nuevo.

—Cuando Barnes y yo hablamos por primera vez con los Whittaker, Diane nos dijo que habían escuchado a Sophie hablando con Eva sobre Peter Evans; fue entonces cuando Barnes hizo que Diane le mostrara dónde estaba parada en la terraza. Me puse a pensar mientras interrogábamos a Matthew Whittaker: si Diane sabía que podía escuchar a escondidas debajo de la ventana del dormitorio de Sophie, ¿qué más escuchó?

—¿Crees que Diane descubrió que Sophie estaba

embarazada y la mató porque había arruinado sus planes de casarla? —dijo Barnes.

—Eso es lo que Matthew alega. En estas circunstancias, no tenemos más remedio que interrogar a Diane Whittaker.

—Maldita sea, Hunter. Más te vale tener razón en esto —dijo Sharp.

—Estoy de acuerdo —dijo Larch—. Las ramificaciones políticas si nos equivocamos podrían acabar con nuestras carreras.

Kay cruzó la mirada con Sharp, pero él negó con la cabeza. El único que se preocupaba por que su carrera fuera arruinada por los vínculos de Diane Whittaker con personas influyentes locales era el inspector jefe.

Sharp se aclaró la garganta y siguió la mirada de Larch hacia los monitores de la sala de interrogatorios, luego suspiró. —Es una posibilidad remota. Sin embargo, estoy de acuerdo en que deberíamos interrogarla bajo advertencia, al menos para descartarla.

—Iré ahora mismo —dijo Kay y se dirigió hacia la puerta—. Vamos, Barnes. Visita domiciliaria.

CAPÍTULO 52

Kay tiró del freno de mano y se desabrochó el cinturón de seguridad.

—Este lugar parece más deteriorado cada vez que vengo —dijo Barnes, estirando el cuello para ver la casa a través de la ventanilla del pasajero—. No entiendo por qué la gente insiste en vivir en casas así si no pueden permitirse mantenerlas en buen estado. Es decir, ¿cuál es el punto?

—Supongo que tiene que ver con mantener las apariencias.

—Eso no va a durar mucho —comentó Barnes—. ¿Te enteraste de que despidieron al jardinero la semana pasada?

—Las finanzas deben haber estado mal durante mucho tiempo. —Kay miró por la ventana, frunciendo el ceño ante el comentario de Barnes, y se le ocurrió una idea. Significaría cambiar un poco su táctica, pero sabía que Sharp la apoyaría, si llegara a eso.

La pregunta era, ¿lo haría Larch?

—Vamos —dijo Barnes—. Hagamos esto. Cuanto antes la llevemos a la comisaría, más cerca estaremos de averiguar qué demonios ha estado pasando aquí.

—No podría estar más de acuerdo —dijo Kay, y extendió la mano hacia la manija de la puerta antes de salir.

Levantó la mirada por encima del techo del vehículo cuando un coche patrulla se detuvo junto a ellos, y dos agentes uniformados se unieron a ella en el camino de grava, sus chalecos fluorescentes dolorosamente brillantes bajo el resplandor del sol.

—Ustedes dos, por la parte de atrás —les dijo—. También llevaremos al ama de llaves para un interrogatorio formal, así que asegúrense de que nadie salga por la entrada de servicio, ¿entendido?

—Sí, oficial.

El mayor de los dos se colocó la gorra en la cabeza y guio a su colega a través del camino de entrada y por el costado del edificio, el crujido de sus botas sobre la grava disminuyendo a medida que desaparecían de la vista.

A lo lejos, Kay podía oír un tractor recorriendo el estrecho camino, su motor rugiendo mientras subía la ligera pendiente al final del camino de entrada. Arriba, un halcón revoloteaba en la brisa y ella se sintió impactada por la sensación de que la casa parecía estar en un vacío, esperando que ella derribara la fachada que sus dueños habían creado.

—¿Cómo quieres hacer esto? —preguntó Barnes.

—Formalmente —respondió ella—. Larch me quitará la placa por esto si no lo hago. No sé qué ha estado pasando en esta casa, pero nada bueno.

Caminaron lado a lado hacia la puerta principal, y Kay frunció el ceño. La puerta estaba entreabierta, y se podían escuchar voces elevadas desde el interior.

—Después de ti.

—Gracias.

Empujó la puerta para abrirla y entró en el oscuro pasillo. De inmediato, notó las paredes desnudas y un hueco donde alguna vez un aparador de roble había ocupado una pared.

—¿Se están mudando? —murmuró Barnes.

—O vendiendo para quedarse.

Se escucharon pasos desde el extremo del pasillo, más allá de la curva de la escalera antes de desvanecerse, y Kay se dio cuenta de que el ama de llaves estaría regresando a la cocina cuando los dos oficiales uniformados aparecieron en la puerta trasera.

Se dirigió hacia el invernadero formal donde había interrogado por primera vez a los padres de Sophie, y llamó a la puerta.

El rostro de Diane apareció en la abertura, y retrocedió, sorprendida de verlos allí de pie.

—La puerta principal estaba abierta —dijo Kay—. Intentamos llamar, pero…

—No los oí —dijo ella. Abrió la puerta de par en par y miró hacia afuera—. ¿Dónde está Grace?

—¿La señora Jamieson?

—Sí, ¿no los recibió en la puerta?

—No creo que nos haya oído.

—Oh. ¿Quieren pasar?

Diane mantuvo una expresión impasible, pero toda su postura exudaba desafío mientras se mantenía cerca de una de las sillas.

—¿Qué quieren?

Los ojos de Kay se encontraron con los de Barnes, y él asintió levemente. No habría una manera fácil de hacer esto, así que bien podría continuar. —Léele sus derechos, por favor, Barnes.

—Diane Whittaker, la estoy arrestando bajo sospecha de asesinato de Sophie Whittaker…

Kay estudió el rostro de la mujer mientras Barnes hablaba, y notó que parecía nerviosa.

Bien, pensó.

Miró por encima de su hombro cuando apareció el más joven de los oficiales uniformados, con el ama de llaves detrás de él mientras el oficial mayor cerraba la marcha.

—¿Le has leído sus derechos?

—Sí, oficial.

—Pongan a la señora Jamieson en su vehículo. La señora Whittaker vendrá con nosotros.

—Quiero hablar con mi marido —dijo Diane, con la voz temblorosa mientras se llevaban al ama de llaves—. Esto es absurdo. Exijo saber qué está pasando.

—Se lo explicaremos en la comisaría —dijo Kay.

—Quiero llamar a mi abogado.

—De nuevo, podrá hacerlo en la comisaría. —Se hizo a un lado y señaló hacia los coches que esperaban—. Después de usted.

CAPÍTULO 53

—¿Qué está pasando?

El tono mordaz de Diane Whittaker cortó el aire frío de la segunda sala de interrogatorios en el momento en que Kay y Sharp abrieron la puerta.

—Un momento, por favor, señora Whittaker —dijo Kay. Presionó el botón de grabación y advirtió formalmente a la mujer, incluyendo los cargos que se habían presentado contra ella.

—Preferiría que me llamaran por mi título apropiado —dijo la mujer con aire oficioso.

—Y nosotros preferimos llamarla señora Whittaker —dijo Sharp.

Kay no esperó a que respondiera. —Hábleme de su acuerdo con Blake Hamilton.

—Esa fue una transacción comercial entre el

señor Hamilton y yo —resopló Diane. Agitó la mano —. No tengo por qué discutir asuntos privados de negocios con gente como ustedes.

—Señora Whittaker —dijo Sharp—. En este momento, está usted bajo arresto. Le recuerdo la advertencia que se le acaba de leer.

—¿Cuál era el acuerdo que tenía con Hamilton? —repitió Kay.

—Blake Hamilton era nuestro salvador —dijo Diane—. Solo intentaba ayudarnos.

—¿Sabía su marido que su hija estaba entrando en un matrimonio arreglado?

—¡Es culpa suya que estemos en esta situación en primer lugar!

—Háblenos de eso. —Kay abrió la carpeta que tenía bajo el brazo y pasó las páginas hasta que encontró los estados financieros—. Por lo que puedo ver, cuando su padre murió dejó una cantidad considerable de deudas de juego. Pérdidas sustanciales que resultaron en la rehipoteca de la casa antes de su enfermedad. Su marido ha estado usando cada centavo de su negocio para mantener el Crossways Hall, ¿es correcto?

Diane frunció el ceño. —Sí.

—Bien. Entonces quizás podría explicarme por qué cree que esto es culpa de él.

La mujer suspiró, intentó cruzar las piernas y luego se dio cuenta de que la mesa era demasiado baja para hacerlo. Se removió en su asiento. —Nunca ha llegado a nada, Matthew. Intenta ser un emprendedor, pero realmente no está hecho para ello. No como Blake.

—Entonces, le preguntaré de nuevo. ¿Cuál era el acuerdo que tenía con el señor Hamilton?

Diane chasqueó la lengua, antes de juntar las manos frente a ella como si estuviera rezando. —Blake notó que su hijo le había tomado cariño a Sophie en una de nuestras reuniones de la iglesia. Casualmente me mencionó que siempre había sido su sueño formar parte de la aristocracia inglesa.

—¿El sueño de Josh?

—No. —Diane agitó la mano como si un mal olor hubiera pasado frente a ella—. El chico no tendría ni idea. *Blake*. A Blake le encantaba la historia, aparentemente desde que estaba en la universidad aquí. Bueno, tan pronto como escuché eso, pensé que quizás podría aprovecharlo en nuestro beneficio.

—¿De qué manera?

Diane se inclinó hacia adelante, animándose con su historia. —Era deliciosamente simple. Después del compromiso, Blake debía entregar una suma de dinero que Matthew y yo podríamos usar para hacer algunos de los trabajos más urgentes en la casa. Una vez que Josh y Sophie se casaran, no tendríamos que preocuparnos: vivirían en la mansión, y Blake nos proporcionaría una mensualidad. Incluso iba a pagarnos una bonificación cuando tuviéramos nuestro primer nieto. —Sonrió radiante.

Kay luchó contra la ira y la frustración que hervían dentro de ella.

—¿Cuánto?

—Bueno, solo había recibido parte de la dote, por supuesto.

—¿Cuánto?

—Seis mil libras.

—¿Por qué decidió chantajear a Duncan Saddleworth?

La mandíbula de Diane se abrió de golpe ante el repentino cambio de dirección en las preguntas de Kay, pero no respondió.

Kay se encogió de hombros. —Es porque escuchó a Sophie diciéndole a Eva que creía que él era el padre de su bebé, ¿no es así?

Sharp se puso tenso a su lado, pero ella lo ignoró y continuó. —Supongo que iba a mantener el silencio hasta después de la ceremonia de compromiso y voto de pureza antes de confrontar a Sophie, pero no pudo contenerse, ¿verdad? Eso es de lo que Josh Hamilton las vio discutiendo en la terraza, ¿no es así?

Diane suspiró. —La estúpida chica. No pudo mantener las piernas cerradas por lo que parece. Por supuesto, ya había hecho algunas averiguaciones discretas ese día con un médico sobre una interrupción del embarazo.

—¿Es eso de lo que estaban discutiendo?

—Sí.

—Excepto que, con su muerte, habría perdido cualquier dinero que le debiera Blake Hamilton. En su lugar, pensó en chantajear al señor Saddleworth para compensar el déficit de efectivo, ¿no es así?

La boca de la mujer se abrió. —¿Cómo supo…?

—Saddleworth recibió una carta después de la muerte de Sophie. Las otras dos personas a las que Sophie estaba chantajeando no recibieron ninguna correspondencia. Fue porque el chantajista, usted, no sabía de ellos. Solo sabía que Saddleworth estaba siendo chantajeado por Sophie porque la escuchó contarle a Eva sobre sus planes de escapar, ¿no es así?

—No sea ridícula.

—Al contrario, señora Whittaker. Le dijo a su marido que había estado de compras en Tunbridge Wells recientemente, y él mencionó que había comprado unos pendientes de diamantes nuevos.

Dado el estado de sus finanzas, ¿cómo diablos podría habérselos permitido de otra manera?

Diane la miró fijamente.

Kay pasó la página y sostuvo un documento para que Diane pudiera leerlo. —Este es el inventario de la caja de seguridad que vaciamos en el banco. Se ordenó a Duncan Saddleworth que pagara mil quinientas libras adicionales en efectivo a un apartado de correos en Tunbridge Wells. Ninguna de las entradas de Sophie en su cuaderno coincide con esa cantidad, y todo el efectivo que recibió fue a un apartado de correos en el centro de Maidstone.

—La perra merecía morir —escupió Diane de repente—. Pequeña zorra sucia, acostándose con cualquiera. Espero que se pudra en el infierno.

El abogado a su lado se atragantó y balbuceó, con los ojos muy abiertos.

Kay cruzó los brazos sobre el pecho y se reclinó en su silla, antes de volverse hacia Sharp.

Él levantó una ceja, pero permaneció en silencio.

Ella asintió y se enfrentó a la mujer frente a ella una vez más.

—Diane Whittaker, solicitaremos autorización al Servicio de Fiscalía de la Corona para acusarla de chantajear a Duncan Saddleworth...

CAPÍTULO 54

El inspector jefe Larch caminaba de un lado a otro por el pasillo fuera de la sala de interrogatorios, pero se detuvo cuando Kay y Sharp salieron y cerraron la puerta tras ellos.

Kay lo ignoró por un momento y le entregó un sobre a Carys. —Necesitamos hablar con el ama de llaves. ¿Puedes llevar esto y mostrárselo a Diane Whittaker? No quise usarlo durante el interrogatorio.

—Lo haré.

Kay se volvió hacia Larch.

—¿Qué demonios? —comenzó él. Señaló con el dedo hacia la sala de interrogatorios—. Creí que había dicho que ella mató a su hija.

Kay pasó junto a él y llamó a la puerta de la

siguiente sala de interrogatorios, luego le guiñó un ojo. —No, no lo dije. Matthew Whittaker lo hizo.

—Con permiso, jefe —Sharp se deslizó alrededor del inspector jefe y siguió a Kay a la habitación, rápidamente componiendo su expresión mientras se acomodaba en la silla junto a ella.

Kay cerró la puerta tras él mientras un fuerte lamento comenzaba en la habitación contigua.

Grace Jamieson estaba sentada junto al joven abogado de oficio que le habían asignado.

—¿Qué está pasando? —Se levantó de su silla, con los ojos muy abiertos. El abogado de oficio extendió la mano y la colocó sobre su brazo, pero ella se la quitó de encima—. ¿Qué es todo ese ruido? ¿Es Lady Griffith? ¿Qué le han hecho?

—Siéntese, por favor, señora Jamieson —dijo Sharp.

Ella se hundió en su asiento, estrujándose las manos. —Parece angustiada. ¿Están seguros de que no puedo verla?

Kay se inclinó, encendió la máquina de grabación y luego advirtió formalmente al ama de llaves, cuyos ojos se abrieron de par en par cuando se le leyeron los cargos.

—¿Qué está pasando?

—Por favor, súbase las mangas de su cárdigan.

—¿Por qué? —Jamieson se volvió hacia el abogado—. ¿Por qué me está pidiendo que haga eso?

Los ojos del abogado encontraron los de Kay. —Mi cliente tiene razón.

—Cada vez que nos hemos reunido, ha llevado mangas largas, señora Jamieson. Al principio, lo atribuí al hecho de que la casa de los Whittaker parece estar fría todo el año. Sin embargo, cuando la vi por última vez, y a pesar de que era una mañana cálida, aún llevaba mangas largas. Me gustaría saber por qué.

La mujer levantó la barbilla. —No veo qué tiene que ver eso con nada.

—Señora Jamieson —dijo Sharp, y se inclinó hacia adelante en su silla—. Esta entrevista irá más rápido si nos ayuda con nuestras indagaciones. Súbase las mangas.

Ella los miró fijamente a ambos y luego envolvió sus dedos alrededor de sus mangas una tras otra y se las subió hasta los codos.

—Ahí tienen.

Los ojos de Kay se posaron en los antebrazos de la mujer. Se podían ver leves arañazos por encima de sus muñecas, con un gran rasguño en su brazo izquierdo.

—¿Cómo se lastimó?

—Estaba haciendo jardinería. Hasta hace poco, teníamos a George para ayudar, pero Lady Griffith tuvo que despedirlo.

—¿Cuándo se fue?

—Hace aproximadamente una semana.

—¿Por qué?

—El marido de Lady Griffith ha arruinado su negocio y ella está en peligro de perder la casa. El señor Whittaker decidió que ya no podíamos permitirnos un jardinero a tiempo completo. —Sacó un pañuelo de la caja sobre la mesa y se secó los ojos—. Es el fin de una era, detective, ¿se da cuenta? La casa de Lady Griffith ha estado en la familia durante años. Mi madre trabajaba para su madre.

—¿Cómo se sintió cuando su marido perdió su trabajo?

La mujer retrocedió. —No dije que fuera mi marido.

—No, pero lo es, ¿verdad?

—Todo es culpa del señor Whittaker. —La mujer hizo un puchero—. Nunca estaríamos en este lío si él manejara su negocio adecuadamente.

—Tiene un don para escuchar a escondidas, ¿no es así, señora Jamieson?

La mujer dejó caer su mano sobre la mesa, con el

pañuelo arrugado en su puño. —¿Qué quiere decir con eso?

—Tiene tendencia a merodear cerca de las puertas cerradas, esperando escuchar chismes —dijo Kay—. Cuando mis colegas y yo hemos visitado a los Whittaker en su casa, usted ha estado cerca, escuchando, ¿no es así?

Las mejillas de la mujer se sonrojaron y levantó la barbilla hacia Kay. —Es asunto del ama de llaves saber lo que ocurre en el hogar.

—¿Cuándo se enteró del acuerdo de la señora Whittaker con Blake Hamilton?

—Era un buen acuerdo.

—Responda a la pregunta.

La mujer la miró fijamente, luego bajó la mirada y quitó una pelusa imaginaria de la delgada banda dorada de su reloj de pulsera.

—Vino a la casa cuando el señor Whittaker estaba fuera en una reunión con su banco —dijo finalmente —. Lady Griffith se reunió con él en el invernadero y entonces hablaron sobre el voto de pureza. Sophie ya lo había mencionado a sus padres, y Lady Griffith sabía que se había encaprichado con Josh, así que propuso el acuerdo al señor Hamilton y él aceptó. Era muy conveniente para ambos.

—¿Cómo se enteró de que Sophie estaba embarazada?

La mujer hizo una mueca de desprecio. —Siempre me miraba por encima del hombro. Los años que he limpiado tras ella, planchado su ropa, cocinado para ella. Era insolente, irrespetuosa. Me ignoraba la mayor parte del tiempo a menos que quisiera que hiciera algo por ella. Yo era invisible para ella. Ella y esa fulana amiga suya estaban hablando en la terraza fuera del comedor después del desayuno el día de su fiesta de compromiso; era fácil oír lo que decían. Me sorprendió enterarme de que estaba embarazada. No la tomaba por ese tipo.

Kay empujó su silla hacia atrás al oír un golpe en la puerta de la sala de interrogatorios.

Carys estaba en el pasillo y le entregó una bolsa de pruebas de plástico a Kay. Kay le agradeció y cerró la puerta antes de volver al escritorio y colocar la bolsa de pruebas sobre él.

—Mientras esperaba para hablar con nosotros, uno de mis colegas ha estado conversando con nuestros investigadores de la escena del crimen. —Kay empujó la bolsa hacia Jamieson—. Por suerte, la noche del asesinato de Sophie, los primeros en responder en la escena tuvieron el buen juicio de sofocar las llamas de los braseros alrededor de la terraza. Los restos son todo lo que queda de un rodillo.

Jamieson palideció y levantó una mano temblorosa hacia su boca.

—La razón por la que los rodillos antiguos como este se pasan de generación en generación es porque están hechos de una madera dura —dijo Kay—. Eso los hace difíciles de destruir.

—Yo…yo no sé a qué se refiere.

—Usted esperaba a los camareros la mañana de la fiesta. Mientras estaban ocupados trabajando en la cocina, tomó el rodillo del cajón de la cocina y lo escondió entre los arbustos de rododendros más allá de la terraza. Así es como se hizo los arañazos en los brazos. Oyó a Sophie hablando con Eva Shepparton ese día. La oyó decirle a Eva que estaba embarazada y quién creía que era el padre. En lo que a usted concernía, eso arruinaba sus planes de ayudar a la señora Whittaker a conservar su casa ancestral y ponía en riesgo su posición en el hogar. No hay mucha demanda de amas de llaves hoy en día, ¿verdad?

Jamieson emitió un pequeño sonido en la parte posterior de su garganta.

Kay la ignoró y continuó:

—Más tarde ese día, después de que terminaran los discursos y comenzara la disco, atrajo a Sophie a la oscuridad más allá de la terraza y la golpeó tan fuerte con el rodillo que la mató instantáneamente. Debió quedar cubierta de sangre.

Jamieson gimió.

—Se quitó el cárdigan que llevaba puesto, envolvió el rodillo con él y, de camino de vuelta a la terraza, arrojó los dos objetos al primer brasero que encontró. El problema fue que, sin que usted lo supiera, el viento había aumentado y el brasero no estaba ardiendo tanto como podría haberlo hecho. En ese momento, mayormente echaba humo, apestando la disco. —Kay señaló los restos quemados en la bolsa de evidencias de plástico—. Tenemos otra de estas bolsas con los restos de su cárdigan.

—No sea ridícula.

—Ha estado empleada por la señora Whittaker toda su vida adulta, ¿no es así, señora Jamieson?

—Sí, y he estado orgullosa de servir a Lady Griffith.

—Excepto que últimamente ha tenido que quedarse mirando cómo, uno por uno, todo el resto del personal es despedido, terminando con su marido, George Jamieson.

La mujer miró fijamente a Kay.

—Si esa estúpida mocosa de su hija no se hubiera quedado embarazada de ese horrible sacerdote, nada de esto habría pasado —espetó—. Lo arruinó todo.

—No, señora Jamieson, usted lo hizo. Usted mató a Sophie Whittaker, y mató al bebé que estaba esperando en ese momento. Un bebé cuyo padre era Josh Hamilton.

Kay se reclinó en su silla, con las palmas sobre la mesa, y observó cómo una expresión de absoluto horror se apoderaba del rostro de la mujer.

—No… no, eso no está bien. Josh no es el padre. Es el sacerdote, o ese tal Evans. No… no Josh.

—Hemos recibido los resultados de la prueba de paternidad hace un momento —dijo Kay—, y *por eso* podía oír a la señora Whittaker. Uno de nuestros colegas le dio la noticia mientras veníamos a hablar con usted.

Los ojos de Jamieson se abrieron de par en par cuando la realización se hundió en ella.

—Grace Jamieson, ahora vamos a solicitar autorización al Servicio de Fiscalía de la Corona para acusarla del asesinato de Sophie Whittaker… —Sharp se inclinó hacia adelante en su asiento y leyó los derechos de Grace Jamieson antes de exponer los procedimientos formales que ahora tendrían lugar.

Sus palabras finales se perdieron para Kay mientras ella empujaba su silla hacia atrás, se deslizaba por la puerta hacia el pasillo y salía del edificio.

CAPÍTULO 55

Kay giró la llave en el contacto y se quitó el cinturón de seguridad mientras el motor del coche se apagaba.

Se inclinó hacia adelante, apoyando la barbilla sobre sus manos en el volante mientras sus ojos recorrían la hilera de lápidas más allá del aparcamiento.

Un vacío le arañaba las entrañas, una sensación familiar que sabía que nunca la abandonaría, al menos no del todo.

Se inclinó, agarró su bolso del hueco para los pies y salió del coche con cuidado, agitando el llavero por encima del hombro hasta que escuchó el *clic* del mecanismo de cierre interno.

Acelerando el paso, serpenteó entre las lápidas, respirando el aire fresco del verano.

Un abejorro revoloteó cerca de su cara antes de alejarse hacia un parche de dientes de león en la hierba a su derecha, mientras una paloma torcaz arrullaba en los árboles que bordeaban el lugar a su izquierda.

Parpadeó y miró hacia arriba cuando la brisa trajo el sonido de una sirena distante, antes de sacar su teléfono móvil del bolso y apagarlo.

Alguien más podría ser arrancado de su descanso sabático de media tarde.

Lo volvió a meter en su bolso y redujo la velocidad al llegar a la siguiente fila de lápidas. Girando a la derecha, alejándose del pasillo de hierba que había estado siguiendo, avanzó hasta la mitad de la fila, luego se detuvo y colocó su mano sobre la fría lápida de granito gris, sus ojos recorriendo la sencilla inscripción.

Elizabeth Hunter-Turner. Amada hija, arrebatada demasiado pronto.

—Hola, Elizabeth.

Dejó caer su bolso al suelo y comenzó a tirar de la hierba alta que ya había empezado a invadir la base de la lápida a pesar de que Adam la había limpiado hace solo un par de semanas.

Las suaves lluvias de verano y los días luminosos habían hecho que todo el campo estallara de vida, y aquí, entre los monumentos a los muertos, no era diferente.

Absorta en su tarea, no oyó a nadie acercarse y se sobresaltó al escuchar a un hombre aclararse la garganta.

Se giró sobre sus pies y se protegió los ojos del sol ante la figura que se alzaba sobre ella.

—Pensé en darte unos momentos a solas antes de unirme a ti.

Sharp metió las manos en los bolsillos de sus pantalones y se giró para observar el cementerio. Entrecerró los ojos bajo la luz de la tarde mientras su mirada recorría el paisaje. —Es un lugar tranquilo aquí arriba.

—Sí. —Kay se enderezó, arrojó las malas hierbas a un lado y se sacudió las manos para deshacerse de las hojas restantes.

—¿Vienes a menudo?

—Intentamos venir un par de veces al mes. Adam llegará en un rato, quería recoger algunas flores frescas primero.

—No me quedaré mucho. Tengo algo para ti que no quería darte en la comisaría. Metió la mano en el bolsillo y le entregó la llave de repuesto de la puerta principal. —Hice que alguien fuera a tu casa mientras ustedes estaban fuera. Echó un vistazo al equipo que encontraste. Quienquiera que haya instalado las cámaras y micrófonos, son profesionales. Especialmente dado el tiempo limitado que tuvieron para hacerlo.

—¿Más de uno, entonces?

Asintió. —Probablemente. Dos para destrozar tu casa, y tal vez dos o tres para instalar todo el equipo. Mi contacto retiró todas las cámaras y micrófonos, así que ya no tendrás que preocuparte por eso. Ya no podrán ver ni oír nada.

—¿No sospecharán algo?

—Mi contacto emitió ruido blanco durante un tiempo y luego aumentó la frecuencia, lo que estropeó el equipo. Probablemente asumirán que ratones, roedores, el equipo fallando o una subida de tensión arruinaron los micrófonos. Pasa todo el tiempo.

—De acuerdo.

Le pasó un conjunto de cuatro cámaras y micrófonos en miniatura que habían sido sellados dentro de una bolsa de pruebas de plástico. —No había huellas dactilares, lo comprobamos.

Kay dejó escapar un suspiro tembloroso y giró la bolsa entre sus dedos. —Gracias, jefe. — La mano de Kay temblaba mientras sostenía la bolsa a contraluz e inspeccionaba su contenido. Al recordar para qué se había utilizado el equipo, parecía emanar una cualidad malévola y tuvo que contenerse para no arrojarlo al suelo y aplastarlo con el talón. En su lugar, levantó los ojos al oír la voz de Sharp.

—¿Vas a decirme quién sospechas que está detrás de todo esto?

Ella parpadeó y se frotó el ojo derecho. —No sería muy profesional de mi parte, ¿verdad? ¿Difundir rumores? —Bajó la mano— No, necesito más pruebas, o un avance o algo.

—¿Conservarás las cámaras y micrófonos como evidencia?

—Sí. Volví al banco de los Whittaker y abrí una caja de seguridad propia. —Agarró la bolsa de pruebas con una mano y sacó una pequeña llave del bolsillo de su pantalón —. Quiero que tengas la de repuesto. Por si me pasa algo.

Sus ojos se encontraron con los de ella mientras tomaba la llave de sus dedos. —¿Estás segura?

—No sé en quién más confiar, jefe, y estoy tratando de no involucrar a Adam. ¿Puedo confiar en ti?

Sopesó la llave en su mano. —Sí, y no voy a abrir esa caja, ¿de acuerdo?

—Puede que tengas que hacerlo. Si algo me sucede.

Él suspiró. —Adam no sabe que sigues buscando a quien te hizo esto, ¿verdad?

Ella se mordió el labio. —Lo sabe.

—Ten cuidado, Kay. Odiaría que algo les pasara a ustedes dos. Es un buen tipo. —Sharp miró su reloj—. Me imagino que llegará en cualquier momento. Será mejor que me vaya.

Le dio una palmada en el brazo al pasar, y ella lo observó mientras se dirigía a su coche con la cabeza gacha.

Mientras él subía y arrancaba el vehículo, ella volvió su atención a la lápida de su hija.

Un gemido escapó de sus labios.

Hace dieciocho meses, su vida había sido normal.

Tenía un trabajo que amaba, colegas en los que podía confiar y con los que podía reírse, y una vida hogareña segura.

Ahora, podía sentir que todo se le escapaba de las manos. No podía permitir que le hicieran eso.

No lo permitiría.

Volvió su atención al estacionamiento al escuchar que se acercaba otro vehículo, y luego se relajó al reconocer el todoterreno de Adam.

Frenó y bajó del asiento del conductor, y ella contuvo la respiración.

Él la miró y levantó la mano antes de alcanzar el

lado del pasajero del coche y sacar un ramo de flores frescas. Se pasó una mano por el pelo, luego apuntó con el mando a distancia al coche y comenzó a caminar por la ligera pendiente hacia donde ella estaba.

A medida que se acercaba, Kay metió la colección de cámaras y micrófonos en su bolso antes de hacer un juramento que tenía toda la intención de cumplir.

Haría cualquier cosa para proteger a Adam de aquellos que intentaban hacerle daño.

Cualquier cosa.

FIN

BIOGRAFÍA DEL AUTOR

Rachel Amphlett es una de las autoras de ficción criminal y thrillers de espías con más ventas del USA Today; y muchas de sus obras han sido traducidas en todo el mundo.

Sus novelas están disponibles en formato digital, impresos y como audiolibros en bibliotecas y tiendas minoristas, así como en su página web.

Rachel, una viajera entusiasta e investigadora privada por accidente, tiene ciudadanía australiana y británica.

Para más información sobre los libros de Rachel entra en: www.rachelamphlet.com.